全民微阅读系列

浑河沿儿的那些事

倪勤 / 著

江西高校出版社
JIANGXI UNIVERSITIES AND COLLEGES PRESS

南昌

图书在版编目(CIP)数据

浑河沿儿的那些事 / 倪勤著. -- 南昌：江西高校出版社，2025. 3. -- (全民微阅读系列). -- ISBN 978 - 7 - 5762 - 5450 - 1

Ⅰ. I247.82

中国国家版本馆 CIP 数据核字第 2025M49R49 号

策 划 编 辑	陈永林	责 任 编 辑	肖　颖
装 帧 设 计	英明菲凡	责 任 印 制	涂　亮

出 版 发 行	江西高校出版社
社　　　址	江西省南昌市洪都北大道96号
邮 政 编 码	330046
总编室电话	0791 - 88504319
销 售 电 话	0791 - 88511423
网　　　址	www. juacp. com
印　　　刷	永清县晔盛亚胶印有限公司
经　　　销	全国新华书店
开　　　本	700 mm × 1000 mm　1/16
印　　　张	16.75
字　　　数	248 千字
版　　　次	2025 年 3 月第 1 版
印　　　次	2025 年 3 月第 1 次印刷
书　　　号	ISBN 978 - 7 - 5762 - 5450 - 1
定　　　价	68.00 元

赣版权登字 -07 -2025 -25

目　录

小　说

散　文

小　说

双柳渡风情

一

　　五黄六月，太阳如烈火，大地似蒸笼，烤得野花闭目、小草低头，闷得狗耷拉舌头、鸡偎沙窝。

　　百里浑河堤上，杨柳葱茏，蝉鸣聒耳。溜河风徐徐吹来，细柳柔枝悠悠飘舞。堤下暑热炎天，堤上清爽宜人。钻云儿骑着二八加重凤凰牌自行车，车后架上绑着待修的电动机，沿着弯弯曲曲河堤顶，迤迤逦逦往前行。

　　钻云儿三十左右的年纪，五尺五的身材，脸方鼻正，虎目浓眉。上中学时，不少女同学追前赶后巴结他，都被兰芝手拿葛针条子横抽竖打，翻动花椰子小嘴连讽带骂，女同学被赶得落荒而逃。兰芝趾高气扬，独得天下。谁知天有不测风云，十年后，兰芝嫁了珍宝，钻云儿娶了够儿，一对相好，各立门户。天道六十年一转，三十年河东，三十年河西。以往骏马住鸽子笼，憋憋屈屈的钻云儿，如今撞破笼子伸开腰，一个蹦子跳上天，成了双柳渡的冒尖户！

　　钻云儿一手扶车把，一手解开小褂儿，敞着怀，溜河风吹得小褂儿向后飘，露出印着八一金星的红背心。当兵五年，钻云儿在工程兵某部动力连，学会了修电机的全套技术。复员回家的第二年，赶上给农民解扣儿松绑，钻云儿英雄有了用武之地，写申请，办执照，埋树桩，挂牌子，搞起电机修理部。先是他自己干，后来又教会了够儿。够儿修，

1

他跑活儿，一个打里，一个打外，如老虎添翅膀，一下子蹿到人前头。把那个以前凭借爸爸的势，如今倒了架儿的珍宝，拉了个野鸡不下蛋，两下相差了十万八千里。

大堤拐了一个弯儿，远处出现了两棵枝繁叶茂的老柳树，树后一片炊烟缭绕小村庄。钻云儿似乎闻到了饭菜的香味，低头弓腰，骑着自行车疾驰如飞。

车到双柳前，钻云儿捏闸刹车。正要推车下坡进村子，他猛见黄沙地面上，一行大字横在眼前："欺负无能人有罪！"

钻云儿如同见到陷脚坑，绊马索，立时收脚停步，满心兴头，一身燥热，仿佛兜头泼来一桶冷水，烟消灰飞透心凉！他一脚抹掉字迹，抬头四望。忽然，村头一座房角后面，慢慢探出一个小脑袋。当看到钻云儿，像偷油的耗子见了猫，"刺溜"一下又缩了回去。

钻云儿一见此人，两眼冒火，七窍生烟，大吼一声："珍宝，你给我出来！"

钻云儿不喊则已，这一喊，墙角后"噌"地蹿出个小个子，弯腰弓背，瘦骨棱棱，迈着两条麻秆细腿，逃命一般跑走了。

钻云儿飞身上车，恶狠狠地直扑过去。

二

珍宝是前任队长张栓子的独生子，和钻云儿同岁又同学。

虽然同为人，景况可是大不一样。队长官不大，权力却很大。单位招工学校招生，婚丧嫁娶使用车辆，盖房造屋买柁买檩，以及队里的肥差美缺配人派员，都由队长定，不能说金口玉言，也是一锤定音。张栓子慢脾气，办事人急得火上房，他倒背着手看蚂蚁上柳树。事主胶皮鞋跑透底儿，厚嘴头磨成薄嘴片儿，他还愣怔着两眼装糊涂。直到烟到酒到，才慢脾气变快性子，点头盖章批条子。傻子过年看隔壁，一人开头，万人效法。双柳树大队虽然日值只够买一盒红梅烟，张栓子却家具齐全，酒肉不断，小康水平。珍宝生在这样的家庭，可谓前世修来的福。

又赶巧他妈虞美人生了他一个后，就坐了娘娘怀，再也不怀胎。偏方秘药吃了三筐两篓子，光看脸变胖，不见肚子鼓。八百亩地一棵苗，珍宝成了张家传宗接代的种儿，延续香火的根儿，头上顶着，嘴里含着，锦衣玉食供佛爷。说来奇怪，不知哪儿不对了，张栓子人高马大，虞美人更是漂亮非凡，可好秧儿结了个蔫黄瓜，美饭食喂出只癞猫子。珍宝长得身高不足四尺，体重不到八十斤，水蛇腰带端肩，满脸蝴蝶癣，活脱脱一个小老头儿。

钻云儿的家境跟珍宝比，不如人家一个小手指头。提起钻云儿家的苦情儿，虞美人的嘴没有耳朵挡着能咧到后脑勺儿："贺老二那堆孩子，简直就是一窝子狗，吃的饭给猪都嫌垫牙！"

贺老二连男带女五个孩儿，钻云儿不前不后占中间。两双手挣，七张嘴吃，连糠带菜还填不饱肚子。两口子出工，铁将军把门。孩子们轰出院子大撒马，漫放羊，大的抱小的，小的扯大的，满街滚。老天爷有眼，穷孩子皮实。钻云儿上树掏鸟摔不坏，下河逮鱼淹不死，没磕着，没碰着，浑身上下连个疤瘌伤痕都不见。糠皮硬棒长骨头，野菜多汁发大个儿，钻云儿长了个眉清目秀，虎膀大身子。

钻云儿起小儿有个女伴，叫兰芝。两人苦情相似，同病相怜。尿尿和泥捏窝头，捡干枝儿烧火过家家，合心合意，情深意笃。正当人大马大，男婚女嫁之时，钻云儿当兵走了。珍宝风高放火，月黑杀人，竟然把本该是钻云儿媳妇的兰芝搂进自己怀里。天下无情之人不少，有情之人更多。兰芝身在曹营心在汉，人嫁给珍宝，心却实实在在扑在钻云儿的身上。钻云儿复员回到村，两人立刻重温旧情。此时张栓子已死，农村又施行了责任制，珍宝没权没势没能耐，落架的凤凰不如鸡，再加心里有愧，哪里管得了兰芝？眼瞅着兰芝给他戴绿帽子，也只能癞蛤蟆生气干鼓肚。武大郎挑担不用八股绳，矮人有矬主意，珍宝探准钻云儿的必经之路，就在地上写标语。不敢说威胁钻云儿改邪归正，但求唤起男子汉的怜悯之心。开始钻云儿并不在意，还以为是闲人写着玩的，见到的次数多了，就怀疑起来，认定是针对他的，并且一下子就想到了珍宝身上。今天珍宝写完"地标"，正在探头探脑之际，被钻云儿发现，没胆量当面对阵，只好撒丫子逃跑。

钻云儿的二八车溜坡加顺风，快如疾电。珍宝连惊带吓，两条细腿磕磕绊绊，一步挪不了半尺。眨眼工夫，钻云儿已抄到前面，车子一横，拦住去路。

"明人不做暗事。你小子是红是白讲在当面，别蔫屁熏死人！"钻云儿怒目横眉，抓得珍宝的骨头嘎巴嘎巴响。

"古人说，杀父之仇，夺妻之恨，不共戴天。你长期霸占我的老婆，倒问我怎么着！"珍宝身子骨不行，嘴茬子不弱，见逃跑无望，也就鼓起勇气，挣脱开钻云儿的手，和钻云儿争辩起来。

一句话勾起钻云儿的新仇旧恨："今儿咱就掰扯掰扯，到底是谁夺了谁的妻！"说着，重把珍宝的瘦胳膊抓在手里，疼得珍宝龇牙咧嘴皱眉头。

"哎哟，快松手，攮死人照样偿命！"珍宝大叫着挣胳膊，"兰芝跟我领了结婚证，我们的婚姻受法律保护。你硬插一腿，就是第三者插足！"

"那你就把第三者打跑吧！"钻云儿冷笑一声，松开珍宝，双手握拳丁字步，拉开架势。

珍宝吓得软了骨头麻了筋，脸色蜡黄连连后退："别，别！君子动口不动手……"

钻云儿看着珍宝的猥琐样儿，想着心爱的兰芝受窝囊，心里刀剜针刺一般，不由仰天长叹："我那可怜的兰芝呀！"豆大的泪珠子滚滚而下，把暄软的沙土地砸了一溜坑。

珍宝借机蹿出去，头也不回地跑走了。

三

兰芝和钻云儿、珍宝是同班同学，年纪比他俩小一岁。兰芝妈整年病恹恹的半拉身子骨，生孩子却不比壮女人差，一连气生了兰芝姐弟四个，兰芝排行老三，下面还有个弟弟叫坠根儿。

钻云儿带着两个弟弟老四、老五，兰芝领着坠根儿，汇合起半条街的光屁股小子，穿红兜肚的丫头，像一群野蜂子，嗡嗡嘤嘤满世界钻。这家树下拾几个青杏儿，连泥带土吞下肚；那家院里揪几条嫩黄瓜，一折几节儿分着吃。一天不见面，屁股底下就像扎了蒺藜狗子，颠来倒去坐不稳。

离双柳渡不远的河滩里有道拦洪坝，"石龙"垫底，泥沙筑身，下面一泓清水，明亮如镜。上边插杨柳，栽紫穗槐，从远处看，郁郁葱葱似一条绿龙。每年夏季，逢天旱水浅，这里就成了孩子们的乐园。老话说，跟着圣人学斯文，跟着巫婆跳大神。挨河边的人生来就有龙性，三四岁的孩子，走路还不利索，就敢到河里捏着鼻子扎猛子，噗噗通通来狗刨。

少不更事，两小无猜。钻云儿领头，兰芝压阵，一二十个丫头小子，跑到堤角下，扒掉裤衩，褪下兜肚，噼里扑噜，龙腾虎跃。猛一看，一般黝黑，一般胖瘦，没什么差异，待看到头上，才发现不同，一半秃脑袋，一半立天锥。

洗累泡够，赤条条爬上岸，这个枕着那个的腰，那个压着这个的腿，一堆一蛋，躺在沙滩晒太阳，精光光就像一群褪了毛的小肥猪。大人们路过吆喝一声，齐刷刷爬起来，不知羞不知臊，挺着圆鼓鼓的小肚皮，嘻嘻哈哈笑得一片响。

上学后懂得了羞耻，男女分道扬镳。钻云儿领着小子们守在坝北，兰芝带着丫头们占了坝南。同洗一河水，中间一道拦洪坝，楚河汉界，互不侵犯。

这年暑假，天气奇热。钻云儿在坝北和伙伴们泡了一晌午，直泡得头昏眼花，肚皮贴着脊梁骨，才扯块望日莲叶子顶在头上，回家吃饭。两个饼子一碗绿豆汤下肚，躺在炕上睡觉。屋外没有一丝风，屋里闷得赛蒸笼。汗如流水一般涌出来，杀得痱子扎辣辣地疼，浑身像撒了盐一样。他实在忍不住，翻身爬起，又奔了拦洪坝。

拦洪坝上静悄悄寂然无声，不见兽踪人影。杨柳树低头耷拉脑，懒蔫蔫打不起精神。只有不知疲倦的知了躲在软塌塌的树叶底下，吱吱啦啦，拼命唱那单调的歌。河湾水面上，蒸腾着一片紫微微的雾。

钻云儿扒光衣服，像个脱缰的生马蛋子，撒欢炝蹶儿扑入河中。靠岸的浅水被毒太阳晒得滚热，烫得钻云儿一蹦多高，三脚两步跨过去，扎进树荫下的深水里。

树荫下的河水凉森森，软柔柔。钻云儿一连扎了几个猛子，赶散了浑身的燥热。他满嘴喷水拔起身，伸长脖子四处探望。猛地，一股好奇心涌上心头。他已高小毕业，暑假后就上初中了。在拦洪坝水湾里，和兰芝南北分治一晃五六年，虽然同教室上课，再不提洗澡的事。一道拦洪坝横隔中间，隐着身子挡住眼，谁也看不见谁。今天，趁着晌午无人，何不过去看看，领略一番那边的风光？想着，钻云儿双腿一收，身子浮上水面，轻轻划动双臂，顺着拦洪坝脚，水蛇一样游过坝身，绕过坝头，侵入了女儿国的领地。

其实，坝南和坝北并没有什么两样，只是这面朝阳，水面的雾气更浓些，因此也就显得更幽静。钻云儿放了心，一挺身子一蹬腿，大摇大摆闯上来。突然，他像腿肚子转筋胳膊脱环，手脚一齐停下来。原来，这边也有人！在刚才看不见的死角里，紧贴坝根，有个光光的身子在雾气中闪动。钻云儿定定神，伸手撸撸脸上的水，睁眼细瞧，影影绰绰的像兰芝。他一个坏笑，轻伸胳膊慢蹬腿，不声不响往前靠。离兰芝还有三四十米，扬头猛吸一口气，一缩身子潜入河底。

兰芝也是天热睡不着，索性背起筐到河堤上割猪草。一筐猪草打满，早已裤褂湿透，头发流水，浑身汗水黏黏的，刺刺痒痒。她看四下无人，就把草筐放在树荫下，轻悄悄地下了河。先把裤褂洗净搭在柳树棵子上，才又下河洗身子。温热的河水抚摸着她那正发育的身子，软酥酥说不出的惬意。调皮的小鱼嗋着她的大腿，痒得她抿着小嘴笑。她扬起一捧水洒向河面，哗啦啦的水声吓得小鱼一摆尾巴逃开了，可又舍不得从腿上搓下的泥卷儿，跑不远又踅回来，围着她嗖嗖地转圈子。兰芝屈下身，双膝跪在河底，河水可巧淹到脖子根儿，两手搓洗腰和胸。还没搓几下，就又哗地站起来，脸儿红得像苹果，咬牙瞪眼暗跺脚。原来那群尖嘴大肚儿的小鱼看出兰芝没有伤害它们的意思，又摇头摆尾地围上来，圆圆的小嘴像寻奶吃的婴儿，噁她肉乎乎的腰眼，噁她白嫩嫩的胸脯，噁得她一激灵一跳，麻酥酥的像过电。正在她哭笑不得的时候，身后又是"哗啦"一声响，直撅撅地站起一个人。

钻云儿开始只是想和小时候一样开个玩笑，等钻出水面，只觉得一片阳光灿烂，照得他头晕眼花愣愣怔怔不知所措。他万没想到，兰芝如今竟变成了这个样子：原来那层看惯的黑皮儿褪掉了，换成一身二罗面、三春雪。特别是那白嫩嫩的胸脯上，高高地鼓起两个小蘑菇，使那原本平平板板的身子凹凸有致，说不出的美。

两人面对面，眼对眼地傻站了好一会儿。兰芝先醒过梦，弯下腰一手护着前胸，一手抓起河泥，劈头盖脑朝钻云儿猛打。一顿冰雹砸醒了钻云儿，急转身炝个高儿，屁股朝天脚朝地，双脚拍打着水花，慌慌张张水下逃生。

钻云儿知道闯了祸，游回坝北，匆匆穿上衣服就往堤顶爬。刚爬到半坡，一片黑影罩过来。还没容他抬头看，"啪"的一声响，脑袋上就挨了一家伙。兰芝手握镰刀，怒冲冲挡在前面。

"坏种！"兰芝的镰刀把又举起来，钻云儿慌忙后退。

"坏种！！"兰芝居高临下，步步紧逼。钻云儿脚下一绊，四仰八叉倒在地上，土豆下山滚到底。

"坏种！！！"兰芝几个箭步跳下堤坡，一脚踩住钻云儿的胸脯子，抡起镰把就打。

"兰芝，别……"钻云儿用手护着脑袋，大叫。

兰芝咬牙瞪眼，气哼哼地不停手："坏种，打死你！"

"打死我，我就是个屈死鬼！"钻云儿被打急了，反倒不再护脑袋，梗着脖子喊。

兰芝一抬脚："滚起来！"

钻云儿鲤鱼打挺蹦起来，委委屈屈揉着满脑袋的包。

"跟我走！"

兰芝在前，钻云儿在后，爬上大堤。

拦洪坝的老柳树下，紫穗槐棵子里，兰芝升堂审案。

"说，你为什么到这边来？"兰芝怒目横眉，厉声厉色。

"我觉着大晌午没人，就过来瞧瞧。"钻云儿低眉顺眼，畏畏缩缩。

"胡说八道！我不是人？"

"是。"

"那还过来？"

"我看出是你，就想和小时候一起洗澡那样，闹着玩。"

"你混蛋！"兰芝一下羞红脸。

"真的，谁骗你是小狗。你想想，咱们前几年一块儿洗澡，不是老闹着玩吗？"

"还说！"兰芝又扬起镰把。

钻云儿连忙抱住脑袋："不是你问的吗？"

兰芝放下镰刀，低下头。好半天，"扑哧"笑了。

"你不生气了？"钻云儿见兰芝笑，脸上也露出笑模样。

"哼，念你初犯，饶了你。以后不许！"

"是，保证再不重犯！"

风暴一过，两人和好如初。

钻云儿胡噜着脑袋抱委屈："不问青红皂白，上来就是一顿糊涂揍。瞧，满脑袋的小脑袋！"忽然又笑起来，"比你的小蘑菇还大！"

"小蘑菇？什么小……"兰芝话到半句，立刻意识到了，飞霞上面，"呸！"一口唾沫啐了钻云儿满脸花。

钻云儿不急不恼，一边擦脸一边嘻嘻地笑："兰芝，你比早先好看多了。"

"这叫女大十八变。"兰芝抿嘴乐。

"我以前怎么没觉出来？"

"不识庐山真面目。"兰芝卖弄文才，张口念出一句诗。

"只缘身在此山中。"钻云儿接上下句，涌出一脸坏笑，"在山中看不见，到河里就看清了。"

兰芝瞪钻云儿一眼："脑袋上的包还是少了。过来，我看看。"

钻云儿顺从地坐过去，伸出脑袋。

兰芝细溜溜的小手轻轻拨开钻云儿的头发，看着一个挨一个的大疙瘩，心疼得倒吸气："哎哟，妈呀，这么大！"抱住钻云儿的脑袋，鼓起小嘴吹凉气。她吹了一会儿，问："还疼吗？"

钻云儿觉得兰芝的手那么软，那么轻，抚摸得他的脑袋晕乎乎的。从那花骨朵一般的小嘴里吹出来的气，又是那么匀，那么凉，一直凉到心底里。长这么大，他还是头一次感到人是这么幸福，便动情地说："你打的，不疼！"

兰芝的手一哆嗦，猛把钻云儿的脑袋搂进鼓着两颗小蘑菇的怀里，激动得声音颤颤抖抖："钻云儿，钻云儿，你钻进我心里去了！"

自此，两人贴心贴肝地好了八九年。谁知到了宜家宜室的时候，一场冰雹，一阵恶雨，世事颠倒。钻云儿娶了糙手毛脚、不通情理的够儿，兰芝却嫁给了三分是人七分像鬼的珍宝。

钻云儿是个重情重义的汉子，自己窝心还能忍，一想到心爱的兰芝受委屈，就忍不住顿足捶胸，呼天抢地，痛不欲生。

珍宝惊惊慌慌跑回家，进了院子插上门，手扶窗台，低头弓腰，"呼哧呼哧"，漏气的风箱，半天喘不过气。

珠帘"呱嗒"一声响，兰芝扭扭搭搭走出屋。几年的工夫，兰芝由顶花炸刺挂露珠的嫩黄瓜，变成了斜挂枝头、半青半红的秋苹果。身段没有了情窦初开的少女时期那种苗条柔软，却更丰腴匀称，别有一番韵味。只是那两潭春水似的眼睛里，少了柔情蜜意，时时像冻了冰，使人一见寒彻骨。

兰芝看着珍宝的狼狈相，嘴角一撇，鼻子里"哧"地喷出一丝冷笑："是遇上了尖嘴利爪的花老鹰，还是碰上了长腿细腰的追兔子狗，吓成这个孙子样儿？"

劈头遇到雷头风，泥人也要犯土性。珍宝却烟不出火不冒，习惯成自然。他使劲噘着嘴不喘气，轻手轻脚溜进屋子。

兰芝把身子斜靠在门框上，眼望珍宝的背影，两行苦泪扑簌簌滚下来。她做梦也没有想到，自己会把如花似玉的俏身子，给了这么个废物糟蹋。

近朱者赤，近墨者黑。珍宝年幼无知时，怵怵怛怛上不了台面。等到年纪稍长，知道了老爹是队长，头上有顶戴花翎纱帽翅儿，不同一般平民百姓，胆子也就慢慢大起来。待长到十七八岁，竟也挺着鸡胸脯，倒背短胳膊，鼻孔朝天看不起人。特别还继承了他爹张栓子爱花寻柳的秉性，秃老婆爱颜色，眨巴着两只色眯眯的母狗眼，专往女人群里钻。恶心得大姑娘小媳妇们一见他，就如同吃了蝇子喝了醋。一回兰芝吃多了洋槐花，心里难受得摘心摘肝，揉肚子，捅嗓子眼，办法想尽用绝也吐不出来。够儿一声大叫："让珍宝用嘴给你嗷！"兰芝一低头，"哇"，翻肠倒肚吐了个干干净净。

说来也怪，兰芝看见珍宝就像见了长尾巴蛆，珍宝却癞蛤蟆想吃天鹅肉，偏偏看上了她，并且发誓，非兰芝不娶。权势人家的瘸骡子也当千里马卖，珍宝还不到十八岁，说亲保媒的就踢破了门槛子。珍宝公开声明："给兰芝做媒的就是同我家作对。"

此话传出，吓得男女媒人再不敢登门，恶心得兰芝又吐了三天两夜。就连张栓子都觉得悬乎："金丝雀儿得配金丝笼。就你这个秃尾巴鹌鹑，还想攀高枝？"就劝珍宝要面对现实，别太心高。珍宝在外面是孙子，在父母面前是爷爷，张嘴就把张栓子顶了个大跟头："你能把虞美人弄到手，我就能把兰芝娶回家！"他妈扬手给了他一个耳刮子，他躺在地上撒泼打滚："你们不把兰芝给我弄过来，我就一辈子不结婚，让老张家断子绝孙！"

张栓子两口儿没法，只好低声下气去求人。可没一个敢接这个活儿："你就是把六万紫金摆在这儿，可惜我没命挣！"

　　没人当媒人，珍宝色胆包天，毛遂自荐。钻云儿在家时他还避讳着，钻云儿的拳头比他的脑袋大，掐巴他像掐巴小鸡子。钻云儿当兵一走，兰芝没了保镖，珍宝觉得把这个美人搂进怀，不亚于探囊取物，唾手可得。

　　兰芝收工回家，路过大队部，珍宝从广播室里出来，拦住去路。

　　"兰芝，榜地够累的吧？快到屋里歇歇。"

　　"广播室是高人待的地方，我这个低级草民可不敢去。"兰芝的嘴赛刀子，骂人不吐脏字。

　　珍宝虽长得猪不吃狗不啃，张栓子和虞美人却有望子成龙之心。薄沙是地，好赖是儿。前几年上大学靠推荐，公社发下表，张栓子不开会，不研究，填上珍宝的名字报上去。文化高低没人问，体检关口卡了壳。张栓子请了一桌酒席，费了八车好话，学校死活不要，白白糟蹋了一张表。卫生院培训赤脚医生，张栓子又把珍宝送了去。学习半年，珍宝连土霉素的药理都没记住，倒给六个女同学写了情书，闹得一群姑娘哭哭啼啼上不了课。校长不得已和张栓子掰了面子，把珍宝赶回家。张栓子不死心，又让拖拉机站站长从队里拉走两架柁，给珍宝换了个司机当。谁知上车一试，武大郎攀杠子，上下够不着。手把着方向盘，脚够不到离合器；身子往下蹿，两手又没法转方向盘。只好洒下几滴伤心泪，吹灯拔蜡蹿锅台。送走三次退回三次，张栓子烦了，指着抽抽搭搭的珍宝破口大骂："是个猫还能逮耗子，是个狗还能守门户。养你这么个猫狗不如的废物蛋，不如没有当绝户！"

　　虞美人听着不入耳，拍打着屁股搭了腔："好种出好苗，好树结好桃。你生根儿起脚坏了种，能怨孩子没出息？"

　　一句话堵住张栓子的嘴，呼哧喘气出不了声。

　　外面去不了，只好在队里凑合。可巧女广播员出嫁，珍宝就顶了缺。广播不像开车拿药，音高音低、读对读错出不了人命，这个差事才算固定下来。

珍宝知道兰芝在损他，嘻嘻哈哈装听不懂。他不怕人损，就怕人不理。

"你要进了我的屋，咱俩就一般高。"珍宝上学笨得能让老师抹脖子上吊，和女人打牙斗嘴却是无师自通。

兰芝抿抿嘴儿，把肩上的铁锄放下来，手扶锄杠背靠柳树，清脆脆念起歌谣："东西街，南北走，出门碰上人咬狗。拿起狗来打砖头，倒叫砖头咬着手！"

珍宝哈哈地笑："胡说八道，砖头能咬手？"

兰芝不理他，继续念："高粱树，高粱高，高粱树上结樱桃。蠓虫下了个天鹅蛋，耗子逮住狸花猫！"

珍宝不傻，慢慢听出味道，小脸涨得通红："你这是讽刺我！兰芝，你不知道我的心，你不知道我是多么……"

"住嘴！"兰芝一声断喝，"狗臭屁别熏了我的耳朵！我刚才说的那些，你都亲眼见了，再想别的！"双手一抡，锃亮的大锄在珍宝眼前划了一道弧，带起一阵风，扛在肩上，蹬蹬地走了。

许是珍宝该走桃花运，兰芝命中犯煞星，兰芝终于栽在珍宝手里，珍宝也终于占有了兰芝。

兰芝哥们姐们多。男的婆媳妇要盖房，女的出嫁要买陪送，借了东家借西家，日子过得像麻绳蘸水紧上紧，全家人一年到头吃不上几顿净面饽饽。实在挨不下去，老四坠根儿铤而走险。

该着丢人出不了高粱地。坠根儿刚把一包花生扛进门，张栓子就领着几个民兵跟进来。人赃俱获，一家人吓了个目瞪口呆。

"送派出所！"张栓子厉声吆喝，"老子当伪军，儿子做盗贼，这是歪瓜裂枣根儿上坏，连老带少一块儿抓！"

别人还没怎么着，兰芝妈先就"咕咚"一声跪在地上。她知道儿子偷一包花生罪过还不是太大，要是把他老子当过伪军的事联系在一起，历史加现行，可就活活要人命了。

就在兰芝妈苦苦哀求的时候，珍宝从人后闪出来，碰碰兰芝的胳膊，扭身往外走。兰芝擦着哭红的眼，抽抽咽咽跟出来。

一会儿，珍宝返回屋，又把他爹悄悄捅出去。张栓子从外面回来，铁板的脸孔放了松，错了位的五官也还了原。语气虽然还是挺严厉，却不再冷森森地带杀气："念坠根儿初犯，先不送派出所。好好在家反省，等候最后处理！"

最后的处理结果，是坠根儿进城当工人，兰芝给珍宝做媳妇。

坠根儿头走，脑袋撞墙嘴流血，抱着姐姐放声痛哭："姐姐是用身子，给我换了个工人当！"

兰芝也哭了个昏天黑地："爹娘没权没势没能耐，咱姐弟四个都窝在家里受穷受瘪。如今你出去了，也算给咱家争了口气！"

坠根儿趴在地上"咚咚"磕头："我这算争的什么气？丢八辈祖宗的脸呀！"

珍宝得意忘形，乐得要是有孙猴子的本事就上了天。他逼着爹妈刷墙壁，糊顶棚，给各个亲友送帖子，只等喜期一到，美美滋滋地做新郎。

人们看着一朵花似的兰芝，再看看癫窝瓜似的珍宝，无不感慨万千："好汉无好妻，赖汉娶花枝！"

珍宝不服气："我哪儿赖？"

人们哄他："要说赖也不赖，别人有的你都有，就是短了点儿！"

珍宝得便宜卖乖："要是那什么，我得上天宫里找仙女，兰芝那样的往哪儿摆？"

结婚第一夜，珍宝好不容易盼得闹房的人走净了，颤颤抖抖来摸兰芝的脸："开花的黄瓜谢花的藕，新娶的媳妇头一宿。嘻嘻……"

兰芝一巴掌打开他的手，扭过身子给了他一个后脊梁。

"臭娘们儿，想上天？娶来的媳妇买来的马，任我骑来任我打。不给你点儿厉害尝尝，你是不知道马王爷三只眼！"珍宝抖起大丈夫威风，哈腰扒下脚上的鞋，怒冲冲要教训兰芝。

兰芝稳坐钓鱼台，等珍宝来到近前，抬起脚照他的胸脯狠狠蹬去。珍宝外强中干，银样镴枪头，哪禁得这一蹬？连退四五步，一个倒仰倒在地上，脑袋磕在后山墙，磕下鸡蛋大的一片灰皮来。珍宝躺了半天才爬起，斗败的公鸡咬输的狗，耷拉着翅膀夹起尾巴，再不敢上前，爬到炕尾拉开被，闷头闷脑地睡下了。

兰芝不脱衣服不关灯，眼珠子滴溜溜地转，一直坐到天亮。

三宿不睡觉，老虎也打盹。这天兰芝实在熬不住，迷迷糊糊地睡着了。忽然觉得不对劲，睁眼一看，身子已被脱得赤条条，珍宝癞蛤蟆似的趴在上面。兰芝心里忽悠一下，浑身像火燎水烫，伸手就在珍宝的脸上胸上乱抓乱挠，抓挠得珍宝血糊糊得不成样子。

虞美人一边掉眼泪一边给珍宝抹红药水："这是娶来的媳妇吗？这是请来的活祖宗！"又看着张栓子骂，"你个窝囊废！儿子被挠成这样，你就不管管？"

张栓子低着头不吭声，只把烟袋锅子嗑得吱啦啦地响。

又到了夜里，珍宝蠢蠢欲动，兰芝一瞪眼，不敢上前，就自嘲："哼，你瞎能耐半天，还是没跳出我的手心！"

见兰芝不理他，火也上来了："你就是现在跟我离婚，也是残花败柳，二水子货，挑剩下的烂桃处理品！"

兰芝叹口气，抬头盯住珍宝："你过来！"

"你要干吗？"珍宝心虚嘴硬，"夫妻同房，天经地义，受法律保护。我就不信你敢谋害亲夫！"

"我认命了！"兰芝眼里涌出两串泪，"你过来吧，咱俩睡觉！"

珍宝大喜过望，急忙挨过去，双手在兰芝怀里乱胡噜："嘻嘻，我再上一回奶头山！"

兰芝搂住珍宝的腰猛一翻："你下去吧！"

夫妻好比一盘磨，夫是上盘，妻是下盘。兰芝、珍宝调了个儿。

珍宝被兰芝拿下马，服服帖帖听驱使。张栓子活着的时候，虞美人和他一块儿还能对兰芝吆吆喝喝，给珍宝做劲撑口袋，兰芝也被迫顾着点儿面。张栓子一死，虞美人又恢复了过去的风流，嫌兰芝、珍宝挡眼碍事，就把他们支到老房子去住，自己如同独身的女人住公寓，单挑一座大院。珍宝没了后盾，失去依靠，更成了兰芝的奴隶仆夫使唤丫头。兰芝的委屈没处诉，就胡吃乱花瞎抖搂。虽然心里不熨帖，身子倒养得又白又胖，嫩嫩生生。

珍宝在屋里等了半天，不见兰芝动静，只好自己走进灶间找吃的。谁知竟是凉锅冷灶，没有丁点儿入口的东西。珍宝的肚子饿得牛吼蛙鸣，忍不住嘟囔："都什么时候了，还锅不刷碗不洗，不吃饭了？"

"吃饭？吃你妈那腿！"兰芝狠狠一抹眼泪，撒泼使气，"撒泡尿照照你那副胎子，也配吃人饭！"

珍宝刚受了钻云儿的羞辱，如今兰芝又不给好脸色，两头受气，也急了眼："你别这么逼迫人！绵羊老实，临死还蹬蹬腿；小鸡子无能，剁下脑袋还跳三跳！你和钻云儿在一起也不是长脸的事，我去告诉够儿，看不搅得你们个鸭飞兔子叫，平静没日子过。"

五

钻云儿没娶上兰芝，倒跟最看不上眼的够儿成了亲，演了一出新的乱点鸳鸯谱。

够儿娘是瓦罐，一连生了六个孩子都是丫头。

当第四个丫头落草时，够儿的爹杨成林指手画脚："叫改吧！"

第五个丫头下地，杨成林脸涨脖子粗："叫换！"

第六个孩子的哭声一出口，等在门外的杨成林一步冲进屋，伸手去扒婴儿的腿裆，只看一眼，转身就走："叫够儿！"

杨成林三个咒语三道符，一改二换三够，才把老婆镇住，瓦罐扎嘴封口，不论男女再不生，够儿成了老丫头。

够儿丫头身子小子脾气，温文娴静一点儿没有，洗澡摸鱼，爬树掏鸟，真正的小子也比不过她。路中心挖陷脚坑，扒瓜捎带偷被窝，坏小子也不能同她比。只是一提上学就蝎虎子吃烟袋油，浑身乱哆嗦，死榆木疙瘩一窍不通。

"哎，这道题怎么做？"够儿捧着黑一块白一块的作业本问钻云儿。

实际上，够儿比钻云儿还高一年级。双柳渡村子小，一、二、三、四四个年级大复式。钻云儿脑瓜灵，学会自己的，还把高年级的功课记住了。够儿和钻云儿坐一桌，天天做作业让钻云儿当参谋。

"自个儿做！"钻云儿不耐烦了。

"放屁！自个儿做还求爷爷告奶奶地问你？"够儿一张嘴，就是浑河里的那股浑味儿。

"你现在问我，考试的时候问谁？"钻云儿开导她。

"考试的时候抄！"够儿得意地扬扬头，干玉米缨子似的黄头发颤几颤，两条清鼻涕耷拉地过了河。

"将来用的时候怎么办？"钻云儿不敢看她，把脑袋扭到一边，使劲合上眼。

"用个屁！过两年我就跟我妈到队里干活，一天能挣三分五！"够儿用手背一抹鼻子，反手擦在屁股上。

"脏样儿！"钻云儿恶心得不得了。

"咸吃萝卜淡操心，又不给你当媳妇！"够儿拉下脸。

"倒找钱儿也不要你！"钻云儿也动了火。

人有脸树有皮。够儿受了伤害，扎撒着两只胳膊扑过来，又长又尖的黑指甲抓在钻云儿脸上，立时鼓起两道血棱子。钻云儿抄起铅笔盒，照着够儿的黄毛脑袋就是一下子。够儿往前一蹿，一口叼住钻云儿的耳朵垂儿。钻云儿疼得嗷嗷叫，左摇右摆乱晃动。够儿死死咬住不松嘴，稀溜溜的鼻涕抹了钻云儿一脖子。从此，够儿脑袋上落下一块疤瘌，钻云儿的耳朵垂儿多了一个豁口。两人做了仇，仨月没过话。

钻云儿一跟兰芝好，和够儿就更疏远了。没想到，钻云儿复员回村，碰到的第一个人就是够儿。

钻云儿背着四棱四角的行军包，沿着河堤往家走。背包的分量不轻，心比背包还要重。望见两棵老柳树，钻云儿两脚像坠了千斤石，沉得一步也挪不动。

"哎，闪开！"身后一声大喝。

钻云儿忙闪身。一辆吱吱嘎嘎的自行车"嗖"地擦身而过，过去不到两丈远，手一拐把，又拨马而回，"咚"地从车上跳下一个又高又胖的大闺女。

"哈哈，我说怎么生人气，闹半天是仇人回来了！"胖闺女站在钻云儿面前，哈哈大笑。

钻云儿愣了愣神，才认出是够儿。

够儿今非昔比，鸟枪换炮。过去的沙篙尖子变成黑铁塔，一米七五的身个儿，没有二百斤也有一百八，黄棒子毛变黑了，脸蛋上也不见了灰泥点儿，粗眉大眼，满面红光。

"复员了？来，把背包放下来，我给你驮。"够儿话到手到，揪住钻云儿肩上的背包就往下拉。

"这……"钻云儿护着背包，心神不定。

"怎么着？狗上锅台不识抬举是不是？"够儿形变神不变，还是过去的浑脾气，说出话来扎人肺管子，"你还想等兰芝来接你呀？做梦去吧。人家早做了珍宝媳妇，跟你八竿子够不着了！"

够儿一半打抱不平，一半幸灾乐祸。她自己还是个扑棱着翅膀找不着窝的秃尾巴鹌鹑，有人做伴也不是坏事。

够儿自知相貌平平，搞对象不敢挑五拣六。有人给介绍了两个，不但没成功，还大大伤了自尊心。

第一个刚见面，小伙子一句话没说，撒腿往外就跑。媒人以为犯了疯病，蹬上自行车就追。追上大堤，小伙子被垫堤的石头绊个跟头，才被媒人抓住脖领子。紧叮慢问，小伙子才道出实情："睡觉的时候，是我搂着她，还是她抱着我？"

第二个倒是待的时间不短，小伙子可劲用手指头堵耳朵。最后撂给媒人一句话："人还凑合，可我有心脏病，受不了她的大嗓门儿！"

气得够儿跳脚骂："腰里别个死耗子，假充打猎的！懂行不懂行，也横挑鼻子竖挑眼。胖有什么不好？比不过那满身扎手的骨头尖子肉？嗓门大，说话听着还省劲儿呢。我装不了哼哼唧唧的病猫子！"发下誓，以前人挑我，今后我挑人，绝不撅嘴骡子卖驴价！可一挑挑到二十九，挑得红颜消退，愁上眉梢，还是形单影只，不知婆婆给没给生出丈夫来？如今一见钻云儿，同病相怜，主动套近乎。见钻云儿不领情，气得够儿一步蹿上车："给脸当大褂子穿！"压得自行车吱吱嘎嘎一路山响。

钻云儿一连几天猫在家里，大门不出二门不迈，不会乡亲，不拜朋友，没情没绪懒得见人。他趁家人下地干活，翻腾出过去的旧衣裳，拿起针线补补。从今后，脱掉绿军装，枪杆换锄杠，重新下地挣口粮了。

刚缝了几针，够儿一身簇新走进来。两人相对无言，一个继续笨手笨脚地缝补，一个坐在炕沿想心事。

"光棍苦，光棍苦，衣服破了没人补！"够儿忽然自言自语。

钻云儿心里蛇咬蝎蜇，手一抖，针尖扎肉，渗出鲜红的血珠。他想起了兰芝，想起了临别之夜，想起了送行路上……

"光棍光，光棍光，病了谁给做碗汤？"够儿继续念，圆大的眼里闪出一层泪花。

"你要干什么？别在这儿搅得人心烦！"钻云儿把破褂子一扔，大吼。

"我不是来惹你心烦，我是来给你舒心。"够儿没跟钻云儿对吼，反倒细声细气的，显出从没有过的温柔。

"什么？"

"我……我来毛遂自荐。"够儿的胖脸微微一红。

"啊……"钻云儿一时目瞪口呆。

"怎么着？你小子放明白点儿，别以为送上门的东西没好货！"够儿又恢复了本来面目，"我是长得二五眼点儿，可哪儿哪儿都齐全，不缺胳膊不少腿，正正经经一个黄花大闺女！兰芝漂亮，她早是珍宝的了，已把你忘了个干干净净！要不，你回来好几天了，她怎么不来看你？哼，告诉你，我是货卖识家，要不要一句话。过这村没这店，好马不吃回头草！"

钻云儿急火烧昏头，一拍大腿应下了："够儿，我……要你！"

够儿扑上去，两条粗胳膊紧紧箍着钻云儿的脖子，又哭又笑："咱们明天就结婚，我等不了了！"

花烛之夜，两人没有鸳鸯交颈，凤凰双栖，却洞房变战场，新夫妻滚开了车道沟子。

闹房人一走，够儿铺褥子摆枕头，喜滋滋地叫钻云儿："傻小子，快来呀！"

钻云儿望着两条鲜活耀眼的红绿绸子被，头顶头挨在一起的荷花鸳鸯枕，又望望喜眉喜眼喜气洋洋的够儿，迟迟疑疑不上前。

够儿解开粉红袄，露出被雪白乳罩箍得圆鼓鼓、紧绷绷的胸脯，含羞带臊，低呼慢唤："你个狠心的，臭大架子，傻愣着等什么？人家都是男的主动，你倒让女的求男的！这时候不上炕，真让我去抱你呀！"

钻云儿仍是直愣愣地盯着墙角，一动不动。

"你怎么了？哪儿不舒服？"够儿沉不住气，跳下炕，手搭钻云儿肩膀，关切地问。

"我……我想兰芝。"钻云儿的话一出口，泪如雨下。

"什么？"够儿一下白了脸，"好你个没良心的坑人种！我眼巴巴等到二十九，倒贴五百块钱嫁给你，你就这么对我？这时候还惦念着那个小妖精？！"

"住嘴！"钻云儿满脸涨血，眼珠子暴突，"你敢骂兰芝，我就敢大嘴巴子抽你！"

"就骂就骂，小妖精，浪娘儿们！"够儿撒了泼，一跳三尺高。

钻云儿怒吼一声，抬手就给够儿一耳光。

够儿一张嘴，又叼住了钻云儿的耳朵垂儿。

钻云儿的爹妈跑过来，连劝带骂，总算把两个大闹花堂的薛丁山、樊梨花拉开了。

够儿一脚踢开鸳鸯枕，扔掉红绸被，扣好红袄扣儿，绿绸被裹紧胖身子，直挺挺躺地在炕上，呼哧呼哧地生闷气。

钻云儿不枕枕头不盖被，在炕尾和衣而卧。

一连五六天，钻云儿没显出怎么样，够儿吃不住劲了。她先放开裹身子的绸被，松松散散敞着口儿。不久又扒了袜子脱了衣服，赤条条的。最后常常睡到半夜，说梦话撒癔症，又伸胳膊又蹬腿，被子掀到一边，露出高高的胸脯圆滚滚的大腿，在灰暗的夜色里泛白光。

钻云儿独卧炕尾，不声不响，安安定定睡他的觉。

这天，钻云儿睡得正香甜，"啪"，腮帮子上重挨了一家伙，睁开眼，够儿不知什么时候滚到他身边，一只白胖胖的胳膊压在他脸上。钻云儿把她拨拉开，翻过身去面对墙。刚一闭上眼，"呱唧"，一条大腿抡过来，更重地砸在肚子上。钻云儿坐起身，见够儿两眼瞪得赛铜铃，呼呼啦啦蹿火苗。钻云儿朝那两眼望一会儿，倒头又要睡下去。

"狠心的，你把我弄了来，就让我看着你挺尸？"够儿口气虽然还很硬，却流露出悲悲切切、酸酸溜溜。

钻云儿两手捂嘴不吭声。

"叫你死鲇鱼不张嘴！"够儿扑上来，在钻云儿的胳肢窝里乱抓乱挠。"扑哧！"钻云儿痒得憋不住，一下笑出声，"你要干什么？"

"干什么？该干什么干什么！"够儿像剔去骨头抽掉筋，软塌塌倒在钻云儿怀里。

自此，钻云儿和够儿做了夫妻，一晃就是好几年。

天气早已过了晌午，钻云儿还没有露影儿。够儿心里狗咬猫抓，急成热锅上的蚂蚁，扔下修了一半的电动机，出来进去了一趟又一趟。

够儿眼下可是扬眉吐气了。过去挣工分，虽然两口子都是壮劳力，年底分的那点红，顾了前襟顾不了后背，打了油就没了买盐的。如今，钻云儿和她都修电机，修一个电机一百多块，短短两年，小草长成大树，丑小鸭变成白天鹅。够儿又买彩电，又买沙发，像花生地里戳了棵玉米棒子，在双柳渡高出一大截儿。

美中不足的是，钻云儿和兰芝续上了旧情，闹得够儿心里又酸又苦不是滋味儿。说起来，钻云儿也跟她挣钱过日子，也跟她一个锅里吃，一个被窝睡，可就像是温吞水，不冷不热的不过瘾。两人之间总是挂着一块布，隔着一堵墙，不能实实拍拍心贴心。为此，够儿打过，骂过，哭过，闹过，拉着钻云儿撞响头。可越折腾，钻云儿和兰芝越热火，撇下她孤孤单单，冷冷清清。够儿想疼了脑袋，想肿了牙，终于想出个好主意。不打不闹，哭脸变笑脸，暖手焐冰石头。钻云儿一出去，她就跟前跟后紧把着。吃饭时，两眼只盯钻云儿的碗，吃一碗盛一碗，钻云儿吃肉她喝汤。一到晚上，早早铺好炕，拉着钻云儿钻被窝儿。两只硕大的奶子紧顶钻云儿前胸，钻云儿说咋她随咋。可就这，还是换不下钻云儿的心，一个眼不见，就跑出去了，半宿半宿不回来，闹得她没抓没挠，心空荡荡地悬在半天云里打秋千儿。

大门一响，够儿急忙迎上去。推门进来的不是够儿望穿秋水的钻云儿，却是她最不待见的珍宝。

"你来干什么？"够儿脸一沉，语气冷得能冻死人。够儿打心里看不起珍宝。一个堂堂男子汉，媳妇跟别的男人好，全村人嚷嚷得拱破房顶子，自己倒闭着两眼堵着俩耳朵，装没事人。哼，活王八！

"够儿……"珍宝眨巴着小眼，欲言又止。

"有话说，有屁放！别嘴里含着热茄子似的，没人跟你扯哩个楞！"

迎面撞上雷头风，一股怒火蹿上珍宝的脑门子，一跺脚把说不出口的话挤出来："你家钻云儿跟我们兰芝的事，你管不管？"

够儿的眼珠子差点儿迸出眼眶："你还有脸说？火气大一点儿也扎进牛屁股淹死了！回去管住你那浪娘们儿，别整天吃饱没事干，变着法儿勾引别人的爷们儿！"

珍宝反唇相讥："你别老鸹落在猪身上，光看别人黑，瞅不见自己个儿。托生个娘们儿，伺候不好自家的爷们儿，让他四下里打野食。呸，丢人！"

"母狗不摆尾巴，牙狗不敢上前！"够儿护着自己的男人。

"母狗要是让牙狗顺心畅意，牙狗就会在家守着，绝不到处乱跑瞎勾搭！"珍宝偷梁换柱，撒开兰芝，专攻够儿。

够儿最怕别人说她不入钻云儿的眼，不由白了脸："你放狗屁！"

"你才放狗屁！"珍宝的目的达到，再添一把火。

够儿忍不住，伸手抓住珍宝的瘦肩膀："我掐死你个活王八！"

珍宝摸不着够儿上部，一把拧住够儿肚囊的暄肉："我拧死你个废物狗！"

两个人你推我搡，正在院里转磨磨，钻云儿推着车子走进门。

"你个丧尽天良，缺德八辈的！我哪点儿对不住你，哪回没伺候好你，你偏当那狂蜂浪蝶采野花！"够儿见了钻云儿，醋劲大发，撒开珍宝，扑向钻云儿。

钻云儿怒目圆睁，抡起胳膊给了够儿一个嘴巴。

"啊！"够儿惨叫一声，捂住落下手指印儿的脸，"你打我？今儿个就让你打死！那个小妖精就那么好？骂一句，你就打自个儿的媳妇？"

"她就是好！跟你比，她是牡丹花，你是狗尾巴草；她是鲜灵芝，你是毒蘑菇！"

"你……你……"够儿浑身乱抖，差点儿背过气去。直着脖子愣怔半天，够儿才缓过劲儿："家花没有野花香！"甩开比檩条子还粗的腿，旋风般地冲出大门，"我撕烂那个小娘们儿，看她肚子里有什么花花肠子，能勾人的魂儿！"

七

兰芝气走珍宝，坐在炕沿上暗暗垂泪。想着贴心贴肉、知情知义的钻云儿，心里又苦又酸，又悲又喜。

兰芝为了保住年老的父亲和刚刚成年的弟弟，一封信，和钻云儿割袍断义，成了珍宝的屋里人，心里的痛苦和委屈，蘸尽浑河水也书写不完。钻云儿真以为兰芝攀龙附凤忘旧情，复员没几天，就赌气和够儿结了婚，扬着冷脸不理她，更给兰芝心灵的伤口撒了一把盐。

兰芝村边地头等钻云儿，钻云儿东躲西绕不见面。

傍晚收工，社员们都急急忙忙往家赶，兰芝故意磨磨蹭蹭落在后面。等人们都走远，钻云儿也不见了踪影。暮色苍茫的旷野里，只剩下兰芝孤零零的一个人。她无心回家，一抬腿上了浑河大堤。没想到，一簇茂盛的柳棵子下，仰面朝天躺着钻云儿。

"钻云儿！"兰芝眼含热泪，颤抖着声音轻轻叫。

钻云儿头枕双臂，高跷二郎腿，眯着眼睛看落日。

"钻云儿，你好狠心！"兰芝声泪俱下。

钻云儿一个鲤鱼打挺蹦起来："古语说得不错，蝎子钩，黄蜂刺，最毒莫过妇人心。你比我狠上一万倍！"

兰芝双手掩面，哭得弯下身子："你只想自个儿的委屈，就不知道别人有多难！那天夜里……你再不说我心狠！"

钻云儿捂着脸，没了词。

钻云儿当兵走的头天晚上，两人趁人不注意，相跟着溜出村。

田野里月色朦胧，薄雾如纱，万籁俱寂。钻云儿揽住兰芝的肩头，钻进一片柳树林。

在一棵老树下，钻云儿站住了。兰芝鸟儿投林一般，轻捷地扎进钻云儿怀里。

"你这一走，哪年哪月才能回来？"兰芝把脸伏在钻云儿胸脯上，热泪滚滚。

"服完兵役，我就回来跟你结婚。"钻云儿捧起兰芝的脸。月光下，兰芝那双带着泪花的秀眼，闪闪烁烁像星星。钻云儿心里翻起一阵狂涛，忘情地把滚烫的嘴唇紧紧贴在那同样滚烫的嘴唇上，拼命地吸吮。

"啊……"忽然，兰芝发出一声呻唤。

"怎么了？"钻云儿忙问。

"我……"兰芝迟疑一下，"冷。"

钻云儿解开衣扣，露出那副古铜色、厚厚实实的胸脯："来……"

兰芝扑上去，把脑袋深深扎进钻云儿怀里。酸丝丝、暖烘烘的男子汉气熏得兰芝心醉身软。她悄悄伸进手，也解开自己的上衣扣儿，扯掉束缚胸脯的布带子。两块软乎乎的肉顿时高高地挺起来，颤颤巍巍顶在钻云儿的前胸上。

"兰芝！"钻云儿拼出全身力气抱住兰芝，如疯如狂，恨不得把她含进嘴里，吞下肚去。

"钻云儿，你是我的心，你是我的魂儿，你是我的命！"兰芝神志不清地呢呢喃喃。

"兰芝，我……"钻云儿乞求。

"我什么都是你的。要怎么样，都……依你！"兰芝温柔得像一只小羊羔。

……

钻云儿回忆着过去，眼里噙满泪水："那时你是小枣年糕，又香又甜。如今你是负心负义的无情人！你看上张栓子的权势，嫁给了珍宝，让我丢尽脸面。送我参军路上，你说的那些动心动肝的话，全被大风刮没了影儿！"

钻云儿家虽穷，脾气却倔强，看不上张栓子的作威作福，常跟他顶嘴干仗，气得张栓子咬牙跺脚："我要把钻云儿捏在手心里攥死！"那时当工人上大学，都是队里推荐，只要写篇批判稿，在社员大会上一念，就算通过了。钻云儿学习好，写篇文章简直就是小菜一碟。想走的人都来求他。钻云儿仗义，反正都是发小同伴，来者不拒。别人背起铺盖卷进了城，他这个枪手还在地里抒锄杠。钻云儿自小崇拜英雄，一心想当兵。张栓子为掩人口舌，就使了阴招，每到征兵时，年年让钻云儿上站体检，年年背后说钻云儿的坏话。带兵的哪了解情况？当然听队长的。钻云儿连续三年体检都是甲字兵，可就是走不了。后来还是武装部长看不过去了，替钻云儿抱不平，钻云儿才在年龄即将过限的那年如愿以偿。钻云儿和张栓子赌着气，入伍时坚决不让干部送。他又说服了父母，一个人背着背包，匆匆离了村。

千里浑河堤上，多年的杨柳望不到头。石头垛，"土牛"堆，成方成排。

忽然树枝一摇晃，堤旁跳出打扮一新的兰芝。

有了昨夜那一番贴心贴肉，如今见面自然更不同以往。两人手拉手，走进"土牛"后的紫穗槐丛。

"我把什么都给了你，一生一世都是你的人。你可别在外头见了世面疯了心，迷上会说会笑的洋小姐，忘了我这实心实意的柴禾妞儿！"兰芝抓住钻云儿的手，泪水流成串儿。

钻云儿抚着兰芝的肩头："兰芝，看你想到哪儿去了。我钻云儿不是那种吃着碗里，看着锅里的人，绝不吃一喝二眼观三！再说，兵营里除了男人还是男人，哪儿来的洋小姐？要紧的倒是你……"

兰芝脸一变，呼地从钻云儿身上站起来："你不相信我？好，我让你看看！"伸出左手食指放进嘴里，杏眼圆睁，柳眉紧蹙，银牙一错，指尖咬出个大口子，鲜血滴滴答答涌出来。

钻云儿一声惊叫，连忙捧过兰芝的手，张嘴吮住血淋淋的手指头，连血带口水，"咕咚咕咚"咽下肚。

兰芝依偎在钻云儿怀里，柔情蜜意："这下好了，我的身子里有你的，你的身子里有我的，咱们合二为一，永不分离！"

钻云儿回想着几年前那动人心魄的情景，悲痛万分："我钻云儿在外五年，没让洋小姐迷了眼，你兰芝倒叫珍宝勾了心！"

"钻云儿，我……"兰芝哽哽咽咽，泣不成声。

"你以前是堤坡上的韭花棵，虽然埋没在杂草蓬蒿之中，却刚强独立。现在你成了篱笆上的喇叭花，满身绚丽，可趋炎附势！"钻云儿只想把满腔的怨恨一吐为快，不管兰芝的感受如何。

"钻云儿，你杀了我，剐了我！别这么揪住人心一块一块往下割！"兰芝扑倒在地，痛不欲生，"狠心哪，狠心哪！你不知道别人捶布石砸头，磨扇子压手，光顾自个儿叫屈！我当时要不答应珍宝，我们一家子就成了臭狗屎，被千人唾，万人踩，永生永世翻不了身！谁能解救？就是我呀！我应了珍宝，跟了珍宝，可他得不到我的心。我的心早给了你，跟着你走了。我日日盼你回来，夜夜盼你回来。如今你回来了，却把我看成忘情忘义的负心人！我的屈，我的苦，向谁说啊……"

钻云儿被兰芝的哭诉深深震撼了。他好像看见一颗善良的心在经受烈火焚烧，在沸水中熬煎。他情不自禁地走上前，把披头散发的兰芝从地上扶起："兰芝……"

兰芝甩开钻云儿的手，"哧啦"一声扯开怀，白嫩嫩的胸脯上，两只肥大的奶子像两朵盛开的白莲花，胀鼓鼓地挺立着："狠心的，你把我的心挖出来看看，我敢保证，你在哪儿，血红的心尖儿冲着哪儿！"

"兰芝，是我委屈了你！"钻云儿心中的冰块化成水，变成眼泪涌出来，张开胳膊，把兰芝紧紧搂进怀里。兰芝的心，还像五年前那样热，胸还像五年前那么柔软。

两个久别的情人拥抱着躺在草地上，柔软的野花嫩草是床，散发出淡淡的幽香；高深宏大的夜幕是房，遮盖着他们的身体。

"兰芝，我复员回来那些天，你为什么不露面？害得我六神无主，草草和够儿结了婚，一失足成千古恨！"钻云儿遗恨未了，搂住兰芝不住地埋怨。

"你摸摸。"兰芝拉过钻云儿的手，按在胀鼓鼓的胸脯上。

钻云儿不解其意："怎么了？"

"吃屎的货！"兰芝静静躺着，任凭钻云儿抚弄。"我去医院做了流产，在姨家住了半个月。你不看奶都下来了？"

"流产？"钻云儿吃一惊，"你一个孩子都没有，怎么做流产？"

"我要孩子干什么？"兰芝又哭了，"龙生龙，凤生凤。就珍宝那三块豆腐的身量，我还不生个恨天高？与其那样，不如一辈子绝户！"

"薄沙是地，好赖是儿，还是有个孩子好。"钻云儿给兰芝擦去眼泪，轻轻慰劝，"孩子是开心顺气丸，是解闷儿的烟袋锅儿。"

兰芝撑起身子，趴在钻云儿的胸脯上："要生我给你生。说吧，是要粗胳膊长腿的胖小子，还是要白皮嫩肉的俊丫头？"

钻云儿激动地捧着兰芝的脸狂吻："给我生，给我生！小子、丫头，我都要！"

月亮羞得别过脸，星星偷着眨眼笑。夜幕黑得像墨，融化了如胶似漆的两个人……

"兰芝，你出来！"兰芝正沉浸在往事的回忆中，够儿气急败坏地闯进门，站在院中挺胸叉腰，跳脚大叫。

听见够儿叫，兰芝吓得一哆嗦。她恨珍宝，却怕够儿。珍宝拆散了她和钻云儿，虽是丈夫情同仇人。够儿没招她没惹她，她偷了人家的汉子，面上亏理心内虚。兰芝抹抹眼泪，拢拢头发，故作镇静走出屋，身子堵住门口，心里打颤嘴皮子硬："是让驴踢了屁股，还是被蝎子蜇了腿裆？鬼哭狼嚎吵得人不安生！"

"安生？"够儿一拍大腿，唾沫星子喷了兰芝满脸，"你把别人的汉子搂进自个儿怀里，肉肉头头的是安生了，闪得我凉炕冷被空枕头！今儿告诉你，趁早歇了歪心，断了邪念，把钻云儿好好还给我。要不，我一天骂你八十遍，骂得你三魂跑六魄散，耷拉着脑袋抬不起头！"

钻云儿和兰芝的事，全村人都知道，当事人更是心知肚明，但都是背后议论、打闹，没有捅破那层窗户纸。够儿打上门，还是第一次。兰芝心里慌乱，急不择言，竟破口而出："钻云儿本来就是我的！"

"是你的你为什么不嫁给他？"够儿一下逮住了理，得理不饶人，"在一块儿的时候，心肝宝贝蛋，又卖骨头又卖肉。刚一背身，就变卦攀高枝儿，反过来再从别人嘴里抢食吃。呸，不要脸！"

兰芝被够儿骂得搭不上茬儿，只能扑簌簌地掉眼泪。她怨恨地盯了够儿一阵，身子软软地塌下去，坐在门槛上。

够儿苦，她更苦。姐俩守寡，谁难受谁知道。

"好哇，你个小娼妇！胆敢偷人养汉，败坏我家的门风！"

突然一声怪叫，门外又闯进一个神神叨叨的半大老婆子。

八

进来的半大老婆儿高身材，细溜个儿，柳眉挑起无限风骚，杏眼流出似水柔情。额头眼角虽然皱纹密布，脸蛋却被珍珠霜滋润得白白净净。一脑袋浓发染得油黑发亮，又烫得波浪滚滚。上穿白的确良小褂，硕大的乳房顶起两座小山。下穿紧裆黑裤子，包得屁股圆溜溜的惹人招眼。脚上一双灰白高跟塑料凉鞋，手中一把菱形芭蕉扇。远看不过四十一二，近看才知五十挂零。这就是张栓子的老婆，珍宝的娘，远近闻名的虞美人。

刚才珍宝耍阴使坏，把够儿激成咬群的骚马拱槽的野猪，觉得还不称心，够儿前脚跑去找兰芝，珍宝后脚溜出去搬他的娘。他咬定钢牙下了狠心，一不做二不休，把天下搅得越乱越好。

虞美人冲到兰芝面前，伸出十指尖尖的葱白手，指着兰芝的鼻子乱戳点："你个不要脸的骚货，自个儿的爷们儿整天守着，还非偷鸡摸狗的养野汉子！"

兰芝看不上珍宝，更看不起虞美人，面对虞美人的斥骂，不但不害怕，反倒嘴一撇，"哧"地一声冷笑："这有什么稀罕，不是一家人不入一家门。养野汉子是家传，不用请客拜师傅！"

兰芝的话像太上老君的降魔咒、镇妖符，一下子杀掉了虞美人的威风，锁住了虞美人的嘴。她木橛子似的戳在那里，光眨巴眼对不上词。

虞美人的母亲是她父亲从城里买回的窑姐儿。都说窑姐儿不能生养，不知父亲使的什么招数，这位窑姐儿到家第二年就生了个胖丫头。这丫头自幼聪明伶俐、千娇百媚，人送外号虞美人。父亲更是爱如掌上明珠，送她进了几年学堂，识了些字。母亲闲来无事，又教了她不少小调艳曲儿。好种出好苗，好树结好桃，蒺藜狗子的儿女是扎人的豆儿。虞美人稍知世事就轻浮，乡村的柴禾妞儿城里的俏打扮，会说会唱会调笑，一时间成了当地有名人物。高门望族的浮浪子弟纷纷上门求亲，父亲以为奇货可居，迟迟舍不得出售。可惜好运不长，红颜薄命。天地一翻覆，虞美人没有当成西楚霸王的宠姬，却随着父母成了不齿于人类的狗屎堆。

农会主席张栓子带领一群长短工来算剥削账，父亲吓得躲在门后打哆嗦，推出虞美人打头阵。虞美人当时不到二十岁，长得粉面黛眉，杨柳细腰，婀婀娜娜，光彩照人。年过三十还打光棍的张栓子，忘了算剥削账，瞪着两眼看美人。自此，张栓子跟虞美人的父亲做下了仇，三天一游街，五天一斗争。别的地主富农是打是罚都结了案，唯有父亲怎么服软都过不了关。父亲腰酸腿疼睡不着觉，半夜躺在炕上翻来覆去烙大饼。烙着烙着，脑袋里开了缝儿，一巴掌打醒熟睡的女儿："原先你是我的眼前花，如今你成了我的要命草！"

虞美人揉着惺惺忪忪的睡眼想了一会儿，一咬牙一瞪眼："我这就去当你的救命星！"

虞美人拔腿出门，直奔张栓子的破土屋。

张栓子听到敲门声，披衣下炕。门刚打开一道缝儿，虞美人侧着身子挤进来。

张栓子一时弄不清虞美人包子里装的什么馅儿，又惊又怕开不了口。

虞美人翘腿坐在炕沿上，捋捋蓬松松的头发，嫣然一笑："今儿我半夜三更来找你，想怎么处置随你便，只求饶了我的老爹。"

张栓子如梦方醒，乐得差点儿晕过去。灯下看美人，更添三分娇。张栓子哪儿还把持得住？立时关门吹灭灯。

虞美人也鼓起了大肚子。生米煮成熟饭，虞美人也急着卸载，父亲只好流着眼泪把虞美人草草地嫁了。这一来，虞美人倒因祸得福，张栓子几十年来一直在双柳渡当干部，虞美人除去上面来人做做饭当当招待，别的什么也不干，全年还都记满分。全村妇女又干又瘦脸带菜色，唯她白白胖胖满面红光。

饱暖生闲事。虞美人吃饱喝足没事干，就修眉打鬓唱小曲，乜斜着两眼勾情撒娇。可张栓子是个土包子，傻不愣登不懂浪漫。气得虞美人直咬牙，就背着他和别的男人来往。

公社干部陈东来到双柳渡下乡，住在张栓子家。虞美人伺候他吃完饭，就缠着绕着没话找话。

"陈同志，今年多大了？"

"二十五。"陈东来不笑不开口，一笑，满嘴牙齿闪白光，一对酒窝能塞进两颗青枣子。

“比我还大两岁。爱人干什么？”虞美人紧挨陈东来坐下。

陈东来脸一红：“还没有呢。”

“啊？”虞美人像白日见了鬼，“噌”地站起来，“二十五了还没媳妇？”

“嘿嘿，工作忙，顾不上。”陈东来腼腼腆腆，老老实实。

“你可真沉得住气。”虞美人满脸惋惜。

“那着什么急？”

“不着急？”虞美人哧哧笑，“不急得半夜抱枕头！”

陈东来羞个大红脸：“我真……”

“屁，骗傻子去吧。我今年二十三，珍宝都满街跑了。做人这点事，什么瞒得了我？嘴上说不急，嘻嘻，下边早急了！”

“嫂子，你……”

“我怎么？说到你心里去了。不是？那让嫂子验验！”虞美人说着就动手。

陈东来吓坏了，苦苦哀求：“嫂子，别这样，让张大哥知道……”

虞美人哼一声：“你张大哥才不像你这样的面窝瓜。这会儿，指不定跟谁……哎哟，还说不急。嘻嘻！”

什么事日久天长也瞒不住人。一次，两人正亲热，被来找珍宝玩的钻云儿撞上了。

陈东来得了惊吓症，满嘴烧起葡萄珠子大燎泡，呓语不断。家里来人接回，自此一去不回头。虞美人刚尝到美味，就被钻云儿葬送，只急得手抓墙脚刨地，恨钻云儿恨得牙根四指长。

荒草连成片再耪缠锄挂脚，河堤决了口再堵难上加难。虞美人如长荒的草、决口的堤，一发不可收。名声渐渐传出去，正经干部望见双柳渡绕道走，好色之徒却钻旮旯觅缝儿往前凑。

张栓子脸上挂不住，想干涉，被虞美人一句话顶回去：“你先把屁股擦干净再说人！”

张栓子在外边也有不少女人，心里发虚，只得把眼一闭，随她去。

前年村班子改选，张栓子下野。他一直就是双柳渡的当家人，一呼百诺，惯了，一下变成平头百姓，还时不时地挨些讥笑辱骂，哪受得了？不久就一病不起，呜呼哀哉。虞美人倒不怎么悲痛，老头子死了，少了碍眼的，更自由了。她把珍宝两口子留在老房，自个儿独居新屋。白天招几个骂媳妇的能手，扯闲篇儿，打麻将；夜里轮流找那些老情人消烦解闷儿。外面已是阳春三月，生机勃勃。她的屋里仍旧数九隆冬，死气沉沉。

刚才，虞美人送走陪她打牌的几个长舌妇，抱柴点火，做了两碗鸡蛋游丝面。饭后躺在竹篾凉席上，消食养精神。迷迷糊糊的刚要睡去，珍宝踢踢踏踏跑进来，把兰芝和钻云儿的事添油加醋说一遍。虞美人对此不是没有耳闻，只是觉得儿女的事能不管就不管，多一事不如少一事，落得耳根清净。如今儿子上门诉委屈，她再不能装傻，抖擞起精神，跳下炕就往珍宝家跑。想不到刚一递架儿，就被兰芝当头一棒打趴下了。没为儿子撑了口袋，倒闹了个烧鸡大窝脖儿。

虞美人愣了一阵神，使起撒泼耍赖的老招数："好你个小臭娘们儿，今儿我撕烂了你！"

"我臭？哼，我仨月不洗脚，也比你的嘴香！"兰芝恨透了这个家，恨透了废物男人和浪荡婆婆，破罐破摔，分毫不让。

"你……你……"虞美人张口结舌又没了词。

"你一边找地方凉快去！"兰芝一拧身子进了屋。虞美人也觉得没趣，灰眉土脸地泄了气，一扭头看见站在一旁发愣的够儿，找到了台阶，上前拉起够儿的手："走，大婶教你个驱邪勾魂的仙法！"

九

够儿被虞美人拉着，只好懵懵懂懂跟着走。直到大街拐角的老槐树下，虞美人才喘吁吁地停住脚。

够儿问："大婶，你要告诉我什么法子？"

虞美人见不远处有个卖冰棍的，便摇晃着蒲扇端起架子："哪个徒弟拜师不上供？好招儿轻易就教给你？去，给我买两根冰棍儿来！"

够儿是急性子直肚肠，一心想得到虞美人的高招儿，颠儿颠儿跑到买冰棍的小贩面前，买了三根，自己吃一根，给虞美人两根。

虞美人"滋溜滋溜"嘬着冰棍，眼瞅着够儿乐。

"你乐什么？"够儿莫名其妙。

"要想学得会，得跟师傅睡；要想得到真传，必须跟师傅说实话。"虞美人卖关子。

"我说实话。你就快点吧，我脑袋都快憋出犄角了！"

"我问你，钻云儿对你怎么样？"虞美人的眼中闪出奇异的光彩。

"什么怎么样？"

"睡觉的时候。"

"这……"够儿脸一红，"反正，反正哪回都是我先搭理他！"

"笨蛋！为什么不让他主动？"虞美人开始了教导，"男人都是贱坏子，你主动，他就成了大爷，反倒看不起你。你硬起来，让他求你，他就成了孙子，身前身后围着你转。大婶不是吹，除去陈东来那个小没良心的，哪个男人让我黏上，就甭想掉下去。这，就叫能耐！"

"我……我不能跟你比，你漂亮，哪个男人都喜欢你。钻云儿看不上我。"够儿委屈得掉眼泪。

"哼哼，傻蛋！"虞美人的嘴撇得像瓢，"要是光比漂亮，能比得完？你漂亮，还有比你漂亮的，男人还不都跑了？告诉你，吹了灯丑俊都一样。这就看你……嘻嘻！"

够儿听得眼都直了，见虞美人关键时刻又住了嘴，急得大火烧膛："你快说呀！"

虞美人舔舔嘴唇："这半天，嘴都说干了。"

够儿知道虞美人又要吃冰棍，伸手从兜里掏出一把零钱："一会儿你自个儿去买。只要你能让我拢住钻云儿，不再跟兰芝瞎连连，我请你吃三八席都行！"

虞美人接过钱揣进怀，把嘴凑到够儿耳边："过来，我悄悄告诉你，不能让别人听见……"

就在两人咬着耳朵乱叽喳的时候，钻云儿从街上拐过来。

钻云儿听说够儿去找兰芝，怕兰芝吃亏，急忙追了去。到兰芝家没见到够儿，只有珍宝跪在地上向兰芝讨饶。他恶心得想吐，转身出了院子，想到堤顶凉快凉快清清心，谁知竟碰上虞美人和够儿鬼鬼祟祟地说悄悄话。钻云儿不由气往上撞，冲着够儿吼起来："你要是耳朵根子闷得慌，就上牲口棚去听驴叫唤！"

虞美人龇牙一乐："我们在这儿说好话儿！"

钻云儿就是不给好脸："绿豆蝇憋不出好屁！"

虞美人讨厌钻云儿，钻云儿更恨虞美人，一见她气就不打一处来。

还是在钻云儿吓跑陈东来不久，钻云儿又去找珍宝玩。两个人在屋里玩得正起劲，虞美人从外面进来了，站在门口转了阵眼珠子，上去就撩炕席，随即大喊："钱呢？我的钱上哪儿了？"

两个孩子没理会，还是跪着爬着玩他们的。

虞美人一把抓过钻云儿："好你个小贼种，偷到老娘家来了！说，把钱藏哪儿了？不给我拿出来，把贼爪子剁了去！"

钻云儿吓愣了："我没拿你的钱！"

"没拿？"虞美人又一把撩起炕席，"我早起来放这儿两块钱，这不没了？不是你拿了会是谁？"

"我就跟珍宝在地上玩来，都没有沾炕席！"钻云儿极力争辩。

"他是没……"珍宝凑上来，嘟嘟囔囔替钻云儿作证。

"滚你妈一边去！"珍宝挨了他妈一脖拐，呜呜地哭了。

"说，把钱藏哪儿了？不拿出来，我找你家去，让你爸爸打折你的腿！"虞美人龇牙咧嘴，像催命的小鬼。

钻云儿听虞美人说要告诉他爸爸，吓得胆都破了。他爹贺老二虽穷，却有耿直劲儿，从不许孩子们偷谁摸谁的，一旦有人告到家，不分青红皂白就是一顿臭揍。

"你等着，我……给你！"

离村三里地有个畜牧场，二分钱一斤收青草。钻云儿每天等父母下地后，就背着小筐去割草。两块钱卖了半个月，手上被镰刀砍的口子像小孩嘴。

钻云儿把用血汗换来的一把零钱摔在虞美人面前，扭头就走，自此再不进她家的门。

钻云儿初中毕业后，一心想当兵。虞美人给张栓子下指示："不许钻云儿走！当几年兵一转业就成了工人，吃国家粮，拿国家钱，风吹不着，雨洒不着，美死他！就让他在我眼皮子底下，一点儿一点儿地受罪！"

后来，当兵变成哪儿来哪儿去，不再转业也不再提干，虞美人又发了话："让钻云儿去！当几年兵呆坏了身子骨，回来干庄稼活儿更苦。说不定连媳妇都耽误喽！"

就这样，加上武装部长抱不平，二十二岁的钻云儿当了兵，复员回来已是二十七，贴心贴肝的兰芝也进了珍宝的屋。钻云儿和虞美人的仇疙瘩再也解不开了。

虞美人发了一阵子呆，看看够儿，又看看钻云儿，"扑哧"乐了："也难怪，金壶配破瓦罐，彩凤凰配秃尾巴鸡，你们差得太远了！"

够儿听出话里的味儿，脸色煞白地扑过来："看我不撕烂你的臭嘴！我模样不行，可人品好，对爷们儿是碌碡砸碾盘，实打实。不像你，长得花蝴蝶样儿，一天到晚乱招风，给爷们儿现眼散德行！"

虞美人怕够儿真打她，转身就跑："学完艺打师傅，教给你的法儿也不灵！"

够儿看虞美人跑远，变回脸色，亲亲热热拉起钻云儿的手："甭听她瞎咧咧。有道是丑妻近地家中宝。走，大热的天，咱回家熬绿豆汤喝。"

钻云儿一抡胳膊甩开她的手："冰糖水也消不了我的心中火！"一个人往大堤上去了。

够儿望着钻云儿的背影，一阵心酸，咧着大嘴哭起来。

十

耪三遍棒子累死人。此时的棒子秸秆已长得高过人头，置身其中，不亚于在蒸笼里熏蒸，闷热得透不过气。再加上长毛带齿的棒子叶扫脸拉胳膊，血淋淋的又疼又痒，胜过犯人受酷刑。

兰芝和珍宝一边耪地，一边打嘴架。

实行责任制，兰芝和珍宝分了三亩地。别人的地里上茬儿西瓜下茬儿菜，结金子长银子。他俩是一个没心干，一个干不了，凑合着只种一茬春棒子，还少肥没粪，长得黄皮拉瘦赛线香。

"要知道种地这么费劲，就他妈不长这张吃饭的嘴！"珍宝把锄戳在地上，汗顺着脖梗子往下流，瘦小的鸡胸脯呼扇得要爆炸。他自小就没干过活，前些年在队里也是动嘴不动手。如今一来真格的，就土地爷掏耳朵——崴泥了。兰芝耪两垄，他耪一垄，还呼哧带喘的跟不上。

"要有那志气，就用裤带把脖子扎上，吃多少也是变成粪！"兰芝也停住手，撩起大襟擦满脸的汗。棒子叶拉出的血口子，热辣辣的钻心疼。她这几年虽也净甩了大鞋，没怎么正经干活，但终究船破有底，干起来不算太吃力。

"变成粪有什么不好？人粪尿比化肥有劲儿！"珍宝不怕兰芝骂他，就怕兰芝不理他。兰芝常常十天半月烟不出火不冒，冷脸呱嗒让人不寒而栗。今天见兰芝接了他的话茬儿，比喝井拔凉水还痛快，就没羞没臊地耍开了贫嘴。"你……可惜了你个大老爷们儿！"兰芝倒噎一口气，通红的眼里盈满泪水。掏心窝子说，她也不愿干，干着没劲。可她生就要强的性子，甭管男人称不称心，日子总还要过。眼下不比从前，挣不到手就吃不到嘴，总不能看着别人吃大米白面，自家喝西北风。可珍宝懒得断了筋，看见活儿比看见老虎还怵头。

"歇歇吧，我可受不了了。"珍宝扔下锄，摇摇摆摆朝堤根下的树荫凉走去。"唉，赤日炎炎似火烧，野田禾稻半枯焦。农夫心里如汤煮，公子王孙把扇摇。嘻嘻，管他有人保没人保，寡人先坐上一朝！"一屁股坐在地上，背靠大树乘起风凉。

兰芝气不过，急赤白脸追过来，揪住珍宝的耳朵往起拉："你当公子王孙的年头过去了！今儿你就是跟在我身后走，也得到棒子地里去！"

珍宝双手护着耳朵，杀猪似的叫："快松开！我跟你搞责任制，一人一半，谁也别管谁！"

"我耪两垄你耪一垄，还瘸子赶驴跟不上。一人一半，你还不耪到明年三月种下茬儿？"

珍宝嘻嘻地乐："谁像你，笨丫头绣花用锥子——卖傻力气。我有咒语，不出汗不挨晒，省工又省劲！"

"什么咒语？"

"草死苗活地发暄！"珍宝话没说完，早跑出八丈远。

兰芝气得不哭反倒笑了："我哪辈子没干好事，摊上你这么个蒸不熟煮不烂的货！你就混吧，看你将来吃什么！"

珍宝双手一叉腰："不怕，没吃没喝找我妈。"

"找你妈？"兰芝啐一口，"别忘了，你一个月还欠着她十块钱的账！"

这一说，珍宝傻了眼。

近来，虞美人的日子也不好过。那些旧相好大多收了心，改了性，割情断义，改邪归正，一心一意去发家致富。她没了经济来源，就偷偷设赌场，从中抽头，又被派出所端了窝，不但罚款，还拘留十五天。虞美人一下子底朝天，赤条条成了光身子。以前嫌儿子媳妇碍眼，如今找上门去耍赖起腻。

"往后一个月给我十块钱，赡养老人是儿女的义务，不要奶水钱就便宜了你们！"虞美人虎死不倒架，盘腿坐在炕头耍威风。

珍宝缩在一旁不言声。

兰芝和她讲道理："你是老人，我们养你应该应分。往后只要你作出老人的样儿，别给小辈儿撕脸打嘴，有我们吃的，就有你吃的！"

"不行！"虞美人一口回绝，"我不跟你们一块儿吃，也不跟你们一块儿住，你们就一个月给我十块钱。我干什么，不用你们管！"

兰芝也急了："你要是拿钱去干见不得人的事，就不给。你不怕寒碜，我们还要脸！"

"你敢不给！"虞美人蹦下炕，理直气壮地说："这家，这业，这房子，这地，都是我一手置办下的。你们不给钱，我就把玻璃砸喽，把房子烧喽，往饭锅里扬沙子，往水缸里倒尿盆，搅得你们不能睡，不得安！还要去乡里告你们，说你们虐待老人！"

兰芝被虞美人搅闹得头晕脑涨，有理说不清，只得把责任往外推："儿子是你亲生自养的，跟你儿子要去！"

珍宝吓得直拍屁股："我的亲妈呀，你就饶了我吧！我哪儿有钱？早先就没存下什么，这几年连吃带花，早用完了。地里打的那点儿粮食，除去化肥水电费，凑凑呼呼闹个肚儿圆。我去哪儿给你抠那十块钱去？"

虞美人撒开泼就没了母子情，铁嘴钢牙不改口："我不管你们是偷还是抢，不给我钱我就不出这个屋！"

兰芝没法，只好从以前攒下的钱里拿出十块钱，递过去。

虞美人接钱在手，喜滋滋地出了门："下月这个日子我还来！"

珍宝是个吃凉不管酸的人，早把他妈要钱的事忘在了脑后。兰芝一提，他才想起来。愣了半天神，也没琢磨出来钱的道儿，爽得一拨愣脑袋："车到山前必有路，船到桥头自然直。没钱就是没钱，我就不信她能把我掐死！"锄也不要了，转身就走。

兰芝无助地望着那个瘦小的身影消失在大堤拐弯处，欲死的想法涌上胸间，一串热泪砸在干燥的沙地上。

一阵车铃声响起，钻云儿顺着堤顶飞驰而来。

"兰芝！"钻云儿轻轻叫，两眼溢出火辣辣。

兰芝耸动着肩膀不吭声。

钻云儿支好车子走下堤："你怎么了？"

"我想死！"

"你怎么会有这想法？你死了，我还能活？"钻云儿揽着兰芝的肩膀温情抚慰。

"我这家不像家，业不像业的，麻烦事一大堆，只有添乱的，没有帮忙的，活个什么劲儿？"

兰芝掩面而泣。

"不是有我吗？有为难的事跟我说！"

"你……"兰芝张张嘴又闭上了。她知道钻云儿对她的深情，只要她有所求，钻云儿不会不答应。可这终究是自家的事，钻云儿对她再好，也是帮腔上不了阵，白给他添烦恼，便叹了口气："我也就是说说，哪会真死？好死不如赖活着！"

钻云儿见兰芝心情平静下来，也放心了，抬眼望向棒子地："就你一个人耪？"

"那吃屎的货刚走，谁知去哪儿享福了！"

"我帮你耪！"

钻云儿抄起珍宝扔下的锄，前腿弓后腿绷，拧腰舒胯，宽大的铁锄在他手里就像麻秸秆，眨眼出去半截地。

兰芝看得入了神，痴呆呆忘了动弹。钻云儿耪到地头又折回来，她才醒过梦，送去一个甜甜的笑，也挥动了大锄。两人一前一后，紧紧相跟，像大海中的两只小船，在碧波绿浪中起起伏伏，时隐时现。

等到日落西山，两人把整块地耪得根草不剩，再把珍宝跳的"蛤蟆锄"找补完，已是夜幕低垂，河堤、岸柳、庄稼地，统统笼罩在浓浓的薄雾中。

"走，到河里洗洗去。"兰芝喘着粗气，用手撸着顺头发流下的热汗。

河坎下的浅水坑被太阳晒得热热的，疲乏的身子泡进去，竟使脑袋晕乎乎的，说不出的舒服。

"我给你擦擦背。"兰芝爬到钻云儿跟前，撩水往钻云儿的后背泼。钻云儿的背那么宽，那么厚，像涂了一层油，手抚在上面，滑溜溜的像抚着一面古铜镜。兰芝心里一热，情不自禁扑在钻云儿的背上。

两人擦洗干净，穿好衣服爬上河坎。

兰芝紧贴着钻云儿的身子："要能跟你永远在一块儿，我宁愿当牛做马，受世人受不了的罪。可……我的命好苦啊！"

钻云儿搂着兰芝的细腰："你甭发愁，以后有什么累活儿，我帮你干。"

"那也只是帮一时，能帮一辈子？就说眼前，你成了万元户，扬眉吐气。我勉勉强强饿不死，丢人现眼！"

"那……"钻云儿嗫开了牙花子。

兰芝哭了："你光知道占着人家的身子，就不为人家想后！"

"你甭担心。"钻云儿心疼地为兰芝擦泪，"只要我有钱，就不缺你花的。给，这是刚要来的二百块修理费，你先拿去用。以后，我再给你。"

兰芝身子一颤，猛地推开钻云儿的手，厉声呵斥："你把我看成什么人了？你以为我是在跟你要钱？告诉你，我的身子不挣钱！"

钻云儿醒悟到这个举动太伤兰芝的心了，羞愧地缩回递钱的手："那你想怎么着？倒是说明白呀！"

兰芝静静心，细声细气说开了自己的心思："说实话，我不是不要钱。就眼下说，我用钱的地方多了。钱是好东西，虽然人不能钻进钱眼儿里去，也不能没钱。一分钱难倒英雄汉，没钱办不了称心事。可钱得从正道上来，得光明正大地来，那样花着才气势，才让人看得起！我跟珍宝，一个是比死人多口气的废物，吃嘛嘛香，干啥啥不行；一个是没见过世面的柴禾妞，没技术，没本钱，更没门道。长此下去，还不被大伙儿越拉越远？你是我心上人，我才跟你诉这些苦。在外人面前，我一个字不会露，胳膊折了袖里褪，省得别人看笑话。我说了这些，不知你听明白没有？我不用你拿钱养着我，是让你给我出个主意，我自个儿流血流汗去挣！"

兰芝的话让钻云儿感动，可又让他有些蒙圈，他无权无势，怎么帮她？想了半天，猛地一拍大腿："真是当局者迷。眼前的事，倒给忘了！兰芝，你跟我学修电机，怎么样？这个营生不需大本钱，而且长远。将来大伙儿富裕起来，家电多了，咱们再修家电，保证活儿没有干完的时候。咱两家合伙儿干，都能富起来！"

兰芝一喜，又犹豫了："那么复杂的技术，我能学会？"

钻云儿大包大揽："没问题！够儿比张飞细不了多少，我都能教会，你这么精明的人，哪有学不会的？"

"够儿能答应？"

"够儿那边我去做工作。倒是你这边，珍宝和你婆婆不同意怎么办？"

兰芝还没说话，棒子地里"哗啦"一响，珍宝从里面钻出来，冲着钻云儿一躬到地："感谢老同学宽宏大度，不计前嫌，搭救我们这落难之人。兰芝跟你学修电机，我举双手赞成。我妈那边不用怕，她敢阻拦，我就不给那十块钱！"

钻云儿不愿跟珍宝纠缠，就点点头："那好，兰芝明儿就去我家吧。"

珍宝看钻云儿要走，伸手拦住："救人救到底，送人送到家。你拉走一个，扔下一个，办事欠公平！"

"你？"钻云儿看着珍宝皱眉头。

"我给你跑业务！"

"哪儿凉快哪儿待着去！"钻云儿还没搭话，兰芝先急了，"兔子能拉车，谁还买骡马？"

珍宝嘴一咧，眼一瞪，鸡胸脯拍得"嘭嘭"响："你别拿武大郎不当神仙，小鸡不尿，各有一便！别看我耪地俩顶不了一个，用我跑业务，我能一个顶仨，保你日进斗金！"

十一

珍宝真是泼了命。不管是顶着火盆似的毒日头，还是淋着瓢泼般的大雨，一天到晚不着家，把个除铃儿不响哪儿哪儿都响的破自行车蹬得像风轮儿。他心里明镜儿似的，钻云儿教兰芝修电机，那是两人的情意。让他跑业务，可就一半是兰芝的面子，一半是钻云儿的宽宏大度了。他咬牙跺脚下了狠心，非干出点样子来不可。一是在钻云儿、兰芝面前显摆显摆，自己不是绿豆蝇、屎壳郎，只会吹粪泡儿推屎球。二来他也琢磨了，再混下去不行了，天上不掉馅饼，得捞点钱换吃喝。可让他没想到的是，他嘴里喷气浑身流水地把全乡二十几个大队都跑遍，也没揽来一台待修的电机。队干部都了解他的底，是说大话使小钱的主儿，任他说得口吐白沫，人家脑袋却摇得赛过拨浪鼓。

珍宝急得恨不能头撞南墙，站在大堤上"吧嗒吧嗒"掉眼泪。可巧乡里一个干部路过，问明情况，嘿嘿一笑："找你妈去呀！"

一句话点醒珍宝，跳上车子就往村里跑，呼哧带喘来到娘门前，绿漆大门在里面反插着，怎么也推不开。珍宝怒火中烧，飞起脚猛踹："大白天的，插门锁户，干什么见不得人的事呢？"

好半天，虞美人才从正房里出来，站在阳台上发问："这是谁呀？火上房似的？报丧呢！"

"甭管谁，开门吧！"

虞美人听出是珍宝，打开门，沉着脸问："干什么？送钱来了？"

"今天有人送，不用我！"珍宝横着膀子挤进门。

屋里有个五十来岁的男人，嘴叼香烟，斜靠在被窝垛上。

虞美人朝男人一指："这是你干爹。"

珍宝一肚子怨恨没处撒，高扬起脸，鼻孔喷出两股气："谁知道从哪片豆棵儿里蹦出来的，是人不是人的就充干爹？"

虞美人照珍宝脑袋上就是一巴掌："别没大没小的！这是王家铺的支书，叫王占权，是你爹先前的同事，几十年的交情了！"

珍宝一听这话，冷脸立刻换成笑脸，硬从人家手里夺过刚点燃的香烟扔在地上，送上一支自己的："干爹，抽！"

王占权接过烟，盯着珍宝眯眯笑："一晃的工夫，变化这么大。"

虞美人一撇嘴："哼，想起来六月，想不起来腊月。再不来，怕是连人都见不着了！"

珍宝没工夫听他们的黑话，抢着说自己的："干爹，你是来早不如来巧。干爹不能白当，看我妈的面子，你得给我办点事！"

王占权色眯眯的眼往虞美人脸上溜溜，说："咱爷俩不熟，我跟你妈可是老打交道。说吧，只要能办到，一句话！"

珍宝心里那叫高兴，忙把联系电机的事说了。

王占权哈哈大笑："怎么不早找我？这点儿鸡毛蒜皮的小事，不值一提！"

没想珍宝又翻了车，他想起这些日子受的苦累，挨的白眼，唾沫星子喷在王占权脸上："早去找你？说得好听！我算看透了，全是白眼狼！你要不到我妈这儿来，也不认得我是二老黑！"

王占权涨红脸，干笑两声："这小子，人不大脾气不小。这么着吧，你现在就跟我回村，我把大队电工找来，当面说定，今后王家铺的电机全部包给你修！"

"嘿，这才像干爹的样儿！"珍宝乐得小眼眯成一条缝儿。

"我还有高招儿，"王占权得意洋洋地一挺身子，向珍宝招手，"过来，我告诉你……"

珍宝忙把耳朵递过去，听王占权嘀咕一阵，一巴掌拍在他的肩膀上："行，干爹，不愧当了这么多年村干部，就是高！这回我可要小泥鳅跳龙门了！得，等我成了万元户，重重谢你！"

王占权朝虞美人挤挤眼："不用你谢，就记在你妈的账上吧！"

王占权带着珍宝一到大队部，拧开喇叭就把电工喊了来。电工明白了支书的意思，嘬开了牙花子："行倒是行，可得等着，眼下没有坏的。"

王占权脸一板："你甭给我转腰子，亏不了你！"

珍宝忙接过话："修一台送你二十块。"

电工"噗"地乐了："我是不了解情况。书记的干儿子来了，能没有？走，我带你到地里去找。"

很快，不管好的坏的，从井里拔出三台电机。电工开来手扶拖拉机，王占权亲自帮着装上车，"轰轰隆隆"朝双柳渡驶去。

刚到钻云儿家门口，不等手扶停稳，珍宝就喊起来："菜来了，快卸车！"

钻云儿、兰芝和够儿正担心活儿供不上手，听见珍宝咋呼，一起走出来。往车上一看，兰芝先吃惊了："好家伙，一下子弄来仨！"

珍宝神气得不得了，鸡胸脯挺得成了反弓形："不看谁出马？不光联系的活儿多，还得有车送！快卸吧，卸完还有好事告诉你们，保准让你们傻小子吃豆包——乐颠了馅儿！"

"什么好事？"钻云儿怀疑珍宝的能力，预料其中有蹊跷。

珍宝狗肚子盛不下四两酥油，见钻云儿问，就想早点儿显摆能耐，招手把几个人拢到一块儿，压低嗓门满脸神秘："告诉你们，往后就等着拿票子吧。我跟这个电工说好了，每台电机给他二十块，他定期给咱送。这些电机都不坏，只是擦擦泥，上点儿油，全按烧辊子算，一台二百。咱又省工又省料，哈腰就捡大元宝，岂不是好事？我再用这个法子把其他村串联起来，那不是满地的票子等着咱捡？"

钻云儿虎下脸："这是谁给你出的主意？"

珍宝嘻嘻一笑："我干爹。"

兰芝"呸"地啐一口："你亲爹给了你这副胎子，你干爹再教给你坏主意，你可就头顶长疮，脚后跟流脓，坏到底了！"

珍宝委屈得什么似的："我可是为咱们多挣钱，你哪能这么说我？"

"挣这种昧心钱，吃了，得噎嗝；穿了，生恶疮！"钻云儿两眼喷出怒火。

珍宝乍撒着两手转开了圈子："那……那怎么办？"

"送回去！"钻云儿一锤定音。

"得，我……我去送。"珍宝灰白着脸，蔫耷耷地爬上手扶。

十二

一轮又圆又大的月亮挂在空中，清冽冽的光辉洒下来，天地间朦朦胧胧的，像流动的水，飘荡的纱。暑热已经过去，空气中减少了使人身上发黏发腻的水分。凉爽的溜河风爬上河滩，吹得干了缨儿的玉米，红了脸的高粱，发出一片沙啦啦的响。兰芝被这美丽的夜色搅得激动了，扎进钻云儿怀里，絮絮叨叨倾诉蜜语情话。钻云儿却不像兰芝那么兴奋，他在考虑一个问题，心里沉甸甸的。

"你怎么不说话？"兰芝好半天听不见钻云儿言语，从他胸前抬起头，钻云儿的脸上正滚动着泪水。

"你……你这是怎么了？"兰芝吃惊得直起身。

"我想……"钻云儿艰难地咽口唾沫，声音哽咽，"我们还是……断了吧！"

"为什么？"兰芝瞪大眼，"我什么地方得罪了你？"

"你没得罪我，是我觉得……对不起人！"

这阵子，两家合营的电机修理部以信誉赢得了客户，生意越做越好。钻云儿和兰芝能够整天厮守着，脸对脸地干活，一前一后地送货，心里更是说不出的愉悦、幸福。后来一个偶然的发现，给钻云儿心上压了一块沉重的石头。那天钻云儿正和兰芝说得神采飞扬，一扭头，可巧碰上够儿那双饱含热泪的眼。那双眼睛大大的，流露出怨，流露出恨，而更多的是可怜。钻云儿的心猛地一震，胸口里像撒进一把蒺藜，扎扎拉拉地疼起来。

后来，钻云儿经过仔细观察，发现凡是他和兰芝说笑得畅快的时候，够儿都在暗暗流泪，而珍宝也总是弯着腰、低着头，悄悄躲出去。钻云儿的心震颤了！他是硬汉子，打起不打卧。珍宝已经服了软，再欺负他就是小人了。钻云儿的良心受到严厉谴责。特别是无意中偷听了珍宝和够儿的对话，他心里就像打翻了五味瓶，酸、甜、苦、辣、咸，说不清是什么滋味。

那天，钻云儿和兰芝去送修好的电机，回来时兰芝便去看二姨，钻云儿独自回家。到门口刚要进院，听到里面传出低低的说话声，心一动，竟收住脚步偷听起来。

"唉，"珍宝悲哀哀的，"这日子可怎么过呀！"

"唉，"够儿也叹一口气，"过日子穷不怕苦不怕，就怕俩人不贴心！"

"哎，我说够儿，看着人家俩人亲亲热热，有说有笑的，把你冷清清晾在一边，你就不生气？"

"不生气那是实傻子！可生气有什么用？人家俩人投脾气，有感情，看不上咱！"

"那咱们就……"珍宝说了半截儿，不说了。

"就怎么着？"够儿问。

珍宝沉默了一会儿，吭吭哧哧地说："够儿，我说出来，你可别生气。"

"看你啰里啰唆的，像八十岁的老太太。难怪兰芝看不上你，没一点儿男子汉味儿！"

"那我就说了啊。咱们跟他们学，他们俩好，咱们俩好！"

"放你娘的狗臭屁！"够儿"嗷"的一声跳起来，扬起手中的扳子朝珍宝砸去，"你把我当成了什么人？我不是你家的兰芝！钻云儿对不起我，我要对得起他！只要他不是任嘛儿不懂的浑小子，不是化不开的铁疙瘩，总有一天会知道我的心！你小子规矩点儿，要歪着心眼儿想邪事，我把你撕巴撕巴喂胡不拉！"

"可你……不觉得吃亏？"珍宝揉着头上的包，还是不死心。

"事情摊到头上，我有什么法子？"够儿哭起来，"就凭钻云儿的……良心了！"

钻云儿再也听不下去，调头逃似的跑了。

钻云儿思前想后，踌躇了好几天，终于下了决心。今天晚饭后，把兰芝悄悄约了出来。

"你好狠心！"兰芝搂着钻云儿的脖子，泣不成声。"咱俩知心知意地好了这么多年，你就忍心扔掉我？"

"看着够儿和珍宝他们那样，我……受不了！"

"那能怪我们？这是他们种下的恶果！"

"过去的事，就让它过去吧。总纠缠不清，冤冤相报何时了？"

"可是……"兰芝满眼的泪水再也拦阻不住，像决了堤坝的洪水，喷涌而出。

"我们真就……"

"嗯！"钻云儿哽咽着，但又坚决地点点头："愿我们的下一辈……别再像他们的父母……"

月亮爬过柳梢，穿过几片浮云挂到中天。夜深了，寒露降下来。

钻云儿扶起兰芝，慢慢朝村里走去。

当钻云儿回到自家院前，刚要推门时，木门却无声地开了。清冷的月光下，站着被露水打湿衣衫的够儿。钻云儿心里翻起一股热浪，扑上前，把那胖大的身躯托起，一步一步向屋里走去。两人同时感到，两颗心贴在一起了。

玉　叶

一

玉叶把一盆清水放在屋当中，插紧门闩，拉严窗帘，脱掉汗湿的裤褂。凉津津的井水撩在肌肤上，痒酥酥的，驱散一身暑热，直直舒服到心底。她的双手在富有弹性的胸上搓着、揉着，脑袋里便有了一种晕眩，晕眩中就想起了金箱，想起了好多好多甜蜜的事。直到大街上的喇叭"哇"地响起来，她才惊醒，忙擦干身子，换上薄纱连衣裙，穿上半高跟塑料凉鞋，瀑布似的黑发就那样在肩后披散着，慌慌地走出门。

千里浑河堤如同一条巨龙，上望不见头，下望不见尾。堤坡上的百年老柳，有的焦梢弯腰，有的枝繁叶茂。由于天旱，一里宽的河面只剩了河中间的一条玉带，夕阳的余晖照射在上面，跳动着碎金烂银般的光。

玉叶靠在横跨大河的石桥栏杆上。溜河风软软的，轻轻地拂过，吹动着她的长发，也吹动着她那多情的少女之心。

"嘟……"一辆幸福牌摩托驶上桥头。

"玉叶！"摩托停住，跳下白白净净的金箱。

玉叶转过身，双目含情地望着心上人，嫣然一笑。

玉叶是浑河两岸出名的美女子，金箱是十里八村响当当的冒尖户，两人去年吃了订婚饭。

"玉叶，等急了吧？"金箱满面春风地看着玉叶。

"去！"玉叶啐一口，好看的小嘴一抿，故意撒娇，"抠着屁股上房——自个儿抬自个儿。我出来散散心，谁等你？"

金箱大度地笑笑，拍拍摩托车后座："上来，咱去县城看电影，《田野又是青纱帐》，一听名字就有味儿。"

两人订婚后，金箱常带玉叶出去玩。金箱风流倜傥，玉叶妩媚动人，两人同骑一辆摩托车，前胸贴后背，招惹得人们直着眼睛看。尤其是双柳渡的年轻人，对他们这现代化的生活方式羡慕得如醉如狂。钟情男女买不起摩托就骑自行车，躲开父母的眼睛，偷偷出去兜风，小伙子在前撅屁股弯腰使劲蹬，姑娘坐在后衣架上轻松自在地嗑瓜子，也别有一番韵味。

"走呀，看完电影，找个好馆子撮一顿！"金箱伸手拉玉叶。

"有点儿钱就胡糟乱花，就不知道攒着点儿？"

"有钱不花，死了白搭。"金箱挺挺胸脯，"你把心放在肚子里，这辈子我保你不缺钱花。快上车吧，晚了就看不到电影的头儿了。"

两人骑上摩托，玉叶一搂金箱的腰，火红的"幸福"排出一缕轻烟，顺着柏油公路，刮风似的跑起来。

扑面的凉风爽心惬意，座下的皮垫柔软舒适。玉叶心中涌起一股压抑不住的激情，往前一伏身，俏丽的脸蛋趴在金箱的后背上。

摩托车加大马力，像一道流星。

突然，前面出现一个人，伸手拦车。

"幸福"一声怪叫，前轮一低后轮一翘，停下了。

"找死呀你？"金箱大骂。

玉叶闭着眼睛正沉浸在美妙的遐想中，受到惊吓才睁开眼。车前站着个二十四五岁的小伙子，手里握把钢板锨，直盯盯地看着他们。

"柳林？"玉叶叫一声，赶忙跳下车。

"柳林，有人抢你媳妇了，这么风风火火的？"金箱望着车轮在路面上蹭出的黑印儿，心疼得直皱眉。

柳林先看看玉叶，然后才转向金箱："我想请你跟我走一趟。"

"去哪儿？"金箱警惕地眨着眼。

"到那儿你就知道了。"

金箱不愿意："我们还要看电影，有什么事，改天再说吧。"

"别，你还是现在就跟我去一趟。"柳林不动声色，态度却很坚决。

玉叶在旁边看了半天，也闹不清柳林唱的是哪一出，想弄个明白，就劝金箱："咱就跟柳林去一趟，看看是什么事。电影哪天不能看？"

金箱还是推托："咱们还没吃饭呢。"

玉叶有些生气了："一顿不吃，能饿死？"

金箱没法，只好随在柳林身后，无精打采地下了路沟。

三人穿过一块玉米地，又钻了几道杨树行，来到一片瓜园前。

"你看看吧！"柳林朝金箱点点下巴。

这块瓜地有三亩左右，整整齐齐几个大畦。眼下已过麦秋，瓜秧爬合了垄。蒲扇大的绿叶下，露出一个个花道儿嫩西瓜，横看是排，竖看成行，远近差不了三四寸。搭眼一看就知道园主是个行家里手，经久摆弄西瓜的老把式。可惜地旱缺水，瓜叶干边儿打卷儿，没有精气神；瓜崽儿软咕囔囔，成了蔫茄子。

瓜园中间，四根柱子一块门板，两领苇席八块油毡，支起一座尖顶开扇小瓜楼。瓜楼前的凉棚下有两个人，一蹲一站。站着的正指手画脚滔滔不绝，蹲着的双手抱头，好像泥塑木雕。玉叶随着柳林，顺着瓜地中的小道，来到近前，认出站着神聊海哨的是这块地的井长，猴屁股李山。蹲着发呆卖愣的是瓜园的主人，老瓜把式柳树根。

猴屁股李山见来了人，更加上劲儿，敧鼻子扭嘴满脸跑五官，嘴角的白沫子喷出三尺远："我说树根大哥，你可真是死心眼儿呀！不就是五百块钱吗？你先垫上又怎样？这瓜旱成这样，你就不心疼？"

柳树根放下抱脑袋的手，"呼"地站起来："谁的孩子谁不疼？谁的庄稼谁不爱？这瓜轻易就长这么大？那是血喂的，汗浇的！"

"是呀，就是呀！"李山挨了抢白，脸不变色心不跳，照样神情自若，坦坦然然："要不我就劝你交钱了？这瓜到了这会儿，可是耽误不起呀！"

"交钱，交钱！刚交了几十块，没有一个月，又坏了，一下子要五百，我拿什么交？"柳树根把手拍得"啪啪"响。

玉叶听不出所以然，忍不住问柳林："怎么回事？树根大爷要交什么钱？"

柳林没好气地一指缩在身后的金箱："你问他！"

原来，猴屁股李山当井长的这块地一共有十五家。开春时保墒浇地，一轮没浇完，电机烧了。李山召集大家把泵拔出来送到金箱家，金箱张口就要五百块的修理费。到麦子灌浆的时候，机井又不出水了，金箱还是要五百块。大伙儿急等浇地，只好咬着牙把钱凑足送过去。谁知麦收过后要种二茬儿了，电机又坏了，金箱依然要五百块。李山挨户敛钱，人们怀疑里面有鬼，都不给了，说是宁靠老天赏饭，也不再把血汗钱喂狼。这一来可苦了柳树根。别人都是种二茬儿玉米，可以等下雨再种。他的西瓜正是发个儿长瓢儿时节，旱坏了一年白干，急得他满嘴起燎泡，一天三遍找金箱。金箱铁嘴钢牙不松口，水泵就在院里摆着，不给五百块钱就是不许动。柳树根没办法，转头再去求李山。李山又是搓手又是皱眉，闹腾半天，给他出了个主意，先拿五百块钱把泵赎出来。柳树根一听，说了半天等于打个大黑碗，从头顶凉到脚后跟，扭身回到瓜园，围着瓜畦转磨磨，直把暄腾腾的地边踩出硬邦邦的小道儿。柳林从瓜地路过，一打问，柳树根一说三叹气，泪花围着老眼转。柳林是个烈性子，几年军旅生涯又养成敢说敢做的脾气，拔腿就去找金箱。

"金箱，你看，"柳林指着升腾着燥气的瓜园，"这瓜都旱塌秧了，你就忍心见死不救？"

金箱本来被柳林耽误了看电影就心怀不满，这又横插膀子搅买卖，更是不悦，就两眼望着西天的火烧云，淡淡地说："规矩就是规矩，一手交钱，一手交货。"

"我哪儿有钱呀！我要有钱，还用求爷爷告奶奶的丢人现眼？"柳树根使劲搓着被瓜铲磨出厚茧的双手，眼泪围着眼圈转。

"你这瓜就是钱呀！"金箱的下巴往地里一点，"再过半个月，摘下来往北京城里一送，就一千大几到手！"

"就是能卖个千儿八百的，修井钱就是多少？还有电费、籽种、化肥、薄膜……归拢到一块儿，梢瓜打驴去了一半儿！我还能落下几个子儿？我一家子还得吃饭啦！"

"那是你自个儿的事，跟我没关系！"金箱扭头就走。

"站住！"柳林一把将金箱拉回来，"你小子在坑人！"

"什么？"金箱一声尖叫，"我怎么坑人了？我搞电机维修有国家发的营业执照，按价收费，正大光明！"

"同一台电机，为什么修了不到一个月就又坏？"柳林两眼像刀子。

"天有不测风云，人有旦夕祸福。电器这玩意儿千变万化，谁能保它不坏？"金箱嘴尖舌巧，寸步不让。

"是呀是呀。这泵从打一安上，就黑白不停地转。牲口还得喂喂料喘口气，何况这带电的东西，能不爱坏？"李山在一旁帮金箱敲边鼓。

"这……"柳林一时没了词儿。

金箱看着柳林的窘样子，脸上露出得意的笑，一张嘴好像连珠炮："柳林，今天你可要给我说清楚，我怎么坑人了？说出来，罚款、坐牢还是杀头，我姓金的甘领。说不出来，我跟你没完！"

柳林红头涨脸地愣了好半天，"唉"了一声，口气软下来："得了，算我说错了。看在咱们一块儿长大的分儿上，看在百年不散的老街坊份儿上，你就把泵先让树根大爷用用吧！"

柳树根乘机哀求："金箱，好侄子哩，你就行个方便吧！"

"是呀，"金箱朝柳树根眨眨眼，一脸讥笑，"什么事也不能做绝，不能逮住蛤蟆攮出尿。与人方便自己方便嘛！"

柳树根一听这话，知道金箱暗指的是什么，心窝子里猛然翻江倒海，立时又双手抱头，蹲在地上。

十多年前，金箱和柳树根还有一桩小小的怨仇。柳树根种瓜的手艺是祖传，实行集体化后，年年给队里种瓜。那年风调雨顺，西瓜长得出奇的好，柳树根眼里看着心里爱。到瓜要成熟的时候，一连三天，天天丢瓜，气得柳树根火冒三丈。瓜园有规矩，瓜熟了摘下头茬儿叫开园。开园后任人吃，没开园之前，任何人不能动。柳树根是犟脾气，瓜没开园有人偷，他认为是给他眼里揉沙子，是骑着脖颈拉屎，是欺负他，狠下心要捉住这个偷瓜贼。于是，白日黑夜蹲在瓜地旁的树林子里，静等贼人上钩。

这天中午吃完饭，柳树根把瓜楼两个支扇撤下来，枕头放在铺板口，被子也卷成长条顺床铺开，又在枕头上罩顶破草帽，然后手持三股禾叉，躲进远远的柳丛后等着。

果然，时间不长，玉米地里冒出个黑脑袋，试试探探地往瓜楼上望。接着就四爪落地，屁股朝天，一拧一扭地爬进瓜园。柳树根看得真切，端起禾叉就冲了过去。到近前才认出，竟是大队会计金成贵的儿子金箱。

金箱爬进瓜地，不管生熟，捡大个儿的搂。先摘两个，夹在胳肢窝里，第三个从瓜秧梗上长长的揪下把儿，往嘴里一叼，就要满载而归。一转身，锃亮的禾叉抵住了他的光肚皮，吓得他一声惊叫，嘴里的先掉下来，随后胳肢窝也松开了，三个西瓜摔碎了一对半。柳树根看着刚花花籽儿的西瓜，心里疼得就像亲生儿子遇了害，刚想抬手给他两耳光，金箱倒抢先说话了。

"大爷，我吃两个瓜还不行吗？"

金箱自小精明，鬼转轴子多，一句话倒问了柳树根个倒憋气。柳树根咬着牙把直拱脑门的怒火压下去，嘿嘿一乐："行，吃瓜还不行？走，跟我到铺上吃去。"

金箱不知是计，乐颠颠抱起瓜随柳树根来到瓜楼。他蹲在地上吃，柳树根坐在铺上抽烟。吃了一个半，金箱甩甩手站起来。

"吃。"柳树根用烟袋点点瓜。

"饱了。"金箱两只脏手搓着肚皮上的黏水。

"吃。"柳树根的眼睛瞪起来。

金箱只得又蹲下吃，吃下半块，又站起来："大爷，我真吃饱了。"

"吃！"

"我吃不下去了！"

"吃！！"

金箱此时已弯不下腰，抱着最后的一个西瓜站着啃，撑得肚皮圆鼓鼓的像蝈蝈。

"吃够了吗？"柳树根又装上一袋烟。

"吃……吃够了！"

"还想吃吗？"

"不吃了，不吃了！哎哟，大爷，你饶了我吧！"金箱哇哇地哭起来。

柳树根抬腿下铺，走到做饭的土灶前，从盐罐里抓出一把盐："吃！"

金箱不敢不吃，两口吞下去，咸得伸着脖子翻白眼。不一会儿，咸盐把瓜瓢杀败了性儿，金箱叉开两腿，"哗哗"的好像开了水龙头。等肚子消下去，冷不防，撒丫子跑得没了影儿。

柳树根怎么也没想到，金箱在心里和他记了仇，十多年前的事，今天翻了出来。

玉叶表面上脾气暴躁，心却软得像豆腐，看出柳树根实在为难，忍不住拉拉金箱衣角："你就把水泵给树根大爷用吧。钱以后再说，救瓜要紧呀！"

"你乱插什么嘴？"金箱不满地瞪玉叶一眼，"别忘了咱们的目标！"

金箱和玉叶订婚后，三番五次向玉叶起誓发愿表忠心，结婚的时候要备好五大件：双人床要颤悠悠的，电视机要带色的，洗衣机要双缸的，录音机要四喇叭的，出门要屁股后头冒烟儿的。还要到泰山看日出，去黄山欣赏瀑布。为了早一天达到目标，把天仙般的玉叶娶进家，金箱咬牙瞪眼，为富不仁，从乡亲们的骨头里抽血榨油。

"你看树根大爷那难受劲儿，多可怜呀！"玉叶的眼里泛出泪花。

"哼！"金箱的鼻孔里喷出一股气儿，"人就是这样，急得火上房、嘴起泡的时候，你怎么说怎么是，可怜相大了。等到火灭了、泡消了、心里凉快了，你再向他要钱，他就成大爷了。哼哼，我给他来个瞎子放驴不松手，不上那没眼儿的当！"

憋屈了多少天的柳树根听了这话，好像被刀捅了肺管子，"哇"的一声哭起来。

柳树根一哭，柳林急了："金箱，你是人还是狼？"

金箱翻翻白眼："是人怎么样？是狼又怎么样？现在讲的是经济

效益！学雷锋，我的脖子用绳儿扎起来？"

"你……"柳林又被噎住，待缓过劲，指着金箱一字一顿，"金箱，你等着，我也会办电机维修部，不顶得你找不着活儿干，算我无能！"

"就你？"金箱轻蔑地一笑："武大能打虎，就不用武二了！"

"你敢骂我？"柳林再也忍不住，张着两手扑过去。

金箱扭头就跑，跑出瓜园，才想起玉叶，忙伸长脖子喊。苍苍茫茫的暮色中，哪里有玉叶的影子？

二

玉叶离开瓜园，跌跌撞撞跑上浑河大堤，扑在一棵老柳上，眼泪就扑簌簌地掉下来。她实在为金箱感到羞愧。

玉叶和金箱、柳林是从小一起在浑河滩里滚大的。初中毕业后，柳林参了军，金箱当了电工，玉叶没处去，就下地和社员们一起拉趟子。耳鬓厮磨的三伙伴，自此分道扬镳，各奔前程。

前年的初夏之夜，玉叶从梦中醒来，睁开惺忪的眼睛一打量，惊讶得一下张大嘴。窗外月正明，星正稀，如水的月光透过窗纸射进来，屋里朦朦胧胧像罩了一层纱。玉叶自小活泼好动，长大也野性不改。白天又跑又跳嘻嘻哈哈，夜里睡觉也打梦锤，踢飞脚。盖的褥单被她蹬到炕下，露出白白净净的身子。柔和的月光里，她看到了那浑圆结实的大腿，柔软纤细的腰肢，还有那鼓胀突起的胸脯……她突然意识到自己已长成大姑娘了。立刻，她一下子瘫倒在炕上，像走了百里路，浑身没了丁点力气。同时，又像导火索引燃了炸药，心里陡地升腾起一个隐隐约约的渴望。下半夜她再也睡不着，炕席像撒满蒺藜狗子，扎得她趴也不是躺也不是，翻来覆去烙大饼。

没过多少日子，月老牵来了红绳，隔壁二妈来给玉叶做媒，男方就是金箱。

金箱此时正是春风得意马蹄疾。他父亲在大队当会计二十年，闯出了百条路，敲开了千道门。金箱一回村，金成贵就安排他当了电工，到公社培训班学习一年。期满结业回家，没给队里效多少力，就赶上改革开放。金箱把集体的事扔到一边，自己领了营业执照，办起电器维修部。人们都说他是"花公家的钱，放自个儿的骆驼"。

土地承包到户后，机井也随着分到地块儿。这几年天旱少雨，百十亩地一眼井，僧多粥少。一到用水季节，机井打开就不停，白天黑夜连轴转。结果，不是这儿断了保险丝，就是那儿烧了辊子。金箱不声不响，站在高山观虎斗，坐收渔人之利。擦回油泥十块，修修外壳八十。烧了电机缠线包，是大活儿，一次就是五百块。而且一口价，现钱交易，概不赊账。三两年工夫，小日子过得像气吹，肥得顺着肚子嘀嗒油。

金箱早就看上了玉叶，只是以前没资本，不敢献丑。如今发达了，就托媒人去说亲。玉叶父母像摔跟头捡了个金元宝，一口应承。玉叶也佩服金箱心灵手巧，会过日子。再加上几年前两人还有那么一段情，也就应下来。

吃完订婚饭，金箱带着玉叶，坐上汽车去了北京。

在香山的松树林子里，一对一对的情侣手拉着手，肩靠着肩，依偎着，拥抱着，低低窃窃地私语。玉叶看得脸红心跳，气喘吁吁一个劲往前跑。在一块背静的山石后面，金箱冷不丁抱住了她。玉叶先还挣扎，后来就倒在金箱怀里。她自己都解不开这个闷儿，平时咋咋呼呼的她，谁碰一下都笑得喘不过气，此时却微闭着眼，半张着嘴，像喝醉了，睡着了，温顺得一动不动。

两人从痴醉中醒来，红日已经临近山顶。

"坏了！"玉叶推开金箱，撒腿就往山下跑。

两人到了汽车站，站上已是空无一人，只有那根孤零零的站牌，嘲笑似的看着他们。

"这可怎么好？"第一次出远门的玉叶，急得脸色发白。

金箱却不慌不忙，胸有成竹："没车就不走了呗。住店！"

"瞎说！"玉叶的白脸又涨成血红。

金箱嘻嘻地笑："不住店不怎么办？二百里地，走回去？"

玉叶又羞又怕又没办法，被金箱拉着推着，半拒半就地住进一家私人旅馆。

第二天起来，金箱悄悄对玉叶说："其实，昨天咱能回去。"

"怎么回？"

"坐出租车呀。我有钱。"

"那你……"

金箱一把抱住她："要是回去了，哪有这一夜？"

玉叶叫一声，举起拳头，咚咚捶金箱的胸脯。捶着捶着，一头扎进金箱怀里。她觉得，今生今世，她和金箱再也分不开了。

金箱嘴巴甜，转轴多，殷殷勤勤会来事儿，哄得玉叶满心欢喜，直把他当成了彩凤凰、娑罗树，天上独有，地下难寻。刚才瓜园那一幕，实在让她大吃一惊。她怎么也没想到，金箱为了钱，竟会那么冷酷无情，那么不讲情面。几年前的那个金箱呢？她不由想起那件难忘的往事。

那还是上初中的时候。星期日，玉叶到堤坡去割草。汛期已过，堤防人员撤离了。原来绿葱葱、平展展的草坡，被人们割得东缺一块，西少一片，暴露出黑黄色的地皮。玉叶寻找半天，在一丛茂草前停下来。她舒腰展胯，才割了几把，"嗡"的一声，一群金头长尾花翅膀的大马蜂如小飞机一般扑过来，乱哄哄把她围在中间。玉叶只觉耳后一阵凉风掠过，还没作出反应，脖子就被狠刺了一下。她叫声妈，抬手去打，头顶又被蜇了一下。玉叶慌了神，边胡乱扑打，边大喊大叫。

杜梨树上"腾"地跳下金箱，折了一把柳枝跑过来。

"快，趴下！"金箱朝玉叶吼一嗓子，挥舞着柳枝冲上前。

玉叶趴下了。黑压压的马蜂围住了金箱。金箱舞动树枝，左抽右扫。待把马蜂打退，金箱也累得浑身冒汗，嘴角流沫儿，倒在地上。

玉叶爬过去，一看金箱的样子，就哭了起来。金箱的脸上、额头，都被马蜂蜇烂了，肿起一个个红紫的包。

"玉叶，别哭。"金箱睁着一大一小的眼，费劲地笑。

"你……"

“我……没事。”金箱硬撑着，嘴里却直嘘凉气儿。

玉叶哭得更欢了。

“挨蜇了？”金箱关切地问。

“嗯。”

“秋马蜂毒大，得把毒水挤出来。”金箱去搬玉叶的脖子。

“不……”玉叶忸怩着。她自己也不知道，身上什么时候变得又白又嫩，让她好羞，整天包裹得严严的，连父母都不让看。

“别动！”金箱命令着，一把扯开玉叶的衣领帮她吸毒液。

玉叶还没来得及反抗，就感到两股凉风吹进脖梗儿，紧接着，两片温柔、湿润的东西贴在皮肤上，用力地吸吮起来。

“啊……”一种从没体验过的感觉涌遍玉叶全身，马蜂蜇的疼痛消失了，心窝里溢满说不出的快感，身子发出微微的战栗。

金箱吸一下，啐一口，直到肿块有所减轻，才松开玉叶：“行了，回家抹点儿牙膏，就好了。”

“等等，”玉叶含泪叫着，一双颤颤抖抖的小手捧着金箱红肿的脸，“你的眼都封上了！”

金箱装得满不在乎：“我抗力大，两天就消肿了。”

这件事给玉叶留下深深的烙印。特别是和金箱订婚后，每当提起，她心里都热乎乎、甜丝丝的。可如今，金箱怎么变得这么不近人情了呢？当着那么多人的面，都敢让她下不来台？果真像大家说的，钱能改变人的性情？

玉叶哭了想，想了哭，晕晕乎乎忘了时间。一股冷风顺着堤沟扫来，激得她打个寒战，才意识到夜已深，擦擦眼泪站起身，准备回家。

就在这时，远处传来响动，堤顶上晃晃悠悠过来个人影。玉叶不知是好人歹人，慌忙躲到老柳后面。

来人近了，是个推手推车的，光光的车面上，堆放着个黑乎乎的圆家伙。推车人急如星火，在布满鹅卵石的堤顶上连蹿带蹦，小推车“叽里咣啷”一路颠响。

玉叶借着星光认出，推车人是柳林。

柳林马不停蹄从玉叶身边奔过去，留下一串粗重的喘息。

忽然，"哗啦"一声，小车倒了。柳林一个蹦高儿，双手抱着一只脚，在地上转圈子。

玉叶从树后闪出，几步抢到柳林跟前："怎么了？"

柳林吓一跳，看清是玉叶，定下心，牙缝儿"咝咝"吸凉气："踢在石头上了！"

"快坐下，我看看要紧不？"玉叶拉柳林坐在土牛上，伸手扒掉鞋。微弱的星光下，大脚趾腻咕叽叽直黏手。

"出血了！"

柳林掏出火柴，划着一照，大脚趾磕了个小孩嘴似的大口子。

"天这么晚了，你这是……"玉叶捧着柳林的脚，心里都替他疼得慌。

柳林扔掉火柴："借电机！"

傍晚的瓜园里，玉叶不辞而别，金箱被柳林吓跑，李山再待下去没意思，假惺惺劝慰几句就走了。瓜铺前就剩了柳树根和柳林，一老一少喘着粗气。

"大侄子，"柳树根抽抽噎噎，"我算看透了，到什么时候，也是本分人吃亏呀！"

柳树根为人老实耿直，不会钻营拍马，只知道低着脑袋干活。三个儿子两个闺女，别说招工招生挨不上边儿，就是大队副业、瓦木工作坊，都没有他们的份儿，一个个全在地里抡大锄。

好不容易熬到改革开放，人家有头脑的做买卖，有技术的搞企业，他们父子除去一身擒龙捕虎的蛮力气，什么也没有。爷儿几个一合计，只要地上有食儿，就饿不死瞎眼的雀儿。你凭巧吃饭，我靠笨也吃饭。猪往前拱，鸡往后刨，各有各的道儿。于是，家里也搞起责任制，管水田的管水田，种旱地的种旱地，老头子出马种西瓜。满以为苦干几年也能混出个人样儿，没承想还是处处受人治。眼瞅着西瓜要换钱，愣愣儿

的就是浇不上水。

"树根大爷，您也不能那么说，做人还是老实为本呀！"柳林点燃一支烟，递到老头子手里。

"唉，"柳树根深深叹口气，"话是这么说，可实情呢？我老实了一辈子，没说过一句亏心的话，没拿过一根不该拿的草刺儿，到头来闹得紧门巴业，是人不如，孩子们都跟着我活受罪。谁不知金成贵是个鬼化狐，坑死爹？可人家这么多年，一直掌着村里的大印，在人前吆五喝六。这世界上的事，难说！"

柳树根的话激起了柳林满腔怒火，他把烟头摔在地上，用脚碾个稀烂："大爷，你等着！"

柳林跑回家，推起小推车，抄近路奔了一棵槐，找到当支书的战友，借了一台电机，顺着大堤往回赶。一个来回十几里，跑了个气喘吁吁汗透衣衫。眼看来到家门口，竟踢到石头上伤了脚。

"柳林，你可真……"玉叶看着柳林，想着金箱，心里五味杂陈，竟不知说什么好。

"时候不早了，得赶快给树根大爷把泵安上。早浇一时是一时。"柳林望望天，从"土牛"上往起爬。

"你的脚！"玉叶拉住他。

"没事，这点小伤算什么？"

"等等！"玉叶掏出花手绢，给柳林包脚，"别往伤口里进沙子。"

玉叶扶起小车，柳林把电机抱到车上。

"我帮你拉！"

柳树根一见电机，真如久旱逢甘霖，乐得直拍柳林的肩膀："好侄子，你可救了大爷的命了！"

玉叶扭怩地上前："大爷……"

柳树根哈哈地笑："闺女，你也是好闺女！"

"可……"玉叶更难为情了。

"快安泵吧。"柳林怕再说下去尴尬，忙接过话。

　　水泵安好，清亮的井水从地底抽出，哗啦啦流进瓜田，干透了的土地"咕噜咕噜"冒出串串气泡。蔫头耷脑的瓜秧被水一滋润，挺直叶柄，抬起脑袋，迎着风儿乱晃动。

　　玉叶和柳林一起往村里走，两人谁也不说话。沙沙的脚步声惊醒路边老树上的鸟雀，"啪啪"扇动几下翅膀，又睡去了。

　　"玉叶，我……可要对不起你了。"走到街拐角，柳林忽地站住脚。

　　"你……什么意思啊？"玉叶不明白。

　　"我想，我也办电机维修部！"

　　"什么？"玉叶提高了嗓音，"你要同金箱作对？"

　　柳林沉默了，好久，才咽下口唾沫："金箱咱仨是一块儿荒滩里挖野菜、河沟里摸小鱼长大的，又一同受了十年寒窗苦，情深赛过亲弟兄，本该手拉手互相帮扶点儿。可金箱他……对乡亲们太狠了！"

　　"你修电机不要钱？"

　　玉叶目光灼灼地盯住柳林，语气也变得冷冰冰的。

　　柳林苦笑笑："哪能不要钱？白修我赔得起？"

　　"那你和金箱有什么不一样？"玉叶虽然对金箱不满意，但对柳林的做法也很气愤，便连珠炮似的责问起来："脚下的路有千万，何必非往一条道上挤？金箱已经办了一个，你再办一个，这不明显要分金箱的食，抢金箱的饭碗？你口口声声说是好兄弟，好兄弟有这样办事的？"

　　"玉叶，你先别着急，听我慢慢说。"柳林见玉叶急眼了，暗笑真是一家人偏向一家人，只得好言解释，"我和金箱不一样。金箱只为赚钱，不顾乡亲。今天的事你也看到了，类似的事还很多，你打听打听就知道了。乡亲们受不了啊！我在军地两用人才培训班上学了电器维修技术，不能眼看着乡亲们受刁难。说到钱，有钱的多给点儿，钱少的少给点儿，实在没钱的我甘送！我的出发点就是为乡亲们服务，大家共同过好日子！"

　　柳林一席话，倒把玉叶顶住了，一时不知说什么好。

　　柳林见玉叶不语，又说："你好好劝劝金箱，再不能害苦乡亲们了。

一心钻进钱眼里，那就欲壑难填了！他落个臭名，你也不光彩呀！只要他今后收费合理，不为难乡亲们，我就不办第二个维修部，让他继续独占这个山头！"

柳林走了。

玉叶一个人留在街上发愣。

三

金箱锁着眉头背着手，李山撅着屁股弯着腰，一前一后，在屋地当中打转转。金箱私心重，下嘴狠，乡亲们都不敢再沾惹，弄得他这些日子门庭冷落车马稀。他吃不好睡不着，只好请来高参猴屁股李山，为他想主意出点子。

李山虽然相貌黑丑，瘦小枯干，生过大疮的腿断了筋，缩了肉，走路时屁股一撅一撅的，是个半残疾，脑瓜子却比四肢齐全的人还灵活。自小狡猾奸诈，见利忘义，有饭吃忘祖宗。金成贵当大队会计有实权，他撅着屁股整天鞍前马后，为的是多要点儿补助粮、救济款。如今看金箱修电机有油水，就又一边勾搭老子，一边巴结儿子，明着当井长挣村里工资，暗中给金箱做业务员拿提成。李山见钱比爹亲，教了金箱不少坑人蒙人的损招儿。

"哎，我说兄弟，"转着转着，李山停住脚，"咱们要想扩大业务，就得这么办。"

"快说！"金箱瞪大两眼。

"我把附近几个村的井长串通起来，结成联盟，让他们把电机都往你这儿送。"

"这……难办吧？"金箱迟疑一阵，摇摇头，"百人百性儿，又非亲非故，能顺顺当当听咱的？"

"百人百性儿？"李山"哧"地一声冷笑，"见了钱全都他妈一个性儿！哪有给钱不要的傻瓜蛋？"

"又给提成？"金箱瞥李山一眼。

李山不以为意："现在的社会，哪有用嘴甜做生意的？白捞毛谁干？"

金箱想想，还真没有别的招数儿，只得咬咬牙："行，就按给你的规矩，一台电机二十块！"

"得，君子一言。"

金箱把李山伸过来的手一拍："快马一鞭！"

"就冲兄弟这爽快劲儿，哥哥我就去舍舍这张老脸！"李山乐得鼻子、嘴都挤到一块儿去了，心里甜得直冒蜜水。他早有算计，金箱出二十，他扣下五块，只给十五，日子长了，也是不小的数目。这就叫大鱼吃小鱼，小鱼吃虾米，层层剥皮。

"但有一样儿，没有赚头可不行。我不能大小姐开窑子——光图乐儿。"金箱也不是省油的灯。

"这你放心，"李山把胸脯子拍得"嘭嘭"响，"姓李的向来是吃红粮抱红柱，领谁的饷银为谁出力。都按我的路子走！"李山这眼井第一回只换了几个螺丝，第二回是他故意掐断了电线，全按烧辊子算。金箱赚了大钱，李山喝了肥汤，只苦了这眼井上的十五户庄稼汉。

"可就怕柳林那小子捣乱。"李山脸上忽然露出忧色。

"唉，一个复员的穷大兵，有什么可怕的。"金箱不屑地撇撇嘴，"小泥鳅翻不起大浪！"

突然，门帘一挑，玉叶走进来。

两人一惊，你看看我我看看你，住了口。

"好话不背人，背人没好话。刚才说得那么热闹，这会儿怎么哑巴了？"玉叶并没有听见他们说什么，但看他俩那鬼鬼祟祟的样子，起了疑心。

"嘿嘿！"李山干笑几声，"玉叶，看你说的。我们明人不做暗事，行得正，坐得端，不偷不抢，不坑不骗，有什么背人的？"

"话倒是一句好话，就怕猴儿拉稀，坏了肠子！"玉叶打心里讨厌李山，一点儿不给他留情面。

"这姑奶奶真厉害，惹不起，惹不起！"李山招架不住，不敢恋战，打个哈哈，溜了。

玉叶看着李山出了大门，扭头问金箱："这个人来干什么？"

"他……有什么正经的？找我聊闲话。"金箱躲躲闪闪，不敢说实话。

"李山是人蝇子，满肚子的坏水，你少跟他在一起？"

"这叫一畦萝卜一畦菜，各有各爱！"金箱不正经起来，张开双手来抱玉叶。

"我怕你和他臭味相投！"玉叶顺从地倒在金箱怀里。

"谁香？脱了鞋，都是一双臭脚丫子！"

"总是嬉皮笑脸，油腔滑调，烦死人！"

"有你不烦的！"金箱把嘴凑上来。

玉叶推开金箱："别闹了，我跟你说个正事。"

金箱不依不饶："咱俩在一块儿，有什么正事？"

"你再不老实，我走了！"

金箱看玉叶要急，忙放开手："好好好，有什么正事，你说。"

"金箱，听我一句话，把柳树根大爷的泵给安上吧。"

"就这事？"金箱冷笑起来："柳林不是给他借泵来了吗？那就让他借吧！"

"借能是长法？乡里乡亲的，别把事做绝。"

"安泵不是难事，可我找谁要钱去？"

"钱钱钱，你就知道钱！"玉叶有些火了。

"我做的是买卖，不是舍粥棚！"金箱的口气也硬起来。

"为人总得讲点儿情义呀！"

"玉叶，你是不是我媳妇？怎么总是胳膊肘往外拐？"

"这你还不知道？"玉叶眼里涌出泪花，"乡亲们对我有救命之恩呀！"

玉叶十二岁那年做了一次大手术，父母没钱买血，全村人闻讯赶到医院为她献血，柳树根一家就去了三口。玉叶一直牢记自己血管里流的是乡亲们的血，时时想报答乡亲们的恩情。金箱这么薄情寡义，让她心里很不好受，也觉得很没面子。

"哪码归哪码，不能混为一谈。"金箱不为所动，"我这也不是只为我一个人，也是为了你，为了咱将来的好日子。哪个做生意的是傻大憨，不想赚钱只想赔本儿？"

"正当的以本求利谁也说不出什么，可大伙儿议论你和李山背后搞鬼！"玉叶忍不住，一下捅破窗户纸。

"胡说八道！"金箱被戳了疮疤，急了眼。

"苍蝇不叮没缝儿蛋。你没做坑人的事，别人也不会那么说！"玉叶毫不相让。

"金箱，"玉叶看金箱不言语了，又放缓口气，"你该好好掂量掂量，哪头轻哪头重。不能扎脑袋不顾屁股，只要钱不认人。你挨众人骂，我也抬不起头。"

"那也得先把钱挣够。"金箱嘟囔。

"谁知你挣多少叫够？"

"挣多少？"金箱两眼冒出亮晶晶的光，"先挣够咱俩结婚的费用，再盖一座小楼，再……"

"行了！"玉叶喝住，"你还不如说，砍葛针插道边，挂羊毛擀成毡；河里的苲草长成树，树长大了打成船，载了毡去做买卖，赚了大钱才算完！"

"呦，你也会说这个曲儿？"金箱嘻嘻笑，"倒是用不了那么多年！"

玉叶也笑了："呸，拿脸当大褂子穿，没起色的货！你看人家柳林，办事多让人佩服！他让我劝劝你……"

"什么？"金箱像喝下半瓶子醋，心里酸溜溜的不是滋味，"闹了半天，你是来给柳林当说客？"

"我给谁当说客？"玉叶看出金箱没往好地方想她，又来了气，"我有自己的主见，有自己的看法。我怕你陷进泥坑拔不出腿！"

"哼！"金箱撇撇嘴。

"你甭哼，"玉叶使劲瞪着金箱，"告诉你实底吧。柳林说了，你再坑害乡亲，他也办维修部，顶你个屁滚尿流！"

"你以为脱大坏呢？三天两早起就能学会。这是电器，是高级技术。等他学会了，黄花菜都凉了。"金箱往沙发上一躺，满不在乎。

"你还不知道呢？"玉叶也哼哼鼻子，"人家柳林早在部队就学会了！"

金箱躺不住了，爬起身，耷拉下脑袋。

玉叶正想趁热打铁再劝几句，不料金箱转转眼珠子，又哈哈地笑了。

"你发什么神经？"玉叶有些恐惧地盯着金箱。

金箱狂笑一阵，又往后一仰："我发神经？我是笑柳林蚂蚁举大象——自不量力。他就不看看我是谁？敢跟我碰？玩儿蛋去吧！"

玉叶看不了金箱的狂劲儿，反唇相讥："你有什么了不起？不也肉眼凡胎，两个肩膀顶一个脑袋？柳林哪点儿比你差？"

"哪点儿？"金箱满脸的看不起，"如今的关系网，就让他入笼的凤凰有翅难展。你想想，我爸爸是什么人？不敢说上晓天文下知地理，最起码，各单位都有他的朋友，乡里的头头脑脑都是他的座上客。柳林的爸爸是什么？斗大的字不识半升，三脚踢不出热屁，上炕认得媳妇下炕认得鞋！柳林又是复员兵，多年在外，两眼一抹黑！"

"搞电机维修，碍着你们老子什么事了？"玉叶被金箱吹乎得迷迷瞪瞪。

金箱一拍玉叶肩膀，卖开了老："你小孩子懂什么？这里面学问大了！你以为办个执照那么容易？得翻三座龇牙咧嘴的高山，过五条波浪汹涌的大河，还得钻几道葛针棵子。一个不留神，小河沟里就翻了船。"

"我的妈，真那么邪乎？"

"邪乎？"金箱得意一笑，"那还得说有领路的。不然，就会像遇上鬼打墙，跑烂鞋底，磨薄嘴唇，累一身臭汗，还是在原地转磨磨！"

玉叶愣愣怔怔地坐了一会儿，慢慢冷静下来："你这全是云山雾罩，编出来唬人的。我就不信现实会像你说的那样。再说，人家柳林在部队干了好几年，什么阵仗没见过，这点儿小事办不了？"

"算了算了，你说他小子有能耐，就让他施展去吧，出水才见两脚泥！等碰得狗蛋大疙瘩，就知道锅是铁打的了。"金箱不想再争论，揽起玉叶的肩头，"还是说说咱俩的事吧。你看，我这满屋的家具都准备好了，什么时候迎你的金身大驾？"

"我怕你的满身铜臭熏坏了五脏！"玉叶娇嗔地噘起小嘴。

"熏坏了更好，咱俩就一条心了。"金箱笑着，在玉叶粉嘟嘟的脸上来了个响吻。

"讨厌！"玉叶骂一声，把头扎进金箱怀里，"金箱，听我一句话，别再干糊涂事了，把树根大爷的泵给安上吧。让乡亲们戳脊梁骨，住高楼大厦也不安稳，吃燕窝鱼翅也不香甜！"

"给柳树根安泵不算什么，那五百块一分不要也不算什么。可这不是一个人的事，从他这儿开了头，张三李四王二麻子就全来了，买卖还怎么做？"

"乡里乡亲的，不能太斤是斤两是两。咱吃肉喝酒，能看着乡亲们连粥都喝不上？"

"那怪得上我？怨他自己没能耐！"金箱又烦了。

"你！"玉叶一下从金箱怀里挣出来，"我红口白牙，是白说了？"金箱把脑袋扭向一边。

"好，金箱，你就跟你的钱过吧！"玉叶一咬牙，跑出屋子。

㈣

玉叶头戴麦秆大草帽，手拄桃型钢板锹，直挺挺地站在渠埂上，不错眼珠地盯着身旁的公路。柳林今天去乡里办营业执照，她吃完早饭就来稻田浇水。她家的地和公路紧挨着，过往行人谁也逃不过她的眼。

那天，玉叶一从金箱家出来，就去找柳林。

"柳林，你去办执照吧！"

柳林睁大两眼看着她。

"金箱是榆木疙瘩带环头，劈不开砍不动。三八赶集，四六不懂！"玉叶大喘着气，把劝金箱的话一五一十地又说一遍。"你干吧，把他顶下去！"

"你真愿意我干？"

"愿意！再让他坑国害民挣昧心钱，我怕断子绝孙！"

柳林眉心皱起个大疙瘩。

"你怎么死鲇鱼不张嘴？莫非也是说大话使小钱的货？"玉叶急得头上冒烟，一掌把柳林推个趔趄。

"我是想……"柳林欲言又止。

"你是想我和金箱的关系对不对？"玉叶一针见血，"你别那么婆婆妈妈的。咱是打了缸说缸，摔了罐说罐，那码归那码！"

"那好，我干！"柳林被玉叶的真诚感动，一口应承下来。

"可有一样，"玉叶使劲看着柳林，"你不能虎头蛇尾，最后跟金箱走到一条道上去！"

"你放心，要是那样，我还有人味儿吗？"

柳林急性子，暴脾气。主意一定，他立马，找大队会计金成贵开介绍信。

金成贵听清柳林的意思，忙把大红公章放进抽屉，两条胳膊一盘，趴在桌子上，鼓突突的金鱼眼在花镜后面看了柳林半天，才吐出一句话："研究研究再说吧！"

这一研究，就没了谱儿。柳林厚嘴唇磨成薄嘴片儿，新上脚的鞋踢开了绽，才得到金成贵一张二寸宽的纸条。

介绍信一到手，柳林跟玉叶打了个招呼，就蹬车直奔工商所。

玉叶站得腿发酸，盼得眼欲穿，那个大红背心才像一团燃烧的火，忽忽悠悠顺着公路飘过来。

玉叶喜出望外，几步跑上前，笑嘻嘻拦住去路。

"办好了？"

柳林没言声，像霜打的草，蔫头耷脑从车上跳下来。

"怎么……"玉叶心知不妙，鲜艳艳的小脸失去了光彩。

"闹了个烧鸡大窝脖儿！"柳林悲哀地一声长叹。

一根肠子实心眼的柳林中了金成贵的缓兵之计。等他拿到介绍信，人家早已堑壕深挖，城门紧闭，严阵以待了。

玉叶听完柳林的述说，心中暗道：金箱说的果然不假！不由也耷拉下脑袋。半天，又猛然一拍大腿："我有办法了！"

"什么办法？"柳林精神一振。

"咱们也去走后门！"

"走后门？"

"这叫以其人之道，还治其人之身。你知道工商所长是谁吗？那是我姨的表弟的二妈的叔伯侄子！"

"唉，八竿子打不着！"柳林泄了气。

"你这都不懂？"玉叶信心十足，"常言道，是亲三分向，是灰热似土。走，找他去！"

柳林被玉叶说得来了劲，伸手去推车。

一辆车两个人，顶着烈日，迎着热风，急急地向远方驶去。

五

玉叶一早起来，细细地梳洗打扮一番，出门就奔了柳林的家。

真是应了玉叶的话。那个八竿子打不着的所长"舅舅"重情重义，没等"外甥女"说完，就连连答应，三下五除二，办好了执照。柳林经过几天准备，今天开张营业。

柳林刮了脸，理了发，满面泛着红光，就像要娶媳妇做新郎。

玉叶、柳树根和主动前来帮忙的乡亲们埋木桩，挂牌子，扫院子，标价目表，里里外外忙成走马灯。

"良辰到，点炮！"

柳树根一声吆喝，柳林用长杆挑起五百头的鞭炮。鞭炮"噼噼啪啪"

地响，震得玉叶捂着耳朵尖叫，引来一群人围观。

"玉叶，你出来！"鞭炮声刚停，金箱进了屋，拉起玉叶就走。

柳林迎上前："金箱，屋里坐吧，吃块喜糖。"

"吃喜糖？哼哼，你不如让我喝毒酒！"金箱脸色铁青，冷冷一笑，拉住玉叶不放，"走，跟我走！"

"你干什么？"玉叶打着坠儿。

"我有事问你！"金箱两眼露出凶光。

"有事就在这儿说。我有毒的不吃，犯法的没做，有什么可瞒人的？"玉叶不慌不忙，坦坦荡荡。

金箱瞟瞟柳林，又看看围着的众人："咱俩的内政，外人无权干涉！"

"那好，你说去哪儿，我跟你去。"

两人一前一后，沿着弯弯的小路，上了浑河大堤。

一棵老柳浓荫蔽日，罩着一座干干松松的黄沙"土牛"。金箱一屁股坐下去："就在这儿吧。"

玉叶掏出花手绢，挨着金箱铺好，也坐下来："有什么事，说吧。"

"我想……问问你，"金箱的声音忽然有些发抖，"我给你的两千块钱呢？"

"借给柳林了。"

"你……你……"金箱的脸一下子变成死灰，"果然……果然不出我之所料！"

"实话告诉你吧，那两千块钱本来就是为柳林借的。我妈根本就没要过钱！"玉叶咯儿咯儿地笑。

"好啊，好啊，你好啊！"金箱浑身颤抖，软塌塌倒在"土牛"上。

世上自古就是好事多磨。

柳林依仗玉叶，好歹领取了营业执照，可到信用社贷款的时候，又卡了壳。金成贵又做了手脚。柳林拜山神，山神朝他瞪眼；拜土地，土地给他个冷屁股。结果，柳林的鼻子蹭了一层灰，脑门撞了一个大包，仍是两手空空而回。此时正是水稻孕穗，二茬儿玉米施化肥的当口，机井比眼珠还珍贵。猴屁股李山的收买计策成功，几个贪财忘义的井长联合起来，不是这眼井不出水，就是那台泵不转动，起着哄地往金箱家里送。金箱蛤蟆打哈欠大张口，漫天要价，坑得人们叫苦不迭。柳林空有满腔热血，一身本事，无法施展，急得邪火攻心，牙床子肿起半寸高。疼得止痛片都失了效，脸上捂条冰镇毛巾，"嗞嗞哈哈"顺着浑河堤走绺儿。

柳树根坐着手扶拖拉机从对面驶来，见了柳林，一拍机手肩膀，拖拉机停在路边。

"大侄子，大伙儿都盼着你择吉开张，你怎么倒不凉不酸的，在这古堤绿荫里享福。"柳树根昨天去北京送瓜，一个来回二百里，一天一夜没睡觉，累了个人困马乏，还不知道柳林贷款撞了墙。

"唉，大爷，别提了。"柳林眼里涌出泪花花，"我是想为乡亲们办点儿好事，可上面葛针条子挂手，下面蒺藜狗子绊脚，我是干着急动不了窝呀！"

"怎么回事？跟大爷我唠叨唠叨。"

"我是罗锅子上山——钱（前）短！"

"哈哈，我以为是要太上老君的仙丹、穆柯寨的降龙木，把你愁成这样儿。要钱，大爷有！"柳树根从破书包里掏出一沓人民币，"三百五十块，我留三十块付车钱，剩下的三百二全归你！"

"大爷，"柳林一声苦笑，"您以为是买一捆小葱、几块豆腐呢？这是电器，您这三百块钱还不够买几件工具。"

"那怎么办？"柳树根傻了眼，"我可是连吃奶的劲儿都使出来了。"

"大爷，您放心，活人不会让尿憋死！"

送走柳树根，柳林又一个人溜达起来。

"哒，看镖！"冷不丁一块土坷垃打在柳林脚前，紧接着，树枝一忽闪，跳出赤脚扛锄的玉叶。

"哎哟，我的天！"玉叶一到近前就惊叫起来，"一天没见，怎么成了歪嘴和尚？"

柳林一边往嘴里吸凉气，一边把贷款的事说了一遍。

"得，又遇到火焰山了！"玉叶打个愣儿，"看我二次出马！"

"又去走后门？"

"我哪儿那么多舅舅？再说，金汁玉筵头一口，老吃就没了滋味。本姑娘自有妙计。你就赶快回家，小叶白糖外加冰棍，又消暑又败火，凉凉快快等我的好消息！"玉叶朝柳林诡谲地一笑，一阵清风飘下大堤。

玉叶来到金箱家，金箱正在数钞票，见玉叶进来，乐颠颠儿地迎上去："玉叶，你看，这些日子财神爷显灵，日进斗金！"

玉叶一笑，酒窝可塞下两颗枣："那好啊，秋后结婚不用愁了。"

金箱乐得一下把玉叶抱住："你到底还是跟我一条心！"

"我跟你订婚，就是你的人，能有外心？"玉叶深情地抚摸着金箱的脸，忽然又一皱眉，"只是我妈……"

"你妈怎么啦？"金箱紧张起来。

"我妈说，你家这么富，我家陪嫁的东西也不能太少，怕被人小看。可我家哪有那么多钱？我妈急得什么似的。"

"嗐，我以为什么大事。用钱，小事一桩！"金箱松口气，大方地拿出一摞钱，"两千，够不够？不够再拿！"

玉叶现出一脸羞涩："我买陪嫁，怎么好……"

"咱俩谁跟谁？再说，你的陪嫁也没便宜外人，早晚也是我的！"金箱的小账算得比谁都清楚。

"那，算我借你的！"玉叶拿起钱就往外走。

柳林的维修部一开张，金箱吓了一跳，越琢磨越觉得不对味儿，这才把玉叶拉出来问。不想玉叶还真是吃里爬外，用他的手打了他的脸，自己机关算尽，反倒赔了夫人又折兵。

"你好没良心！"金箱指着玉叶骂。

"我的心端端正正地长在心口窝里。"玉叶把手放在金箱肩上，"我做的这一切，都是为你好。秋后我就和你结婚，咱们安分守己，自食其力，喝粗茶吃淡饭我不怨你！"

"你为什么不向着我，倒跟柳林一条心？"金箱委屈得流下眼泪。

"你说什么傻话？我把身子都给了你，能偏向外人？人家柳林心正，不坑人不贪财，你得跟人家学……"

"你，你要变心？"金箱恐惧得瞪大眼。

"贼心烂肠子！"玉叶霍地收回手，扭过身子。

"你没变心，为什么总拆我的台？"

"我怕守望门寡！"

"你盼我死？"金箱呼地跳起来。

"我怕你死！你乘人之危，牟取暴利，害得乡亲们有井浇不上地。你知道人们背后骂你什么吗？咒你什么吗？我这是在为你积阴德！"玉叶心如刀割，泪水流了一脸。

金箱被捅到了痛处，不由恼羞成怒："你少说废话，把那两千块钱还我！"

"还你，还你！我砸锅卖铁，扒裤子当袄，也还你！"玉叶一甩长发，踉踉跄跄跑下大堤。

六

正午的太阳高悬在头顶，像个撒泼打滚的二百五娘们儿，可着劲地发威风。地面的沙砾闪着耀眼的光，街道上翻腾着一层紫微微的雾气。金箱站在门口，任凭阳光暴晒，垂着脑袋一动不动。

金箱自从在堤顶和玉叶抓破脸，玉叶真是咬牙瞪眼下了狠心，一连半月没登金箱的门。金箱先还有那股邪火撑着，不怎么理会，但随着心里的火气逐渐消失，就开始觉得空落落的没了抓挠儿。终于憋不住，他假借上街有事，这家屋檐下站一站，那家茅房后隐一隐，想与玉叶碰个面。好在没人理他，他也不理别人。好不容易碰到玉叶从地里回来，忙堆起笑脸迎上去，还没搭上话，玉叶竟旁若无人地躲开了，他像卖不了的甘蔗——戳在了那儿。他老着脸皮跟到家，玉叶紧走儿步进了门，"哐啷"一声插上栓，然后拿个板凳坐在堂屋里，甜甜蜜蜜地唱起董文华的《望星空》："……我望见了你呀，你可望见了我？海誓山盟彼此忠诚……"金箱隔门如隔山，光听声不见人，不由一股酸楚涌上心头，扑簌簌掉下一串泪。

金箱等到玉叶不唱了，以为她不会那么绝情，该开门了，谁知里面又放开了半导体："巧儿我自幼儿许配赵家……"新凤霞的嗓音比玉叶又甜上十分。金箱又气又恼，恶狠狠骂几句，丢魂失魄地回了家。

俗话说，闲饥难忍，干活消愁。金箱进门就拿起钳子，可随即又扔了出去。院子里空荡荡的，没有一台电机，只那片片油渍，似乎在诉说往日的辉煌。

前天，金箱把李山请了来，大鱼大肉地请他吃。

"哥哥，你快想个法子呀！"金箱一脸哭相。如今他众叛亲离，只剩了李山这个高参。

"想办法？有什么办法可想？"李山的脸真喝成了猴屁股，还在一杯接一杯地往肚里灌。不花钱的酒，不喝白不喝。

"咱们总不能没活儿干呀！"金箱急得猫爪挠心，好酒好菜满屋喷香，他光拿着筷子懒得下手。

"人家不往你这儿送，咱能去柳林家抢？"李山不凉不酸，只顾往嘴里填鸡大腿。

"那，那也不能干等呀！"金箱快要给李山跪下了，"哥哥，凭良心说，自打咱俩合伙，做兄弟的亏过你没有？如今我挂在了悬崖上，磨扇子压了手，你不能不搭救呀！"

"兄弟说的话没错，"李山打个酒嗝，"这两年兄弟对得起哥哥，可哥哥也对得起兄弟。这叫有来有往，两不相欠。"

"就算两不相欠，你也别见死不救呀！"

"嘿嘿，人不图利谁早起？"李山用火柴棍剔着牙花子，两只通红的小眼乜斜着金箱。

金箱心里骂着王八蛋，恨得牙根痒，嘴里还得说好话："哥哥你说，说出来，兄弟没有不应的。"

"好，那我就不客气了。这样吧，你一个月给我二百块工资，揽来一台电机再加十块。不管有活儿没活儿，工资必须月月发。同意，咱就搭伙干，不同意，就吹灯拔蜡踹锅台！"

"你这是趁火打劫！"金箱气得浑身发抖，"你还不如把我的房拆了，搬到你家去！"

"别别，你可别生那么大的气，气出个好歹来，打针吃药还得花钱，那你就更赔了。"李山冲他龇龇牙，拍拍屁股，一撅一撅地走了。

第二天金箱还没下炕，税务所长带人进了门。

"哎哟，大叔，什么风把你吹来了？快进屋喝茶。"金箱强打精神，伸手往里让。他通过父亲金成贵和乡里各部门的头脑都熟，见了面不是喊大爷，就是叫大叔。

今天所长"大叔"不给面子，站在院里不动窝儿："金箱，业务不错吧？"

"嗯，不错，不错，嘿……"金箱牛皮吹惯了，硬是打肿脸充胖子。

"那好，把漏的税补上吧。"所长一挥手，一个税务员递过一张表单。

"漏税？"金箱心里"咚咚"跳，表面装作没事人，"我都按时交税呀，这，大叔你都知道的，怎么会漏税？"

"还大叔？哼，你把大爷都骗了！"所长一声冷笑，"别的甭说，连补税带罚款，三千！"

金箱一看所长认了真，眼珠一转，想出个主意："大叔你先屋里歇会儿，我把我爸爸找来，陪你说话。"

"今天你就是把你爷爷找来，也不管用，拿钱吧！"

金箱见软的不行，也耍开了滚刀肉："你这是捏造，是红眼病！说我漏税？谁作证？"

"李山！"

"他？"金箱像挨了一闷棍，眼前立刻飞开了金星子。

原来，李山打一开始就没安好心。他给金箱出主意，揽活儿干，完全是为了自己。他知道自己在村里没人缘，投靠金箱，背靠大树好乘凉。甭管是坑人钱还是挣昧心钱，能捞就捞，挖到篮里就是菜。等金箱砸了牌子塌了架，他的篮里早满了，甩开他再寻新主。柳林的维修部一开张，李山就看出金箱大势已去，又听大伙儿吵着要告金箱，心里就打开了小算盘。倘若金箱事发，他是主谋，说不定就要进看守所啃窝头，这可是够他喝一壶的。于是，他偷偷跑到税务所，把偷税漏税的事全说了，把屎盆子都扣在金箱头上。可怜金箱被蒙在鼓里，还好酒好菜请他吃喝。

失恋、失业、罚款，三件事加在一起，好比雪上加霜，又遇八级偏北风，把金箱从里到外闹了个透心凉。他躺在炕上昏睡不醒，两天水米没沾牙。中午终于醒过来，干瘪的身子成了纸扎人样，摇摇晃晃走到大门外，站在太阳地里发愣。

玉叶出现在大街上，目不斜视地进了柳林的维修部。

金箱心里冒出一股怒气，虚火冲上脑袋，一阵晕眩，差点儿摔个前栽。大晌午头上，鸡不叫狗不咬，玉叶悄悄去柳林的维修部，这不是小秃头上的虱子——明摆着？柳林不光抢了他的买卖，还抢了他的媳妇！自古道，杀父之仇、夺妻之恨，不共戴天。今天，一定要跟他们闹个倒海翻江！

金箱磕磕绊绊冲进柳林的院门。

院里静静的，里屋的门虚掩着，传出清晰的说话声。

金箱凑到窗根下，竖起耳朵偷听。

"你怎么把那两千块钱送到我家去了？真是的！我又给你拿回来了。"玉叶娇嗔的声音。

"我这些日子业务好，能还账先还账。有借有还，再借不难嘛。"柳林乐哈哈的声音。

"不，这两千块钱你先用着，刚开张，用钱的地方多着呢。你不能像金箱那样，心眼比针鼻还小，鼠目寸光只看二指远。你应该有个规划，让维修部有个大发展，做出样子让金箱看看！"

"好个负心人！"金箱扒窗台的手差点儿抠出血。

"金箱这几天怎么样了？我太忙，抽不出工夫去看他。"

"怎么样？小耗子钻烟囱——够呛！"玉叶发出一串银铃般的笑声。

"那么严重？"柳林有些担忧。

"自打那天翻了脸，我一直没理他。如今，活儿被你夺过来，李山又出卖了他，三案归一，就他那个窄肩膀能担当得了？趴架了！"

金箱在外面一阵脸红。

"你不理他，怎么知道得这么清楚？"柳林笑起来。

"看你傻的！我不是还有个未来的婆婆吗？间接了解呗。"

"咱得赶快去看看他，别出什么事。"

"不忙，就得让他受受。要不，他不知道哪头儿轻重。"

"狠心的娘们儿！"金箱暗骂。

"咱们本意是教育他，他犟牛不回脖儿，才不得已以毒攻毒。火候到了就得，不能过分。真要把他窝巴坏了，你怎么办？你们将来还要过日子呀！"

"你放心，这些事我想得比你周全。我和金箱早晚是一家子，我要跟他过一辈子，能毁了他？"玉叶似乎动了感情，嗓音有些颤抖。

金箱的心里也是一热。

玉叶又说话了："我早看出来了，金箱心胸狭窄，把钱看得过重，总有一天要倒牌子。你为人厚道、正直，又有技术，乡亲们敬重你，相信你。你办维修部肯定越来越红火，所以我才支持你。你这边一开张，金箱那边自然就没了生意，这也是救他。以后我劝他跟你合伙，搞个合营。说良心话，金箱的技术还是不错的。凭你的好名声、金箱的好技术，维修部一定前程远大。看在老同学的分上，你不会不要他吧？"

"看你说的，我是那种人吗？你帮我那么多忙，我能过河拆桥？"

"你想不要也不行，我们早就入股了！"玉叶得意地笑起来。

"入股？"

"那两千块钱白借给你？"

"哎哟，你可真是个人尖子！"柳林也哈哈地笑，连声惊叹，"原来你是明修栈道，暗度陈仓，早留下后路了！"

"这就叫臭棋篓子看眼前，高手观全盘！"

"咱们去看金箱吧，顺便跟他谈合营的事，也让他心里早踏实。"

"到那儿说话可要婉转点儿，那位是个死要面子活受罪的人。"玉叶叮嘱。

"到底是一家人！"柳林揶揄。

"那是！"玉叶并不害羞。

门一开，两人都惊住了，金箱正泪流满面地站在门口。

"你……"柳林直着眼不知说什么好。

"你偷听！"玉叶的眉毛立起来。

金箱一句话也说不出，佝偻着腰，双手捂脸，呜呜地哭了。

"金箱，别这样……"柳林有些不知所措。

"让他哭哭吧，把脏水倒出来，心里就清亮了！"玉叶嘴里说着硬话，眼圈却早红了。

"唉，"金箱哭了一会儿，心里平静了，抽搭着说，"我是想挣钱没挣成，想坑人被人坑。真是光屁股推磨呀！"

"金箱，你也别太自责。人有失手，马有漏蹄。谁能保证不做错事？我也有对不起你的地方。"柳林扶着金箱的肩膀，真诚地说。

"不不，"金箱连连摇头，"玉叶说得对，你这是救我。要不，我早晚摔进臭水沟里淹死！"

玉叶的眼泪再也憋不住，呼地涌出来："你总算明白我的心了！"

"是金子的，金不换！只是……"金箱心里还是有些不舒服，"太狠了点儿！"

"不狠，你能改过来？"玉叶的眼泪不断流，"老辈儿人讲，夫贵妇显。现在不讲了，实际上还是那么回事。你们男人在外做了长脸的事，我们女人不也光彩？男人遭万人骂，女人不也抬不起头？做女人的，哪个不愿自己的男人风光？"

"那合营的事？"柳林知道金箱都听到了，也就直截了当。

金箱指指玉叶："她愿意，我还有什么说的？"

柳林觉得再待下去就不知趣了，于是说："你俩帮我看会儿家，我出去办点儿事。"

柳林一出门，金箱就抢前一步，把玉叶搂进怀里。

迟立的烈士碑

一

经过一番激烈的争论，我的河沿之行终于敲定了。与我同去的，还有郝丽丽。郝丽丽是个年轻姑娘，人和名字一样，非常美丽。

盛世修志。大良县史志办公室最近要出版一本《大良县革命斗争史》。我虽然刚分配到史志办一年多，但因我是名牌大学历史系的研究生，领导便决定由我编写革命斗争史中的抗日战争部分。领导的器重，令人感动，况且我又是单身，便没日没夜地浸淫在了故纸堆中。

永定河畔的大良县，过去属于冀中抗日游击区，产生过许多抗日英雄和可歌可泣的动人事迹。看着一份份档案、一份份资料，我常常感奋得热血沸腾、泪流满面。但在曾振山的问题上，我却产生了疑问。档案材料证明，曾振山是大良县河沿村人，在河北省立师范学校读书时接受了革命思想的洗礼，并于1931年"九一八"事变后秘密加入中国共产党。先以教师身份为党工作，"七七"卢沟桥事变日军占领大良县，曾振山受党委派，回乡建立联络站。1944年，在为大良县八路军独立大队买枪过程中，曾振山被伪军马三麻子捕获叛变，后被马三麻子杀害。新中国成立后，人民政府经过甄别，定其为叛徒。如果单就这份档案看，我不会产生疑问，出卖了组织就是叛徒，不管你资格多老，曾经为党做过多少工作。可伴随档案的，还有厚厚一摞上诉信，上诉信的纸张有的已经发黄，有的还是新的。令人尤为吃惊的，这些上诉信自1950年开始，一年不落地延续到1996年，整整47封，而且每封上诉信的日期都一样，农历四月二十六。前十几封信上都有闵恩德的批示："铁案如山，不予复查。"从1967年后，就没有了任何批示。写信人叫曾贤顺，曾振山的儿子，内容只有一个：不承认父亲是叛徒。这里，我由衷地钦佩曾贤顺的执着和档案工作者的责任心。再看证明曾振山是叛徒的材料，只有郭强和曾贤普两人的证言。许是曾贤顺的执着感动了我，许是档案员的责任心激励了我，也许是冥冥中有一股神奇的力量左右着我，我陡地对曾振山的叛徒问题产生了怀疑，并下定了清查事实真相的决心。

编辑会上，我把问题一提出来，立即引起轩然大波。史志办公室主任李树森首先反对："曾振山的叛徒问题历史上早有定论，而且闵恩德同志在任本县县长和地区副专员时，都有亲笔批示。再查，也只能是枉费人力、财力。"

其他人也是多一事不如少一事的态度："证据确凿，铁案如山，不能因为有上诉信就怀疑以前的审定。事情已过去半个世纪，再查还有什么意义？白给自己找麻烦。"

我据理力争："我们搞史的人，应该为前人负责，也应该为子孙负责。史书应该是公公正正，让人们心服口服的。如果因为年代久远就不再复查，那是不负责任的态度。我国历史上多少冤假错案，都是在过去了几百年、上千年才得以平反的。例如明代的袁崇焕，被崇祯皇帝定为通敌罪，凌迟处死。可在三百年后的今天，经过多方考证，证明袁崇焕不但没有通敌，还是位伟大的爱国者。"

许是我那初生牛犊不怕虎的架势把大家震住了，也可能是我说得有道理，人们都低头沉默起来。好久，张福表了态："任力同志认真负责的态度值得表扬。我们的工作是对每个人的历史功绩或罪恶作出公正评价，不能冤枉好人，也不能美化坏人。我同意任力同志对曾振山的问题重新进行调查。但要抓紧时间，不能影响革命斗争史的出版。"

张福是抗日战争时期大良县独立大队的大队长，新中国成立后曾任大良县副县长、县长，早已离休，现为《大良县革命斗争史》编委会名誉主任。有他出面支持，别人不好再说什么。我当即提出，先去河沿找曾振山的儿子曾贤顺，了解他告状的理由。

我的话刚说完，坐在会议室角落里一直未说话的郝丽丽开了口："你认识去河沿的路吗？那个村子离县城好远呢。"

见我摇头，又说："我带你去吧，河沿我熟悉。"她的大眼睛忽闪忽闪的，像会说话。

我自然高兴，有美女陪伴，工作起来会很愉快。

郝丽丽是县档案馆的档案管理员，因为查找资料，我常去档案馆，和她见过几次面。史志办决定编写革命斗争史后，为查找档案方便，就把她借调过来。郝丽丽工作认真，为人热情，人又长得漂亮，给我的印象很好。夜深人静时，我躺在冷冷清清的单人宿舍里，也曾幻想过：如果能和丽丽结为夫妻，一个搞史志，一个搞档案，生活中互相关心，工作上互相帮助，倒也是珠联璧合。想归想，一旦见了面，除去工作上的事，多余的话一句也不敢说。倒不是我的胆子小，上学时我是有名的"贼大胆"，而是郝丽丽的那双眼睛太动人了。黑白分明的眼珠儿水汪汪、亮晶晶的，犹如两个湛蓝的湖泊；长长的睫毛就像湖边的芦苇，一眨动，忽闪忽闪的好似苇塘里起了风。只要那双眼睛瞥向我，我就满脸通红，心跳加快，肚子里的话早跑得无影无踪了。现在郝丽丽主动要与我同去浑河沿，我又喜又忧。喜的是郝丽丽对我也有好感，不然她不会为我带路；忧的是郝丽丽那双眼睛太过撩人，在一起时间长了，我担心我的心脏承受不了。

河沿离县城50多里路，我建议找辆汽车去，郝丽丽却坚持骑自行车。我躲开她的眼睛，用开玩笑的口吻说："把你累坏了，我怎么向领导交代？"

郝丽丽娇嗔地瞥我一眼："你别把人看扁了，我是什么大小姐？告诉你，上大学时，我还是校自行车越野赛第三名呢！"

我到底没有躲过郝丽丽的眼睛，那一瞥，又让我的心快跳了好一阵子。

出了闹哄哄的县城，我才认识到郝丽丽的选择是多么正确。春末夏初，田野里呈现出一派勃勃生机，碧绿的是禾苗，淡黄的是小麦，红的、粉的是野花。蜜蜂嘤嘤，彩蝶翩翩，空气中都蕴含着一股淡淡的甜味。我深深吸了几口气，立时精神大振，踏动自行车的双腿不知不觉加快了速度。

驶上高高的永定河大堤，堤内堤外的景物尽收眼底，那郁郁葱葱的果林尤为引人注目。我由衷赞叹："这里的果树可真多！"

郝丽丽停住嘴里哼唱的流行歌曲，扭过头和我搭讪："那是。这里苹果、桃、杏、李子，什么都有，最多的还是梨。你知道南庄的'金把黄'鸭梨吗？那可是清朝时期的贡品。"怕我不懂，她就循循善诱地给我讲"金把黄"的来历，然后又指着永定河，不无炫耀地问我："你知道这河是怎么回事？"

我心中暗笑，要不给她点儿厉害的，她还真以为我这研究生是花钱买来的呢。于是，我就把永定河发源于山西宁武县管涔山，流经山西、内蒙古、河北、北京，由天津入海河的流域走向说了一遍，还讲了几个沿河的风物传说，最后说："永定河是北京的母亲河，这连三岁小孩子都知道！"

郝丽丽有些扫兴，扔下句"不跟你说了"，身子一弓，疾驰而去。

二

从河沿回来，我的心里乱极了。曾贤顺的家境不会太好我有心理准备，可惨到那种程度，却是我始料不及的。

走进河沿村，我的心情还很好。村街宽阔平坦，两旁的房子高大漂亮，而且一律修着高门楼。郝丽丽告诉我，修高门楼是大良县的民俗，谁家的门楼高大，就昭示着谁家殷实富足。直到快走出村子，郝丽丽也未停步，我正要发问，她忽然往前一指："看，那就是曾贤顺的家。"

我顺着郝丽丽的手指望去，不禁大吃一惊。远离村庄的一个土坡上，立着三间东倒西歪、摇摇欲坠的破土房，房前不要说门楼，连砖墙都没有，只用秫秸夹出个小院子，与村里的高门楼大瓦房相比，真是天壤之别。我望望郝丽丽，郝丽丽的脸上也满是同情和沉重。

走进院子，一个瘦弱的老头正在编柳条筐。见了我们，他迟迟疑疑站起身，一瘸一拐迎上来。老人大概有六七十岁，腰弯得厉害，满头白发乱蓬蓬的，皮包骨的脸上密布皱纹，活像一个麻核桃。两只眼睛木木的，更显出人的呆拙迟钝。我猜测他就是曾贤顺，询问地望望郝丽丽，郝丽丽默默地点点头。

曾贤顺听我们说明来意，先是愣住，然后嘴角开始抽搐，最后浑浊的眼里滚出两串粗大的泪珠，咧开没牙的嘴，孩子似的哭起来："五十多年了……可把你们盼来了！同志啊，我爹他……他冤呀！"

等曾贤顺平静下来，我开始问他写上诉信的事。曾贤顺一下又激动起来："我爹不会是叛徒，他那样子哪能是叛徒？叛徒没有那么当的！"

曾振山为我们讲起了当年他爹被抓的经过。

1944 年，我刚九岁，正在村里念小学。农历四月二十五中午放学的时候，村北曾家老坟方向响起枪声，我以为日本鬼子又来扫荡，忙跑回家躲了起来。过了一顿饭的工夫，枪声停了。紧跟着街上又闹腾起来，说是保安团抓住了张福的人。张福是共产党、八路军，是大良县独立大队的大队长，远近闻名的人物。我不顾娘的拦阻，跑出门去看稀罕，就看见伪保安团长马三麻子骑着高头大马，带着一队兵往曾家祠堂走。队伍中有三个人被捆着双手，其中一个就是我爹。以前我只知道爹经常不着家，并不知道他为八路军做事。见爹被抓，我吓坏了，急忙跑回家告诉了娘和奶奶。奶奶一听，就挺在了炕上，娘也哭成了泪人。那天，马三麻子的队伍没有走，就住在了祠堂里，打声、骂声、喊叫声响了一夜，我们全家也支棱着耳朵听了一夜。第二天吃过早饭，马三麻子走了。我和娘从门缝中看见队伍中没有我爹，等街上一静，就跟头轱辘地往祠堂跑。一进门，就见柱子上绑着一个人，满头满身都是血，近了才认出是我爹。我爹死得那个惨啊！不光身上被打得没一块好肉，还被砍掉了双手，割掉了双耳，剜掉了双眼。我娘一下子就晕了过去，我更是吓得大哭大叫。我的哭喊声招来很多人。乡亲们一边抢救我娘，一边把爹解下来，放在地上。我们家虽然有钱，但爹开明，没有得罪过人，还经常给穷乡亲一些帮助，乡亲们对他有好感，见爹这个惨样子，不少人都掉了泪。按当地的风俗，死在外面的人是不能进家门的，像我爹这样横死的人，更不能进家门。族人们就找来条凳、门板，把爹的身子洗干净，停在了祠堂里。我娘和我还有几个知近的人搬来被褥，铺在爹的尸身两旁，为爹守灵。夜里，我紧偎在娘的怀里，浑身发抖。娘用微弱的声音安慰我：别怕，你爹是共产党、八路军的人，他为共产党、八路军死了，共产党、八路军不会不管，他们会派人来的！我们就等。一直等到第三天夜里，终于等来了两个人。他们自称是抗日政府派来的，一来就召集人开会。会上，他们说我爹是叛徒！当时我们这里是抗日根据地，群众的觉悟很高，恨日本鬼子，恨汉奸，更恨叛徒。我爹如果成了叛徒，那我们一家就没脸见人了，日子也没法过了。娘流着眼泪和他们吵，说孩儿爹死得那么惨，能是叛徒？他要是叛徒，不早跟人家走了，还会被杀？那两个人说，曾振山是死有余辜。他经受不住敌人的拷打，叛变了，交代出埋枪的地点。敌人取出了枪，他没用了，当然就杀了他。敌人不杀他，抗日政府也不会饶过他！最后还对人们说，乡亲们看见了，这就是叛徒的下场！号召人们跟我家划清界限，监视我们的行动。

我娘也没了主意。当时兵荒马乱的，一个妇道人家能有什么主意？只有哭的份儿。几个知近的人就劝我娘：振山的尸首不能再停下去了，都有味了，先把人埋了，入土为安，别的事以后再说。我娘同意了。可村里管事的和族里几个有头有脸的又出来了，说曾振山是叛徒，是民族败类，不能进曾家祖坟。我娘跟傻了一样，愣愣怔怔的，谁说什么她都听，就在乱坟岗子上挖个坑，把我爹埋了。人们往爹的坟坑填土的时候，我娘跪在坟前，两手拍打着地面，又哭又喊："孩儿他爹，你死得冤啊！孩儿他爹，你不是叛徒，我不信你是叛徒！"

曾贤顺说到这儿，已是泣不成声。我也泪流满面，郝丽丽更是抽抽搭搭地哭成了泪人。

好一会儿，悲痛才过去。曾贤顺用破袖头拭眼角，接着给我们讲。

爹死不久，奶奶也去世了，家里只剩下我和我娘。好在几个伙计人不错，看我们孤儿寡母可怜，里里外外地帮助操持。经过这场家庭大变故，我好像一下子长大了，除去上学读书，就围着娘的屁股转，操心这操心那，小大人似的。娘也真把我当成了大人，有什么事都和我商量。

没人的时候，把爹的事情也都告诉了我。娘说，爹很早就是共产党的人，这些年一直为共产党、八路军做事，把家里的粮食和钱都支援了抗日。这回出事，也是为八路军买枪，买回五支大枪，埋在曾家老坟地里。独立大队派人取枪的时候，遭了马三麻子的伏击。娘还说："抓住的三个人，一个是咱家原先的伙计，叫曾贤普，另一个不认识。可那两个人跑了，单单死了你爹，还死得那么惨，枪也被马三麻子取去了。我就不信，马三麻子那么多人，他俩就能跑了？我就不信，你爹要真投降了，说出了埋枪地点，马三麻子还会那么残忍地把他杀了。这里面一定有鬼，有人栽赃陷害。但这事没把握，不能乱说，要藏在心里，等有机会再提出来。你爹为共产党八路军做了那么多事，共产党不会冤枉他的。现在他们说你爹是叛徒，就让他们说去，咱堵不住人家的嘴。但咱自己心里，绝不承认你爹是叛徒，至死也不承认！"我相信娘的话，就等着。终于等到新中国成立了，我们以为爹的问题可以弄清了。没想到，1950年甄别时，县政府仍然认定我爹是叛徒。我娘禁不住这样的打击，一下子就病倒了。临去世，拉着我的手，一遍一遍地说：你爹不是叛徒，他不会是叛徒！从那时候起，我就开始写上诉信，一年一封，每封信的日期都是农历四月二十六，那是我爹死的日子！

唉，五十多年啊，白等了！四十七封上诉信，也像鸡毛落入大海里，没有一点儿响动！

曾贤顺摊开双手，两眼迷茫地望着杨树顶上的老鸹窝，再不言语。

看着曾贤顺那痛苦无助的表情，我的心也在绞痛。虽然我一再告诫自己，不能感情用事，要客观冷静，不能听一面之词。可面对这个瘦弱凄苦又执着企盼了五十多年的老人，想着那个肢体不全，埋在乱葬岗上的冤魂，我宁可相信老人的话是真的。

正在这时，院外匆匆进来一个小伙子。郝丽丽定睛细看，惊喜地叫起来："清明！"

小伙子愣愣神，也高兴地跑上来："郝丽丽！你是郝丽丽？"

见我疑惑地望着他们，郝丽丽忙解释："不知道吧？我就是河沿人，确切点儿说，我姥姥是河沿人，我从小在河沿长大，小学还是在河沿上的呢。清明和我是同班同学，只不过他上学晚，十一岁才上一年级。"

提到上学，曾清明的脸上掠过一丝阴影，然后淡淡一笑："不光上学晚，连初中都没念。怨谁呢？谁让咱出生在这么个家庭？"说着，扭头问曾贤顺，"爹，上诉信写了吗？"

一直未说话的曾贤顺抬起头："哪能不写？头两天就写好了，就等你哪！"

曾清明知道了我们的来意，望着我说："今天是农历四月二十四，后天就是我爷爷牺牲的日子。"

见我打了个愣，曾清明的目光凌厉起来："你是不是觉得我不该用牺牲这个词？我觉得，应该用，用在我爷爷身上恰如其分！我爷爷为了共产党、八路军，死得那么壮烈，能不算牺牲？我今天特意从建筑工地请了两天假，一是浇浇麦子，二是后天去县政府送上诉信。我爹老了，送不动了，我去送！"

曾清明越说越激动，眼睛里布满根根血丝："有人说我爷爷是叛徒，我们不承认！我们选在农历四月二十六送上诉信，就是要告诉爷爷的在天之灵，他的子孙相信他是为革命牺牲的，没有叛变！假如我将来能娶上媳妇，能有儿子，我也要告诉儿子，告诉我儿子的儿子，他们的祖爷爷，他们的老祖宗，是条硬汉子，不是叛徒！"

那天，从曾贤顺家出来，已经很晚，我提议去看看曾振山的坟墓。

在曾贤顺父子的带领下，我们翻过几道沙岗，来到一座荒丘上。杂草败叶中，一个小小的坟包孤零零地立在那里，与不远处那树木葱郁、碑石林立的曾家老坟，形成强烈反差。

望着孤坟，我默默地想：一个三十多岁的年轻生命被残害了，死后还要背负骂名，忍受孤独，甚至遗祸子孙，曾振山如果真的冤枉，那就太不公平了。

曾贤顺父子此时早撇下我们，扑在坟前大哭起来。

三

我正在整理曾贤顺父子的访问记录，郝丽丽推门走进来。

郝丽丽因为是从档案馆借调来的，只负责档案资料的查找，一般在自己的办公室待命，谁需要档案，谁找她。今天主动上门，对我来说还是第一次。

"小任，"郝丽丽笑盈盈地看着我，"昨天的访问，感想如何？"

由于有了昨天一天的接触，我对郝丽丽那双勾魂夺魄的眼睛已不再畏惧，就迎住她的目光："感触很深。冤案不纠正，不单单是本人背骂名，还要祸及子孙。"

"听你的意思，曾振山是冤案了？"郝丽丽目光灼灼地望着我。

"这……"我的脸呼地红了，深为自己的信口而出感到羞愧。历史是公正的，但公正的历史要的是有力证据来支撑，曾振山什么证据也没有，有的只是他家人的自我感觉，而感觉是起不到任何作用的。

看着我的窘样，郝丽丽咯咯地笑了。笑完，她盯住我的眼睛说："你的认真态度、实事求是的精神，我很满意。需要什么资料，说话，我帮你找。"

望着郝丽丽翩然而去的背影，我呆愣了很久。"满意"？她居然用了"满意"这个词，这听来是上级对下级的口吻，她什么时候变成我的上级了？但细品味，她绝无居高临下的意思。那是什么意思？难道……我的脸又红了，心脏急剧地跳动起来。

按捺了好久，我还是壮着胆子来找郝丽丽。人家主动出击了，我不接招儿，那不是傻瓜吗？即使郝丽丽没有那意思，和她待在一起，也是赏心悦目的。

郝丽丽外表貌似天仙，娇媚柔弱，干起工作来却泼泼辣辣，不怕脏累。她在档案库房里攀高爬低，把卷宗搬上搬下，汗水冲坏了她的淡妆，几抹几擦，成了三花脸。看着郝丽丽累成那个样子，我真是说不出的心疼。可忙了半天，报答我们的，却是一无所获。曾振山的叛变问题，敌伪档案里毫无记载。而抓获、杀害曾振山的马三麻子，在日本投降时，率部抵抗，拒不缴枪，被我八路军全歼。我方的证人证言，仍然只有郭强、曾贤普两人写的书面材料。

郝丽丽似乎松了一口气："这下，你的怀疑该去掉了吧？"

我沉思良久，摇摇头："敌方的当事人没有了，我想再找我方的当事人了解一下。"

郝丽丽面露惊愕："你是说，找郭强、曾贤普？"

我点头。

郝丽丽不说话。好久才开口："也只能如此了。"片刻，她又幽幽地补上一句："恐怕也是无用功！"

我对郝丽丽态度的突然变化虽然感到奇怪，但也没有深想，便和她一起走出档案馆。

由于张福上次支持我重新调查曾振山案件，我对他很信任，也很感激，便又去找他。不想张福谈出的情况让我大吃一惊。

张福听我汇报完去河沿的情况和查找档案的经过，点上一支烟，默默地吸。直到一支烟燃尽，他才说："其实，我和曾振山也有接触，而且很熟。那时我是抗日独立大队大队长，曾振山是抗日联络站站长。上级的指示和情报经他的手传达给我们，我们的行动请示、作战方案也通过他转送出去。他给我的印象很好，工作有能力，抗日热情高。他被敌人抓获，也是因为给独立大队办事。说他是叛徒，开始我也不相信。可战争是残酷的，什么想不到的事都有可能发生。尤其是两个证明人，都是我大队里的。郭强是上级派给我的特派员，曾贤普是班长，还是曾振山的远房侄子。从敌方找不到佐证资料，就只能相信我们的同志了。你知道郭强是谁？就是离休的原地区副专员闵恩德！有他作证，有他的批示，谁敢怀疑？所以后来闵恩德调任地区副专员，我接任县长，虽然每年接到曾贤顺的上诉信，都没做处理。"

我这才明白，为什么我提出重查曾振山的案件时，会有那么大的阻力。我知道问题复杂了，弄不好会招惹麻烦。我想想又不甘心，便望着张福花白的头发，近乎哀求地说："张老，您是老革命，曾振山又是您的战友，如果他真有冤枉，我们不能不管啊！"

"真有冤枉，哪能不管？那么多好同志为党为革命献出了生命，我们这些活着的人，哪会儿想起来，都觉得对不起他们。再让他们在地下受冤屈，我们真不是人了！"张福激动起来，两眼闪出泪花。

我趁机说出我的想法："张老，我想找郭强和曾贤普了解情况。"

张福沉思了一会儿，点了头："我看可以。郭强……也就是闵恩德同志，现住地委干休所，你可以直接去找他。曾贤普原来在南方一个县里当副局长，也早该离休了，还在不在人世，不清楚，我找人与他联系。不过，对老同志要尊重，要注意策略。编史修志是好事，不要闹出乱子。"

从张福家出来，我回到史志办公室，向李树森汇报了我的想法和张福的意见。绕过李树森，先去找张福，是我耍的一个小手段。我怕先找李树森，他如果反对，就被动了。先取得张福的支持，再向李树森汇报，他就是有不同意见，也不好说了。我知道李树森原来给张福做过秘书，老领导的面子，他不能不给。

果然，李树森听完我的话，虽然面露不悦，也没有反对，只淡淡说了一句："既是张福同志同意了，你就看着办吧。"便低头去看文件，不再理我。

在我同李树森说话时，郝丽丽一直坐在一旁静静地听，眼里露出紧张之色。见我走出李树森的屋，她踌躇一下，跟了出来。

"你真要去找郭强？"

"是的。郭强是战争时代的化名，他现在叫闵恩德，原是咱们地区副专员，离休了，住在地委干休所。"我认真地给郝丽丽解释。

郝丽丽抿嘴一笑，没有说话。

"哎，你还和我一起去吗？我刚到这里工作，哪儿也不熟，请你带路。"

说心里话，我深深地喜欢上了她，很想找机会和她多接近。

不想郝丽丽一口回绝："不熟悉才要自己多跑跑，又不是吃奶的孩子，总要人带！"话出口才知道失言了，立刻羞得满面通红，飞快地瞥我一眼，笑着跑走了。

坐上去地区的公交车，虽然没有郝丽丽陪同，有些扫兴，但我仍然很激动。我是学历史的，深知历史的严肃性。县志的编写人员，就如同过去的史官，一个人是忠是奸，是智是愚，应该给予公正的评判，绝不能颠倒是非，混淆黑白，要维护历史的尊严。上学时，我读过这样一则故事：春秋时期，崔杼因私怨杀死齐庄公光，自立为相。为逃避弑君的罪名，命太史伯假写齐庄公患疟疾而死。太史伯不从，在史简上如实写道："夏五月乙亥，崔杼弑其君光。"崔杼大怒，将太史伯杀死。太史伯有三个弟弟，名叫仲、叔、季。史官是世袭制，即子承父业，弟继兄职。崔杼便命仲重写史简。仲仍照哥哥的写法，写崔杼弑君，又被杀掉。叔也实事求是地写，也被杀死。轮到季时，仍照前书写。崔杼抢过书简，对季说："你的三个哥哥都死了，你就不爱惜性命？如果改变写法，我可免你一死。"季回答："据事直书，是史官的职责。失职而生，不如死！"崔杼无法，只得把简掷还季。季捧简至史馆，正遇南史氏走来。季问其故。原来南史氏听说伯三兄弟都死了，害怕季也被杀害，特地赶来写史的。这个故事对我教育很深，正因为有这些刚正不阿的史官，才给我们后代留下了一部真实的中华民族史。毕业后分到大良县史志办，虽然是基层，我仍然很高兴，我立志做个好史官的夙愿可以实现了。我提出重查曾振山的案件，绝没有任何个人企图，就是要拂去历史的迷雾，还事实一个本来面目，对历史、对人民、对曾振山的后人有个明确的交代。

可见到闵恩德后，我的一切愿望都化为了泡影。

走进地区干休所，一幢幢小楼、一座座花坛、一个个门球场呈现在我的眼前。这里环境优雅，空气新鲜，安详而静谧。住在这里的，都是经过枪林弹雨，为新中国的建立和社会主义建设操劳了一生的人。当他们筋疲力尽，再干不动了的时候，党和国家为他们修建了这个住所，让他们安度晚年。望着安静而神秘的小楼，我不禁肃然起敬。住在这里的每个人都是一部历史，每个人都是一部大书，值得后人去翻阅和研读。

闵恩德在客厅里接见了我。闵恩德年近八旬，但红光满面，精气神都不错。我简略给他介绍了编写革命斗争史的概况，他很高兴，立即神采飞扬地打开了话匣子："好，很好，你们为大良县，为大良人民做了一件大好事！大良县在战争年代为革命做出了很大贡献和牺牲，涌现出很多可歌可泣的动人故事和英雄人物，是该好好地写一写，以弘扬他们的光辉业绩，教育后代子孙。我已经接到大良县委的邀请函，抽时间要回去看看，给史志办的同志提供些素材。想当年我在大良搞武装斗争的时候，好艰苦好残酷哟，说不定什么时候，就'光荣'了！哈哈……"

闵恩德很健谈，尤其是讲起自己的革命经历，更是滔滔不绝，丝毫不给我插嘴的机会。好不容易等到他端起杯子喝水，我才说出此来的真正意图。

"什么？你要重新调查曾振山的问题？"闵恩德愣住了，笑容凝固在脸上，好久没有回过神。

我把曾振山的上诉信和去河沿的事说了，闵恩德一下暴怒了："你不要听曾贤顺的胡说八道！燕赵大地自古出英雄，可也出刁民！新中国一成立，曾贤顺就妄想给他老子翻案，以图改变他的生存状况。可叛徒就是叛徒，历史不容篡改，再告状也告不出烈士来！曾振山的叛变，是我和曾贤普亲眼所见。他不叛变，马三麻子能知道我们去取枪？他不叛变，敌人能知道埋枪的地点？叛徒，可耻的叛徒！"

开始时，我还真被闵恩德的气势吓住了，更担心他过于激动，一口气上不来。可想到自己的职责，想到这次机会得来之不易，我还是等他气息稍平之后，壮着胆子把疑点提了出来。

"你是说，为什么曾振山投降了还被马三麻子杀掉？这很简单嘛，他失去了利用价值。这就是叛徒的下场！即使马三麻子不杀他，我们也不会放过他。这些叛党叛国的民族败类，死有余辜，人人得而诛之！"

见我还要说话，闵恩德不耐烦地挥挥手，以嘲讽的口气说："小伙子，你太年轻了，我的孙子孙女都比你的年龄大，你能知道战争年代是什么样子？回去好好学习吧。不过我可以告诉你一句话：历史就是历史！"

我狼狈地被赶了出来。

我心情郁闷地住进地区招待所,晚饭都没吃,就和衣倒在了床上。我的脑子里乱糟糟的,眼前电影般的交替闪现着曾贤顺悲怆的脸和闵恩德气势汹汹的脸,交替闪现着干休所那整洁的小楼和曾振山那杂草中的土坟。蓦然,耳边响起闵恩德那句话:"历史就是历史!"

对,历史就是历史!我的精神一下子又振奋起来。

四

我从地区回来,向编委会的几位领导做了汇报。编委们听说闵恩德发了脾气,一时都面面相觑。

李树森更是变颜变色,连连叹气:"这事弄坏了,这事弄坏了!一开始我就不同意复查,几十年的老案子,又铁案如山,有什么查头?再说又是闵副专员亲自证明,亲自批示的,再复查,不是明显对他有怀疑,他老人家能不生气?闵老从抗日战争时期就在咱们县打游击,是大良一带的名人,是革命功臣和老领导。风风雨雨几十年,为大良县做出过多少贡献?即便他调到地区工作,也一刻没有忘记大良,时时处处照顾大良。就是咱们编写的这本革命斗争史,也有不少资料需要他提供,不少史实需要他印证。得罪了他,咱们的工作还怎么搞?真是瞎添乱!"最后一句,明显是冲着我来的。

我满腹委屈,不禁低声顶撞了一句:"有疑点嘛,为什么不让弄清楚?"说完,又向坐在角落里列席会议的郝丽丽瞥去一眼。郝丽丽也正望着我,见我看她,一下把目光躲开了。

我的话激起李树森更大的火气,他啪地一拍桌子:"什么疑点?你是不是怀疑闵副专员在栽赃陷害?"

李树森的话把我吓呆了,我不由自主地站起来,怔怔地看着他。其他人也被吓呆了,都把目光转向他。郝丽丽还轻轻地发出一声惊叫。

一直沉思着的张福这时抬起头,先向我摆摆手,让我坐下,又拉拉李树森的衣角，示意他冷静，然后才慢慢开了口："大家都不要激动，全是为了工作，有不同意见，可以讨论，没必要剑拔弩张的。关于曾振山的叛变问题，先不说他在事实上有无出入，单就任力同志的认真负责精神，就值得表扬。我们编史修志的人，就需要这种精神。曾振山的问题几十年来一直没有弄清，我也负有一定责任。这些天来，我也在回忆过去的事情，思考这个问题。也觉得有些方面可疑。请大家注意，我说的可疑，绝不是怀疑闵恩德、曾贤普两位同志有什么问题，我想任力同志也是这个意思。我说的可疑，是说事情本身。大家想，如果曾振山叛变了，他不可能只说出埋枪的地点，他肚子里的东西比几支枪重要得多。他这个联络站站长，不光知道大良县所有地下联络员的姓名、住址，而且清楚我们独立大队的活动规律和接头暗号。可在他被捕后，我们的秘密联络点没有一处遭破坏，我们的联络员没有一人遭逮捕，我们独立大队也没有遭到敌人的袭击，这是不是有些奇怪？既然当了叛徒，怎么会只说无关紧要的情况，而把重要的藏在肚子里不邀功请赏？这是其一。其二，如果曾振山叛变了，马三麻子为什么会那么残忍地把他杀死？而且那么快就把他杀死？按常理说，马三麻子应该让他带路去抓我们的人，而不是急急忙忙把他杀死。其三，证明曾振山叛变的，只有闵恩德和曾贤普两位同志的书面证言，而敌伪档案没有记载，其他口碑资料也没有。闵恩德、曾贤普是和曾振山一起被捕的，他两人逃了出来，就以枪被敌人挖走为由说曾振山是叛徒，证据是否有些不足？因为他们并没有亲眼看见曾振山叛变的过程。所以我个人认为任力同志的想法是对的，应该把这些疑点弄清，先不要忙着下结论。对于曾振山来说，这可能是他最后一次机会了，我们应该对他负责任。"

张福不愧是带兵打过仗的军事指挥员，分析起问题来条理清晰，说起话来入情入理，大家听得频频点头，我更是高兴。李树森的火气也消了，只是仍然顾虑重重："闵老那里怎么办？他要是有什么想法，我们可担待不起。"

张福笑笑："你放心工作，老闵那里有我呢。老闵和我是战友，又是老上下级，我来给他解释。"

"那下一步……"

张福想了想，说："其他人该干什么还干什么，曾振山的事就让任力同志办吧。"又望向我，"老闵那里就先不要去了，催急了，反倒不好。我已给南方的战友去了电话，他们说曾贤普还活着，正在帮我查找准确地址。等来了消息，我再告诉你。"

散会时早过了下班时间。我在办公室略微收拾了一下，走出门时，整座大楼已是寂无人声，薄薄的暮色充满了楼道。我站在空旷的走廊里，心里涌出一丝孤苦。我心里常常涌出这种孤苦。每天傍晚一下班，大楼里的男男女女都急匆匆地往家赶，即使那家有的幸福有的不幸福。可我在本地没有家，哪怕是不幸福的家，我的家在千里之外的东北。我这个单身男子，每天夜里一个人睡在冷清清的宿舍里，晚饭或是泡碗方便面，或是随便到大街上的小饭馆吃点什么。当然，有时也喝点酒，但次数不多，因为工资不允许，只是在有高兴事的时候才喝。今天我想喝点儿，因为我的想法终于得到了大家的认同和支持。

正在我考虑到哪家饭馆去的时候，身后响起高跟皮鞋的脆响。那脆响在这空寂的楼道里显得那么欢快和悦耳。我猛然意识到了是谁，急忙转过头，郝丽丽挎着小包，轻盈地向我走来。

"怎么，你……"我笑着问她。郝丽丽在县城里应该是有家的，不知今天怎么这么晚了还没回去。

"你今天又胜利了，是不是该请我喝点什么呀？"郝丽丽的俏脸艳丽得像只熟透的苹果。

我受宠若惊，连连答应："行，行，你想喝什么？"

"客随主便。"郝丽丽调皮地眨眨眼。

走上大街，我建议去明星酒家。郝丽丽撇撇嘴："算了吧，别充大款了，明星酒家是你这样的人请客的地方？恐怕一个月的工资还不够一顿饭钱，还是随便找个小饭店凑合吃点儿吧。就这，你也得多吃几顿方便面了！"

我红着脸笑笑，心里又惭愧又感激，郝丽丽真是个善解人意的好姑娘。

在一个还算干净的小饭馆里，我要了一盘猪头肉，一个鱼香肉丝，八两饺子。郝丽丽喝雪碧，我喝二锅头。

吃着喝着，我问郝丽丽："你下班不回家，家里人不等你？"

"回家？回什么家？"郝丽丽放下筷子，两眼定定地看着我，"我在这儿没有家。我的父母都在外地。"然后低低地哼唱，"我想有个家，一个不需要多大的地方……"

我被她的歌声打动了，好久才问："那你？"

"住单身宿舍，档案馆的宿舍。"

"啊，"这是我没有想到的，心里不由一阵高兴，"那你和我一样了！"

"我怎么会和你一样？"郝丽丽两眼盯得我更紧了。

我迎上她的目光："我住单身宿舍，你也住单身宿舍，可不一样吗？"

"那也不一样。你是男人，我是女人，男人和女人，能一样吗？"郝丽丽有些强词夺理，但目光却是热辣辣的。

望着那双闪光发亮的眸子，我心旌摇动，仗着二锅头的力量，不禁脱口而出："你也单，我也单，不如……"

"什么？你说什么？"郝丽丽不等我说完，就嗔怒地叫起来，"我看你孤单，怪可怜的，好心好意陪陪你，你倒动起坏心思了！"

我怕郝丽丽拂袖而去，赶紧道歉："对不起，对不起！我这人爱激动，喝点酒就更爱激动，说话没有把门的。其实，我真不敢使坏心眼儿！"

郝丽丽哼一声："量你也不敢！"

我看她没有真生气，胆子越发大了："可我真的……"

"真的什么？"郝丽丽的柳眉又竖起来。

我心一横，干脆一不做二不休："我真的喜欢你！"

"你个坏蛋！"郝丽丽扬起小拳头，一拳砸在我的胳膊上。拳头砸得并不疼，可把我手中的酒杯震得一跳，半杯酒全泼在了我的脸上，呛得我连连咳嗽。

郝丽丽见我咳嗽不止，有些着慌，忙起身给我捶背，嘴里却不依不饶："呛死你，看你胡说八道！"

我顺势抓住她一只手，紧握不放。

郝丽丽愣怔一下，用力把手抽开。

我们重新坐好，一时不知再说什么。

好久，郝丽丽叹口气："男人，这就是男人！"说完，怨恨地瞪我一眼。

我深为自己的举动懊悔，看来我也是个浅薄、粗俗的男人。

郝丽丽看出我的难受劲儿，很有些过意不去，就用手捅捅我，咯咯地笑："怎么，还真反思上了？"

郝丽丽一笑，冲掉了我的尴尬，气氛又活跃起来。

走出小饭馆，已是满街灯火。我要送郝丽丽回宿舍，被她一口回绝："算了吧。在饭馆里你都敢动手动脚，到宿舍谁知你能做出什么？"

见我又窘住，郝丽丽又笑起来："看你，挺大的男子汉，长了个女人的小心眼儿，一句玩笑话都禁不住。哎，我有一件事求你，你去南方的时候，带我一块儿去行吗？"

我终于得到了反击的机会："你是吃奶的孩子，要用人带？"

郝丽丽狠狠捶了我一拳："说你小心眼儿，一点儿不冤枉你。痛快说，带不带？"

"我当然愿意，可领导会同意吗？"

"只要你愿意，别的不用你管！"

五

南方的回信终于来了，告诉了曾贤普的确切住址。李树森立即通知我南下，并派郝丽丽与我同行。

我兴奋之余，不禁感慨万千：如今办事还真是女孩子效率高，这事要放在我头上，李树森是不会同意的。

我们坐了两天两夜的火车，又在汽车上颠簸了几个小时，终于来到了曾贤普所在的小镇。这小镇临近西南边陲，僻静而偏远，物资匮乏，交通不便，但青山绿水，阳光明媚，宛若世外桃源。曾贤普是随着四野南下工作团过来的，后在县交通局任副局长。新中国成立初曾在这个小镇工作过，离休后图清净，就又带着老伴回到小镇定居了。

曾贤普见到我们极其热情，眼里闪着泪花，握着我们的手不愿放开："可见到家乡的人了，我离开大良整整五十年了！"

老伴在一旁取笑他："见到老家的人，看把你乐得，眼泪都出来了。"

曾贤普不好意思地掏出手绢擦擦眼角，感叹道："老乡见老乡，两眼泪汪汪。这话一点儿不假。"

我和郝丽丽对望一眼，会心一笑。曾贤普性格爽朗，看来我们的工作好进行了。

鉴于我在闵恩德面前的失败，路上，我们就如何开展工作进行了认真探讨。郝丽丽对我好一通批评："还研究生呢，不知研究了什么，连点儿心理学都不懂。闵恩德是老革命、老领导，自尊心强，爱面子，你应该先奉承他，让他多讲讲自己的光荣史。等他高兴了，再提问题。你倒好，胡同里扛竹竿，直来直去，张口就是复查曾振山的问题。你想，曾振山的叛变，是闵恩德证明的，曾贤顺的上诉信也是他批示的，你要复查，不就等于翻案？不就等于说他错了？不把你赶出来才怪！"

我对郝丽丽的批评由衷服气。更想不到这么漂亮的姑娘嘴巴如此厉害，看着她那灵巧的小嘴儿，我又开始想入非非，"噗"的一声笑了。

"怎么，我说得不对？"郝丽丽严肃地望着我。

"对，你说的话全对。"我赶忙把飘飞的心稳住，"可就是……有点儿马后炮。当初，你为什么不和我一块儿去？"

郝丽丽一下沉默了。

见郝丽丽卡了壳，我更理直气壮："这次我没请你，你倒死乞白赖非要来！"

郝丽丽把小嘴一噘，耍起赖皮："我愿意！我想来就来，想不来就不来，你管得着吗？"然后把头扭向一边，故意不看我。

我被她的顽皮劲儿逗笑了。郝丽丽自己也笑了。

最后商定,由郝丽丽担任主攻,我协助。

等曾贤普的老伴端上水果,沏好茶水,大家坐下,郝丽丽开始叙说我们的来意。她先说大良县是革命老区,为抗日战争和解放战争做出多少多少贡献,出了多少多少英雄人物,特别指出独立大队的辉煌战果,又说了编写革命斗争史的伟大意义。最后她恳请老革命们大力支持,多提供宝贵资料。郝丽丽这个开场白果然奏效,曾贤普边听边点头连连叫好。

郝丽丽话音一停,曾贤普立即接口说:"你们到来之前,我已经接到张福的电话。想不到五十年了,我这个老领导还健在,还惦记着我。编写革命斗争史是好事,而且要抓紧。过几年我们这些老家伙不在了,好多情况就弄不清了。"

我不失时机地抓住话题:"曾老说得对,我们这次来,就是请您给介绍一些情况的。"

"是呀,"郝丽丽忙抢着说,"您看从哪儿谈起?先谈谈您的老领导怎么样?"说完,白了我一眼。我知道郝丽丽怕我性子急,一张嘴又捅出曾振山。

提起张福,曾贤普激动不已,给我们讲了不少他的故事。

张福出身于铁匠世家,张家铁匠铺打制的刀、镐、锄、镰,在大良非常有名。由于连年军阀战争,再加上匪患天灾,大良一带的农民苦不堪言,便纷纷组织起红枪会、白吉会,反抗政府的横征暴敛和土匪的骚扰。张福的爷爷和爹都加入了红枪会,专给红枪会打造铁枪头。1927年,驻守大良的军阀谢玉田,把红枪会的总教师刘小辫骗入城内杀害。他的徒弟们为师傅报仇,聚集了周边十几个县的会众,攻打大良县城,张福的爹在战斗中牺牲。那时张福才五岁,是在爷爷和娘的抚养下长大的。

"七七"卢沟桥事变后,日本鬼子很快侵占了大良县。此时十五岁的张福正在河北省立第七师范读书。第七师范是冀中共产党人的摇篮,校内不少教师、学生都是共产党员。张福受到党的教育和培养,积极参加抗日训练班,并加入了共产党。不久,他受党指派,离校组织抗日武装。他把同学、亲友召集到一起，组建了抗日青年连。随着队伍的壮大，被冀中军区授予大良县独立大队番号，张福任大队长。

独立大队在张福带领下，活跃在永定河两岸，破公路，割电线，除汉奸，拔据点，配合主力部队作战，给大良地区的敌人以沉重打击。尤其是日本投降时，歼灭伪军马三麻子那一仗，打得痛快淋漓。

马三麻子原是大良城里的一个混混儿，因打死了人，怕遭报复，投奔了浑河套里的土匪队伍。马三麻子见多识广，肚里的鬼点子比脸上的麻子还多，再加上心黑手狠，很得土匪头子的赏识，时间不长就升为二当家。日本人实施"以华治华"政策，极力拉拢这股土匪武装。但土匪头子还有骨气，誓死不与日本人合作。马三麻子却动了心，暗中和鬼子勾搭上了，火并了土匪头子，拉着队伍投靠了鬼子，被封为大良县"保安团长"。马三麻子是铁杆汉奸，帮助日本人抢粮征夫，捕杀抗日干部，无恶不作。日本宣布无条件投降后，马三麻子知道自己罪大恶极，早晚难免一死，带着队伍负隅顽抗，拒不投降。张福的独立大队遵照上级命令，坚决彻底歼灭了这股顽匪。这场战斗直直打了一天一夜，所有敌人无一漏网。

听到这里，我不由叹口气："可惜……"

"可惜？什么可惜？"曾贤普不明白地问。

郝丽丽当然明白我说的可惜指的是什么，忙为我掩饰："他的意思是，战斗那么激烈，我们也会有不少伤亡。"

"是啊。那场战斗虽说痛快，可我们也牺牲了好几十人，张福大队长也负了伤。都是出生入死的好弟兄啊，眨眼间就没了！"曾贤普垂下头，沉浸在对战友的怀念中。

我两次失误，差点儿破坏了郝丽丽的战略部署，不敢再乱说话，瞪眼看着郝丽丽。

郝丽丽起身给曾贤普倒了一杯水，然后缓着声问："曾老，您还有一位老领导健在呢，他也经常念叨您。"

"谁？"

"郭强。"

"郭强?"曾贤普的手抖了一下,杯中的水洒出来,淋湿了裤子。

这个变化我和郝丽丽都看在眼里,但只对视了一下,没动声色。

曾贤普意识到了自己的失态,忙把水杯放在茶几上,装出高兴的样子:"郭强还在?好啊,好!我和他也有五十多年没通音讯了。唉,当年的战友,在世的不多了!"片刻,他又补充说:"不过,我和他没什么接触。他当时是上级派来的特派员,又不是本地人,我只一个小班长,差老大一截子呢。"

曾贤普说到这儿不再言语,脸上露出明显的倦容。我和郝丽丽知趣地起身告辞,约好明天再来。

走在小镇的大街上,南方与北方迥异的风情吸引着我,我不禁东张西望,兴致勃勃。郝丽丽却无精打采,提不起精神。我忽然意识到,奔波了几千里路,她一定是累了,忙走进一家饭店,草草吃了几口,就回旅馆休息。

我洗漱完毕,刚要上床,房门却被敲响了。打开门,外面站着郝丽丽。

"你不是累了吗?怎么还不休息?"

郝丽丽也刚洗漱过,头发湿漉漉披在肩上,脸色似乎有些苍白。

"累是累,可睡不着,过来跟你聊聊今天的情况。"

"好,真有工作积极性。要是评先进,我一定投你的票!"

"少跟我瞎逗!要说积极,我能跟你比?几十年的陈案,你都想翻!"郝丽丽心里好像有什么不痛快,说出的话有些生硬。

"这可不是积极不积极的事,这是工作态度问题,是人品问题。我们稍不留意,就有可能毁掉一个人的政治生命,甚至毁掉一个家庭!"

"行了行了,谁也不是小孩子,要你讲大道理?"

见郝丽丽烦了,我赶忙住了嘴。我确有好为人师的毛病,可郝丽丽没来由的烦躁,也让我莫名其妙。

郝丽丽也觉察了自己的过分,轻咳一声,换上一副笑脸,调侃地说:"深夜造访,甚是唐突,不耽误您的休息吧?"

我是给点儿阳光就灿烂的人,一见郝丽丽的脸色变过来了,立时就又贫上了:"哪里话,小生不胜荣幸。有你这么漂亮的姑娘陪着,一夜不睡也不累!"

"狗嘴里吐不出象牙!"郝丽丽捡起桌子上的扫床笤帚,甩了过来。

郝丽丽这个近乎轻佻的举动,又引发了我的痴想。我一动不动地坐着,任笤帚打在身上,又掉在地上,两眼定定地看着她。

郝丽丽也含情脉脉地看着我,那双会说话的大眼睛里充满了柔情蜜意。我觉得浑身发热,仿佛在那柔情蜜意中融化了。我控制不住自己的感情,走上前扶住了郝丽丽的双肩。郝丽丽的身子颤了一下,但没有动。就在我考虑是否采取进一步行动的时候,郝丽丽轻轻把我推开了:"坐好,我要和你谈点儿正事。"

我只好乖乖坐回床上去。

"今天在访问曾贤普的时候,你发现什么问题没有?"

我收回心,把下午和曾贤普谈话的整个过程飞快梳理一遍,几个疑点重现脑海之中。

"我觉得有这么几处可疑:曾贤普在谈张福的时候,很兴奋,也很有感情。可谈到郭强,他的态度就变了,冷冰冰的,似乎不愿提起。同是老战友、老领导,态度为什么不一样?还有,当你首次提郭强的时候,他的手抖了,茶水都洒出来了。他为什么紧张?"

"那你分析分析,这是为什么?"

我略一迟疑,试探着说:"曾振山的叛徒问题是他和郭强共同证明的,莫非……他们之间有什么不可告人而又内心有愧的事?"

话一出口,我心里咯噔一下,额头也冒出汗。

"不错,不愧是研究生。"郝丽丽软软地说,脸色忽又苍白起来。

"天不早了,你休息吧。"郝丽丽转身朝门口走去,那原本轻盈的脚步显得有些沉重。

她是真累了。我想。

躺在床上，我翻来覆去睡不着，郝丽丽的音容笑貌总在我眼前闪现。仔细分析郝丽丽的言行，她好像真的爱上了我，这使我激动不已。我家在东北，在大良举目无亲。能有这么漂亮的姑娘爱我，真是上世修来的福气。接着又想曾贤普，看他的样子，很不正常，难道他和闵恩德之间真有什么不可告人的秘密？曾振山真是冤枉的？胡思乱想着，直到天蒙蒙亮才睡了过去。

敲门声把我惊醒，我睁开眼，屋里已充满阳光。我慌忙打开门，郝丽丽穿戴整齐地站在门外。可她的脸色却吓了我一跳：两个眼圈黑黑的，脸上没有一点儿血色。

"你，病了？"我急切地问。

"没事，昨夜没睡好。"郝丽丽勉强一笑，用手揉着太阳穴。

我很心疼，但也暗暗高兴。我没睡好，她也没睡好，看来她对我真动了感情。我从谈恋爱的书中看到过这样的说法：女人对男人动了心思，比男人对女人动心思要强烈得多。

我们赶到曾贤普家，曾贤普早在客厅里等候。

简单寒暄几句，就进入了正题。还是郝丽丽主谈："曾老，昨天您光说别人了，今天谈谈您自己好吗？"

"我有什么好谈的，普通一兵而已！"曾贤普有些提不起精神。

"您有很辉煌的革命经历呀！抗日战争时期就参加了革命，解放战争又从北方一直打到南方，肯定会有很多动人的故事。您讲出来，我们把它编入革命斗争史，也为大良人争光嘛。"我在一旁敲边鼓。

"时间太长了，很多事都记不清了。从哪儿开始呢？"

"从头儿说吧，从谁介绍你参加革命说起。您看好不好？"郝丽丽掏出笔记本。

"这……"

"据说是曾振山介绍你入的党？"我实在忍受不了这腻腻歪歪的样子，冲口说出这一要害问题。

说完我胆怯地望望郝丽丽，她冲我点点头，我放心了。

提到曾振山，曾贤普又不自然了。好半天才喃喃地说："是他，是他带着我参加了革命，又介绍我入了党。可他……可他……"

"可他后来却成了叛徒！"郝丽丽紧跟一句。

"是啊，"曾贤普艰难地咽下一口唾沫，"他……成了叛徒！"

"咱先不谈他叛变的事，就谈他怎么带您参加革命的吧。咱们党是讲实事求是的，功是功，过是过。"我佩服地朝郝丽丽伸伸大拇指，她的迂回战术曾贤普是不好躲的。

"好吧。"曾贤普终于点了头。

曾振山家不光在浑河滩里有一顷多好地，而且在县城还有几家店铺。曾贤普与曾振山是远房本家，按辈分，曾贤普管曾振山叫叔叔。不过，曾贤普家里穷，本家叔侄就成了一个是少东家，一个是扛活的长工。曾贤普十二岁给曾家放猪，十六岁赶大车，十八岁已长成彪彪实实的大汉子，三套马车赶得龙飞虎跃的。

曾振山从在省立第七师范上学时就很少在家，即使娶了媳妇也常往外跑。先是教书，后来又说在县城照顾买卖。掌家的曾老太爷对人很苛刻，曾振山却不同，为人和气，谁有难处他都帮助，下人们都说少东家好。曾振山喜欢往伙计堆里扎，和人们聊天，讲些伙计们没听过的新道理。曾老太爷常骂他没出息，贱胚子。曾贤普喜欢听曾振山讲新道理，每次曾振山回家，他都往跟前凑。后来，曾振山告诉曾贤普，他是共产党。曾贤普拿曾振山和曾老太爷对比，觉得共产党人好，就请曾振山介绍，入了党。

日本鬼子侵占大良后，把曾家城里的店铺烧了、抢了。曾老太爷一心疼，死了。曾振山掌了家，可他很少管家里的事，没黑没白地干抗日工作。张福的独立大队成立后，曾振山动员曾贤普入了伍，自己在家里建立了秘密联络站。曾振山的联络站管的事挺多，送信、搜集情报、掩护干部、购买枪支弹药等军需用品，什么都做。曾振山办事认真，胆大心细，几年也没出过事，谁知日本快投降了，竟被马三麻子抓住，成了叛徒。

"曾老，从档案上看，曾振山叛变，是您和郭强做的证明。您能说说他叛变的经过吗？"郝丽丽进一步深入。

曾贤普"唉"了一声："其实，经过很简单。1944年麦收前，张福请曾振山买几支枪。曾振山委托关系，从土匪手里买了五支，埋在曾家老坟里，通知独立大队去取。因为我认识曾家老坟，张福就派我和一个战士去。当时郭强刚到队里，人年轻，也有热情，说要熟悉情况，就把那个战士替换下来。我和郭强到了坟地，曾振山已经在那儿等了。还没动手挖，就被马三麻子包围了。曾振山让我们突围，他掩护。我和郭强扔出几颗手榴弹，就往外冲。可敌人太多了，冲不出去，我们就和敌人对打。子弹、手榴弹打光了，就肉搏。终因寡不敌众，全被敌人抓住了。在曾家祠堂，我和郭强趁敌人不注意，翻墙跑了。曾振山没跑出来，经受不住拷打，就叛变了。"

"您和郭强并没有亲眼见，怎么就说曾振山叛变了？"我觉得这里面的漏洞越来越大。

"他不叛变，敌人怎么知道埋枪的地点，把枪挖了去？"

"那马三麻子怎么又把他杀了？"郝丽丽紧盯着问。

曾贤普支吾一下，有些不耐烦："这还不好明白？马三麻子是个刽子手，杀个人如同碾死只蚂蚁。他又是铁杆汉奸，把共产党八路军恨到了骨子里。曾振山说出机密，没有利用价值了，就杀了呗。"

"您确实肯定曾振山叛变了？"

"嗨，你这小同志，什么意思？"曾贤普一下变了脸色，"曾振山出事后，郭强和我立刻向组织做了汇报，后来又写了书面证明，各级组织也做了审查，这还能有假？"

我连忙赔笑脸："曾老，您别生气，我没别的意思，只想弄个清楚明白，要对人负责是不是？您看这样好不，您再给我们写个曾振山是叛徒的证明？"

曾贤普站起身，冷冷地甩下一句："五十年前就写了，还写什么？

多此一举！"丢下我们，进里屋去了。

七

面对摊在桌子上的访谈记录，我苦苦地思索着。

曾贤普的说法和闵恩德是一致的，那就是曾振山他们三人同时被抓，两人逃了出来，曾振山受刑不过叛变。曾振山叛变的证据，是为独立大队买的枪被敌人取走了。

但是，曾振山叛变的过程他们都没亲眼看见，只是凭着想象。

敌人取出枪，认为是曾振山供出埋枪地点也是主观臆断。

曾贤普和闵恩德都不愿重提曾振山，闵恩德的态度是恼怒，曾贤普的表现是惊恐。

两人一口咬定曾振山是叛徒，是因为过去出了证明不好更改，想将错就错下去，还是因为……

因为什么？

因为什么？？

因为什么？？？

我在笔记本上连连打着问号。

突然，如同乌云密布的天空划过一道闪电，我昏昏沉沉的脑海一下被照亮了，思路越来越清晰：

曾贤普、郭强变节了，供出了那次行动的目的，敌人在曾家老坟挖出了枪，把他们放了。

曾振山坚不吐实，惨遭杀害。

曾贤普、闵恩德为掩盖罪行，诬陷曾振山。

我被自己的思路吓坏了。这，可能吗？那两位可是离休老干部！

可不这样分析，那些疑点又该如何解释？

这样解释，闵恩德、曾贤普能认可吗？大良县的上上下下能接受吗？

再者说，这可需要证据，实实在在、硬硬邦邦的证据！

我真是一筹莫展了。

对面房间传来郝丽丽的咳嗽声，我连忙走过去。

从曾贤普家里出来，郝丽丽就说不舒服。我摸摸她的额头，果然有些烫。她连饭都没吃，就回了房间，这半天一直没有出来。

我站在门前听听，里面有动静，就抬手敲门。

郝丽丽很快把门打开了。我一看，床上的被子好好的，忙问："你没休息？"

郝丽丽没说话，用嘴往桌上努了努。

桌子上，摊开着她的笔记本。

"你也在研究它？"

郝丽丽点点头，沉默一会儿，猛然拍拍笔记本："你觉不觉得，闵恩德和曾贤普有问题？"

"你也觉得他们有问题？"我又惊又喜，我们想到一块儿去了。

"很有可能是他们在捣鬼。他们自己有问题，把脏栽到了死人身上！"

"对，我也这么想。"

"要真那样，可就热闹了。曾贤普在这边还好说，大良还不闹翻天？闵恩德这个老革命、老县长、老专员，竟然是隐藏了五十多年的叛徒！"郝丽丽的脸有些扭曲，嘴角挂着讥讽的冷笑。

"那有什么办法？谁让他……"

"又要有两个家庭倒霉了！"郝丽丽的声音有些哽咽。

"那不可能。现在不搞株连，一人做事一人当！"我的心情倒很轻松。

"真会那样？我不相信！"郝丽丽忽然流下两串眼泪。

"郝丽丽，你这是……"我心里好生奇怪。

"任力，你知道我是谁？告诉你吧，我是闵恩德的……孙女！"郝丽丽的眼泪奔涌而出。

犹如晴天霹雳，我一下被震蒙了，瞪大两眼看着郝丽丽，不知说什么好。

"怎么，吓着你了吧？"冷笑又挂上郝丽丽的嘴角，"你要害怕，赶快离我远点儿！"

"你说什么呢？"我涨红了脸，"不管你是谁，不管将来发生什么，我爱你的心永远不会变！"我扑上去，无所顾忌地将郝丽丽揽进怀里。

郝丽丽软得像没了骨头，用双手环搂着我的脖子，身子瑟瑟发抖。

在我的劝慰下，郝丽丽终于停止了哭泣，慢慢平静下来。

"你怎么会是……"我还是有些怀疑眼前的现实。

"我爷爷不知是注意影响，还是有别的考虑，从我一出生，就让我随了母亲的姓。我懂事后，爷爷多次叮嘱我，在外人面前不要泄露我和他的关系。我是在河沿姥姥家长大的，上中学时跟着父母去了省城。大学毕业分回大良，除去几个最知近的，几乎没人知道我是闵恩德的孙女。"

"你对爷爷的感情很深吧？"

"那当然。从小我就知道爷爷是老革命，他在我心中的形象很高大。他为党为人民做了不少有益的事，群众的口碑也很好。可谁知……唉！"郝丽丽悲哀地叹口气，眼圈儿又红了。

"那你怎么会对……"我真不忍心问下去。

郝丽丽苦笑笑："你是想问，我既然是闵恩德的孙女，为什么会对曾振山的案子感兴趣吧？其实，我早就关注曾振山的事了。三年前，我分配到档案馆，整理案卷时，曾贤顺那厚厚的上诉信很让我吃惊。更奇怪既然曾贤顺连年上告，爷爷为什么不许复查。为此，我曾在回家时问过爷爷。爷爷一听就火了，呵斥我小孩子少管闲事。去年我到县政府办事，正碰上来送上诉信的曾清明。他那褴褛的衣裳，黑瘦的脸，尤其是那不屈不挠的坚定神情，使我大为感动。我当时就怀疑曾振山可能有冤枉，不然，清明父子怎会有那么大的劲头儿？我心里就盼着有人过问此事。现在终于碰上了你，你认真负责的犟脾气很让我钦佩，所以你去河沿时，我才主动带路。但那个时候，我绝没有怀疑爷爷本身有问题，只认为或是官僚主义或是别的地方出了差错，盼着把事弄清楚。"

"那我拜访你爷爷时，你怎么又不和我一起去了？"

"你可真笨！我去了，我和爷爷的关系不就露馅儿了？我还担心，你知道了我们的关系，会干扰你的思路和减弱你的勇气。"

我感动极了，不停地抚摸郝丽丽的长发。

郝丽丽小猫似的偎依在我的怀里，眯着眼睛，很享受的样子。

我刚要把嘴凑上去，郝丽丽却挣脱了我的怀抱："告诉你个秘密，这次我跟你来南方，是带有任务的！"

我立刻明白了："监视我！"

郝丽丽点头："你要找曾贤普的事，早有人报告了我爷爷。爷爷很生气，给我打电话，要我跟着你，看你到底要干什么，能从曾贤普嘴里问出什么。正是从这里，我开始怀疑爷爷。如果没有鬼，为什么怕人调查？这几天我内心很矛盾，既希望从曾贤普这儿得到有力证据，给曾振山洗刷冤屈，又害怕真的得到什么，坏了我爷爷的一世英名。"

我这才知道郝丽丽神态反常的原因。看着郝丽丽通红的双眼，我心里也说不出的难受，这事搁谁身上谁也不会好过。我疼爱地握着郝丽丽的手："丽丽，别哭了。刚才，那只是咱们的分析，也许事实并非如此。即使真是你爷爷和曾贤普做了手脚，他们已年过古稀，离休多年，估计组织上也不会对他们怎么样。"

郝丽丽含情脉脉地望着我："他们怎么样，那是他们的事。我在乎的只是你！"

"在乎我？"

"要是爷爷真出了事，你还能这样对我吗？"

"会，保证会！不管出什么事，我都喜欢你，都爱你！"

郝丽丽往前一扑，又抱住了我的脖子。

缱绻了一阵，我们决定再找曾贤普，进一步核实情况。

曾贤普的态度也有了变化，他神情疲惫，不愿多说一句话，只死死咬定，事实就是如此。

"曾老，您可要对曾振山负责啊！您知道他一家的遭遇吗？因为他的死，他母亲去世了；因为他的叛徒问题，他妻子愤懑死了；因为他的叛徒名声，他儿子在‘文革’中受尽折磨，被打断一条腿，成了终身残疾。他的孙子三十多岁了，还没娶上媳妇，父子俩两条光棍儿，住在破土房里。他们一年接一年地写上诉信，就为了把他们的父亲、他们的爷爷的事情弄清，还他家一个清白，以安慰那个埋在乱葬岗上的先人啊！”郝丽丽说得声泪俱下，我心里也酸酸的，强忍着才没让眼泪溢出眼眶。

曾贤普听得老泪纵横，浑身乱抖，不停地嘟囔："苦啊，苦啊！"

八

从南方返回大良，我和郝丽丽向编委们做了汇报，并提出我们的看法。果然，我们的推断把几个老夫子吓得目瞪口呆，李树森更是暴跳如雷："反了，简直是反了！你们这是污蔑老革命干部，颠覆历史！"喊归喊，他也不能不承认，我们的推断是有道理的。最后，还是由张福拍板，由李树森带着我，再访闵恩德。

闵恩德大发脾气，把我们狠狠骂了一顿，我们夹着尾巴狼狈而回。

调查工作陷入僵局。

曾振铭的到来，使我眼前又呈现出一派柳暗花明。

这天，县委、县政府接到地委通知，一位美籍华人要回大良祭祖，同时洽谈联合办厂事宜，要大良县热情接待，不能让送上门的商机跑掉。此人叫曾振铭，老家河沿，现定居美国，是位在商界有些成就的企业家。

大良县紧急行动，组建了接待班子，抽调我和郝丽丽临时帮忙。

曾振铭是个瘦小的老头儿，看上去很精明，也很热情。一下车就紧握着我们这些接待人员的手道谢，含着眼泪左顾右盼，连连嘟囔"五十多年了，五十多年了，终于回来了！"

曾振铭只在宾馆住了一夜，第二天就提出去河沿，一是祭祖，二是考察果树情况。他这次回来，设想在河沿建个水果罐头加工厂，用他的话说，为家乡父老尽点儿绵薄之力。

大良县是水果之乡，县里的领导们当然求之不得，把接待组人员几乎全派上了，陪同曾振铭回老家。

在去河沿的面包车上，曾振铭兴致勃勃，一边望着车外不断变换的景致，一边向他的随行人员做介绍。当看到一片连一片的果树时，他不禁欢呼起来："好啊，真好！过去这里就有'道口的烧鸡，大良的鸭梨'之说，南庄的'金把黄'更是驰名京城！我们在这儿建厂，前景肯定美好！"

车到河沿，村口已站满欢迎的人群。曾振铭钻出车，流着泪，拱起手，连连向乡亲们问好。他提议，从村这头步行到村那头，他要把阔别了五十年的家乡好好看一看。

对村子的变化，曾振铭赞不绝口。他说，他离开河沿时，村里大多是土坯房，只有曾家大院和几个财主是砖瓦房，但也没有现在的房子高大敞亮。当走到村尽头，看到土坡上曾贤顺住的那几间破房时，曾振铭惊异地站住了："那几间房子还在？我走的时候，就有那房了，是给看果园的人住的。想不到，这么多年，它还没倒！"

由于村里修整了街道，规划了盖房，曾振铭已找不到河沿过去的影子，这多少让他有些遗憾。见到这几间破房，曾振铭像见到了阔别多年的老朋友，说不出的兴奋。他正驻足凝望时，土房顶上冒出一缕白烟。

"怎么，那样的房子还有人住？"曾振铭愕然地望向周围的人。

村干部窘住了，脸红红的不知如何回答。

本来，他们在接到县里的通知后就进行了紧急准备，清扫街道，淘挖厕所，整理房屋。村支书还在会上反复强调，接待工作搞得好坏，是政治问题，也是经济问题。环境的好坏，直接影响外商投资的决心。曾振铭是本村人，可他在外几十年，头一次回国，我们就是要让他看看新中国成立后家乡的巨大变化。没想到，智者千虑，必有一失，几间破土房现了眼。

还是县政府的接待组长脑子来得快，解释说："曾先生都看到了，村里的乡亲们都住上了新房。那几间土房里住的是……一个特殊家庭。"

"嗯？怎么个特殊法儿？"曾振铭更感兴趣了。

接待组长也噎住了。

我在一旁搭了话："由于历史原因，这个家庭还没富裕起来。"

我本以为能把曾振铭搪塞过去了，不想这位老先生穷追不舍："什么历史原因？"

我一时再想不起敷衍他的话，只得看接待组长一眼，硬着头皮实话实说："这个家庭在抗战时期出过叛徒。"

"叛徒？"曾振铭皱着眉头思索一阵，脸上露出迷茫的神色："谁？叫什么名字？"

我往四周看看，村里的男女老少几乎都出来了，唯独没有曾贤顺父子，只好咬着牙说下去："叛徒叫曾振山，早死了。这土屋住的是他的儿子和孙子。"

"曾振山？"曾振铭的脸色陡地一变，飞快瞥了土屋一眼，匆匆迈动了脚步。

曾振铭的举动引起我的注意。我忽然想起县外办主任介绍的情况：曾振铭是随着国民党军队败逃中国台湾的，后来离开军界投资经商。到美国后，就把全家接到美国去了。他既然当过国民党的兵，莫非知道曾振山的事？这一想，我立刻兴奋起来，紧跟在他的身后，密切观察他的一切。

但曾振铭再没有说什么，只是情绪明显低落下来，又勉强转了几步，就提出祭祖。

知道曾振铭要来祭祖，曾姓人已经把祠堂里外打扫得干干净净。曾振铭让自己的随行人员摆好供品，洒着老泪祭拜了列祖列宗的灵位，然后对曾姓人说："我要出资重修祠堂，以表我这不肖子孙对祖宗的一点儿孝心。"

曾家祠堂确实太破旧了，有人出钱重修，曾家人自然高兴。于是，奉承之语、溢美之词，纷纷飞向曾振铭。曾振铭正洋洋得意，不料人群中站出一位老者表示了异议："振铭作为曾家子孙，出资重修曾家祠堂，是贤孝之举，凡我曾姓之人都应感谢，列祖列宗也会欣慰于九泉。但振铭出于旁支，非曾姓正宗。修祠堂乃曾姓大事，应与正宗后人商议后方可施行。"

众人都喊有理。曾振铭虽有不悦，也只得红着脸点头："这位老叔言之有理。但不知曾姓正宗尚有何人？"

老人说："还能有谁？曾贤顺呗！"

曾振铭闻言一愣。

我也一愣。

老者见曾振铭不言语，很是不满："我们曾姓从河南迁到大良，已有二十多代。远古不说，就说近几代，从振山的爷爷起，他家就是正宗的长房长孙。振山的父亲以下，都是单传，曾贤顺是曾振山的独子，当然是正宗嫡传！"

曾振铭尴尬了一会儿，拱手向老者谢罪："振铭自二十多岁离家，在海外漂泊五十余年，宗族之事多已忘记，望老叔和各位族人多加原谅。我今天不走了，晚上就去找贤顺商议。"

接待组长见曾振铭执意要留在村里，不便拦阻，只好派人陪同。我和郝丽丽对视一眼，一起请求留下来。

"有戏！"郝丽丽碰碰我的胳膊，低声说。

我也激动得心跳加速。

晚饭是很丰盛的，都是家乡的名菜。但曾振铭吃得并不怎么开心，时不时拿着筷子发呆。人们以为老头子累了，早早结束了宴会。只有我和郝丽丽心里肯定，曾振铭和曾振山之间必有某种特殊关联。果然，就在我们商议用什么方法探出曾振铭心中秘密的时候，曾振铭敲门进来了。

"曾老先生，还没休息？"我们热情让座。

曾振铭落座后，几次欲言又止。

"曾老先生，您有什么需要我们帮助的吗？如有，请不要客气，尽管说，我们会全力相助的。"郝丽丽乖巧地说。

"这……"曾振铭犹豫了一下，终于开了口："曾振山……他真被定了叛徒？"

"这不是谁定的，是他自己做了那样的事。"郝丽丽不愧是高干的后代，时时想着维护组织的尊严。

"他做了什么事？"

"曾振山原是我党的地下联络员。1944年农历四月二十六，他在和两个同志去取为抗日独立大队买的枪时，被伪保安团长马三麻子抓获。曾振山受刑不过，叛变了，交代出埋枪地点。后来，他也被马三麻子杀死了。"我一边解说，一边观察曾振铭的表情。但老头子不动声色。

"他叛变的事，你们是怎么知道的？"曾振铭沉默一会儿，又问。

"和他同去的两个同志逃出来后，向组织汇报的。"

"嗯？"曾振铭的眼神复杂起来。

"曾老先生，您……"

曾振铭摆摆手拦住郝丽丽的插话："我听说共产党惩治叛徒是很严厉的。曾振山虽然死了，他还有妻儿老小，他的家人没少受苦吧？"

"我们共产党是不搞株连九族的。不过，后来的某些政治运动有点儿过火，他们还是吃了苦的。"郝丽丽把曾贤顺一家的遭遇向曾振铭讲了，最后特别指出，"从曾振山的老婆到曾振山的孙子，一直不承认曾振山是叛徒，每年农历四月二十六，也就是曾振山死的那天，他们都要写上诉信，至今已写了四十七年！"

曾振铭的表情起了变化，先是呼吸急促，眼里涌出泪水，后来站起身，在屋里踱来踱去。

我和郝丽丽谁也不说话，默默地注视着他。

"我想请二位帮个忙，"曾振铭站住脚，似乎下了决心，"带我去见曾贤顺先生。"

"现在？"我望望窗外黑漆漆的夜空。

"现在！"

九

村街上寂无人声，两旁的人家大多已熄灭了灯。我们的手电筒光引起一阵狗叫。大家谁也不说话，只默默地往前走。转过街角，便看见了高坡上那间还亮着灯光的孤独土屋。

屋檐下25瓦的电灯闪着浑黄的光，曾贤顺就着灯光在院子里编织背筐，被水浸泡过的陈年柳条散发出一股腐败的气味。

对我们的半夜来访，曾贤顺没有显现出我想象中的那种惊诧，而是很冷淡，甚至可以说是漠视。我们走进院子，他连头都没抬，旁若无人地摆弄他的柳筐。

"大爷，这么晚了，还在干活儿？"我试图打破这让人难堪的气氛。

"穷家破业的，不能跟你们比，不干活吃什么？"曾贤顺的话硬邦邦的，我一下被他噎住，没了下文。

曾振铭抢到他面前，语调很激动："贤顺，你是贤顺？振山大哥家的顺子？我是你振铭叔，村南头烧锅坊的曾振铭。我从美国回来了，回来看你！"

曾振铭动了感情，喉头哽咽着要拉曾贤顺的手。

没想到曾贤顺一甩袖子躲开了，说出的话更是硬得赛过石头："你全毛全翅回来了，我爹可死了几十年了！"

"贤顺，你……"曾振铭也被噎得说不出话。

"我怎么？你以为我不知道你是马三麻子的人？我爹死那年我都九岁了，什么事不知道？害死我爹那天，你就在队伍里！我爹为共产党、八路军干了那么多事，搭上性命不说，还落了个叛徒！你倒好，日本人得势你跟日本人，日本鬼子投降了，你又跟了国民党。赚了钱，人模狗样地回来显摆，这个接，那个送，倒成了贵客。你有什么脸来见我？你给我出去！"

我这才明白曾贤顺为什么对我们这样冷淡，为什么在欢迎的队伍里没有见到他。朴实的农民也有朴实的感情啊！我被曾贤顺的话臊得满脸通红，我觉得他在骂曾振铭的同时也在骂我，骂我们。

再看曾振铭，像被霜打了的茄秧，委顿在那里，瘦弱的身子像风中杨柳般颤抖。他的随员见状大惊，一左一右搀住了他。他推开随员，费力地从怀里掏出钱夹，拿出一沓厚厚的钞票，递到曾贤顺眼前："贤顺，这些年你吃了不少苦。我……我心里也有愧，愧对祖宗，愧对乡人。这点儿钱你拿着，翻盖翻盖房子吧！"

　　曾贤顺拒不接受："钱算什么？钱能买我爹的命？能买我一家受的罪？能买我们的名声？你知道，这几十年，我们一家是怎么过来的吗？"曾贤顺终于控制不住，咧开没牙的嘴，呜呜地哭了。没哭几声，突然转身进了屋，"哐啷"一声把门插死，随即又拉灭了灯。一切都浸淫在黑暗中。

　　曾贤顺的举动使所有人手足无措，大家面面相觑，谁也不知怎么办。丧魂失魄的曾振铭站了一刻，缓缓向外走去。他的随员赶紧搀住了他。

　　回到临时住处，我和郝丽丽感慨不已。曾贤顺虽然有失礼貌，但他的心情可以理解，他的骨气令人钦佩。如今不少人两眼只盯着钱，把一切都抛在了脑后。只要给钱，什么都可以化解，什么都可以不顾。曾贤顺这样的做法，真是难能可贵了。同时我们也预感到，曾振山的问题，就要在曾振铭身上揭开谜底了。

　　果然，第二天一早，曾振铭就来到我的房间。一夜之间，曾振铭简直变了个人。他面色苍白，两眼红肿，眼眶周围现出大大的黑圈儿，原本瘦小的身子，仿佛又矮了一截儿，显得孱弱而可怜。

　　"任先生，我想回县政府。"曾振铭的声音沙哑而干涩。

　　"怎么，您不在这里考察了？"

　　"考察的事往后推一推，我想向县里领导说明一件重要的事情。"

　　"不知什么事？能否……先简单和我说说？"

　　"是……"曾振铭犹豫一下，"是有关曾振山的事。"

　　"好，您稍等，我这就和县里联系！"

　　我强压心中的狂喜，飞快跑出屋子，告诉郝丽丽。郝丽丽同样兴奋，说句"踏破铁鞋无觅处，得来全不费功夫"，赶紧要通县政府办公室的电话。

我们回到县城，县委书记、县长、张福，以及接待组和史志办的人员都等在了会议室。

曾振铭没坐稳身子就急急忙忙开了口："我从河沿赶回来，是要向各位领导说明一件事，就是，就是曾振山……他不是叛徒！"

在座的人除去我和郝丽丽有心理准备，其他人都大吃一惊。静默了好一阵，县委书记才轻轻地说："曾老先生，别着急，慢慢地说。"

曾振铭喝了一口水，平定了一下情绪，从头说起来。

曾振铭家几代开酿酒作坊，在河沿曾姓中也算是富户。曾振铭自小上学，聪明伶俐，尤其擅长文科，写的作文，对的对子，在家乡很有名气。十七岁初中毕业，父亲因为就他这么个独子，外面兵荒马乱的，怕出差错，就把他留在家里管账。谁知越怕事越出事。一天，父子两人正拢账，来了几个保安团的兵，说是马团长有请，架起曾振铭就走。父亲不知什么事，也慌慌张张跟了去。

见了马三麻子才知道，马三麻子部下大多是土匪、地痞的来路，目不识丁，杀人放火还行，看信写公文就都傻了眼。马三麻子也是斗大的字认不了半升，勉强能涂出自己的名姓。既然当了保安团长，短不了要和上下左右有个书信往来，因为全团没有识字的，常常闹出笑话或误了事。为此，马三麻子决定找个识文断字的给他做文书。几经打听，得知曾振铭文才出众，就派人把他拉了来。

曾振铭父子一听吓坏了，马三麻子的队伍名为保安团，实际上匪性不改，烧杀抢掠无所不为，绑票劫道什么都干，而且又投靠了日本人，被人骂为铁杆汉奸，跟着他干，岂不也成了土匪汉奸？便百般推托。马三麻子烦了，掏出盒子炮往桌上一拍："愿意干，每月三块大洋，大碗喝酒大块吃肉。不愿干，砍掉脑袋扔出去喂狗！"曾振铭不敢再抗拒，便留在了队伍里。

曾振山出事，纯属巧合。那天，马三麻子奉日本人的命令，率队清乡。走在高高的永定河大堤上，远近几里的景物尽收眼底。快到曾家老坟时，骑在马上的马三麻子隐约看到，有两个人钻进了坟圈子，怀疑是八路军，就命队伍散开，悄悄靠上去。队伍刚合成包围，坟地里就开了枪。马三麻子见真围住了八路，大喜过望，立即指挥团丁们往上冲，不准放走一个。里面的八路边跑边扔手榴弹，想要突围，都被枪弹挡了回去。后来，他们的子弹打光了，全被抓住，一共三个人。曾振铭从藏身的土坑爬起来一看，一个不认识，其他两个是曾家大院里的曾振山和曾贤普。

马三麻子抓到八路高兴极了，带领队伍来到河沿，把三个人绑进曾家祠堂。先把保长叫来，给队伍做饭吃，自己也提着一块猪肉，去了姘头杏花家。天黑后，祠堂里点起灯笼火把，开始刑讯逼供。可打了一顿棍子，抽了几十个嘴巴，什么也没问出来。马三麻子见这样下去不会有结果，就想了个计策，把三人分开。曾振山仍留在大厅，曾贤普和另一个被带进小屋。不一会儿，马三麻子兴冲冲地走进大厅，命人去曾家老坟挖枪。曾振山一听，破口大骂，骂那两人是怂蛋包、软骨头。马三麻子冷笑："你甭逞英雄，待会儿有你好受的！"很快，枪取回来了，一共五支。马三麻子就把那两人放了，把曾振山绑在柱子上。又让曾振铭准备纸笔，记录口供。马三麻子先问共产党的地下联络点都设在哪儿，联络员叫什么名字。曾振山不回答。又问张福的土八路有多少人，经常在哪一带活动，曾振山仍是一字不说。马三麻子恼羞成怒，拔出刺刀，往曾振山的身上捅一刀问一句。曾振山疼得受不了，就骂，连马三麻子的祖宗八代都骂了。折腾了大半夜，一句有用的都没问出来。此时，曾振山已是奄奄一息，马三麻子也失去了耐性，兽性大发，他先割掉了曾振山的两只耳朵，又砍掉两只手，最后剜出两个眼珠子，直到把曾振山折磨死。

面对如此血腥、残忍的场面，曾振铭吓得尿了裤子，回据点后就发高烧、说胡话，昏迷不醒。马三麻子骂句"软蛋"，就派人把他送回家养病。还没等好利索，马三麻子又把他找回去了。

"从曾振山被抓到被马三麻子害死，我都在现场，我敢担保，曾振山没有说共产党八路军的任何情况，他绝对不是叛徒！"

曾振铭叙说完，像刚爬了一座高山，精疲力竭地喘出一口气。会场上死静死静的，人们都被震撼了。李树森更是半张着嘴，傻了似的呆坐着。

曾振铭眼巴巴地望望这个，看看那个，也不敢再说话。

良久，张福开了口，大家都听得出来，他的嗓音在颤抖："曾先生，你对曾贤普和郭强，啊，郭强就是你不认识的那个人，都知道哪些情况？"

曾振铭想了一下："我记得他们三人押进祠堂的时候，都挨了打，可谁也没说什么。后来分开了，曾贤普和郭……郭强都是马三麻子单独问的，他们说了什么，我不知道。"

"你刚才说，马三麻子审完他们两个，就派人去曾家老坟取出了枪，然后就把他们放了？"张福两只老眼霍地射出锋利的光，紧紧盯住曾振铭。

"没错。我以我的人格担保！"曾振铭毫不含糊，坦荡地迎上张福的目光。

张福又提出一个新的问题，而且语气极端不客气："马三麻子的保安团在日本投降时，负隅顽抗，被我独立大队全歼，无一漏网。你怎么还活着？"

"这……这要感谢我这小身板了。"曾振铭拍拍他的瘦胸脯，"不然，我也早烂成泥了！"曾振铭不合时宜的玩笑没有引起笑声，也便严肃起来，"日本人战败，马三麻子失去靠山，很是惊慌，也想过投降。一天晚上，来了个用围巾蒙面的人，两人密谈了一会儿，那人就匆匆走了。马三麻子立即召集队伍训话。他说，共产党已经开了会，张福不接受我们的投降，要彻底消灭。我们既无退路，那就和他们拼，拼一个够本，拼两个赚一个！那些部下都是亡命之徒，一听这话，就红着眼珠子喊打喊杀。我胆小，和他们也不是一路，没害过任何人，更没杀过共产党八路军，不愿与他们死在一块儿，就想跑。可据点里防范得特别严，想疼了脑袋也没想出逃跑的法子。后来，偶尔发现，厕所旁边有个狗洞。我就在半夜装作上厕所，脱光衣裳，从狗洞钻了出去，肩膀、胯骨都蹭掉两块肉，可躲过了那场灭顶之灾。北平被围，我知道国民党大势已去，就带着全家跑到上海投奔了一个亲戚。那个亲戚是国民党军队的师长，我一到就给我弄个上尉军衔。再后来，就到了台湾，退伍经商了。"

张福觉得差不多了，就向县委书记示意。

县委书记向曾振铭点点头："感谢曾老先生为我们提供了这么重要的情况。我们会尽快研究，还事实以真相。"

散会后，别人都走了，张福把史志办的人留了下来。

"怎么样？大家对曾振铭说的，有什么想法？"

"太可怕了！"李树森仍是愣愣怔怔的，"如果曾振铭说的是真话，那可就……"

"我看，曾振铭说的，基本是事实。而且，他还为我解开了一个多年的疑团。"张福深深叹口气。

"疑团？您有什么疑团？"我连忙问。

张福讲起了他的疑团。

日本投降后，独立大队就敦促马三麻子放下武器。内部也传出情报，说马三麻子有投降的想法。可不久，马三麻子的态度大变，杀害了我们派去的谈判代表，扬言对抗到底。郭强很愤怒，以特派员的身份决定，把马三麻子部干净彻底消灭掉。那场战斗很惨烈，伪团丁们表现出异乎寻常的顽强。这让我很吃惊，以前和伪军相遇，他们是很怂的，打不了几枪就跑，可如今却是宁死不降。面对一个接一个倒在眼前的战友，指战员们都红了眼。郭强振臂高呼：一个不留，为牺牲的战友报仇！据点攻破后，马三麻子的人全部被打死，几个受伤被俘的，也被郭强补了枪。当时我很纳闷，我军的纪律是不许杀俘虏的，郭强身为特派员，怎会带头违反党的政策？后来因为埋葬战友，召开庆功会，也就把这事丢在了脑后。现在我明白了，郭强是为掩盖他的叛徒身份，杀人灭口！

大良县委先后接到地委和省委的批示，内容基本一致：投入必要的人力，排除一切干扰，彻底清查。如若确是冤假错案，坚决平反昭雪！

县委组成调查小组，由张福挂帅，我和郝丽丽做具体工作。

案情已接近真相大白，我怕郝丽丽承受不住，劝她退出调查组。

郝丽丽默默流了一会儿眼泪，点点头去找张福，坦白了自己和闵恩德的关系，要求回避。

张福笑哈哈地说："小郝不必有顾虑。通过这段表现，你做得很好，很有正义感，大家相信你。大胆工作，不要背包袱！"随后又补了一句，"其实你和闵恩德的关系，组织上早就知道。他是他，你是你，我们不搞株连！"

现在的情况基本明晰了，"鬼"就出在闵恩德和曾贤普身上。鉴于曾贤普远在南方，由大良县委给对方县委去函，请求协助做曾贤普的工作。张福带着我和郝丽丽再访闵恩德。

闵恩德躺在地区医院的高干病房里，两腮塌陷，面无血色，身体虚弱不堪，完全失去了往日的风采。见我们进来，他只漠然地看了一眼，身子未动，也没说话。

"爷爷！"郝丽丽扑上前去，轻轻叫一声，眼泪就涌了出来。

郝丽丽这几天的心情是可想而知的。随着案情的进展，曾振山的冤情越来越明朗了，这是郝丽丽为之兴奋的。但她爷爷的变节行为，陷害同志的罪行也将得到证实，这又像一条毒蛇噬咬着她的心。毕竟是疼她爱她，又一直以老革命自居的爷爷呀！老革命的爷爷瞬间变成可耻的变节分子，歹毒陷害同志的阴险小人，光荣与耻辱相置换，天与地相翻覆，这对一个单纯善良的姑娘来说，是多么的残酷啊！

望着郝丽丽那悲痛欲绝的样子，我心里也针扎似的疼痛。

闵恩德慈爱地拉着郝丽丽的手，语气温和而又话里有话地说："好孩子，别哭，爷爷没事。爷爷革命几十年，什么风浪没经过？什么阵势没见过？"

郝丽丽忙拦住闵恩德的话："爷爷，你怎么能这样说……"

闵恩德气愤起来："我怎么不能这样说？有的人不就是要整我吗？

我为革命出生入死一辈子，老了老了倒有问题了？哼，不知天高地厚！"

我听出闵恩德的话是冲我来的，一时窘得满脸通红。

郝丽丽有些生气，抽出被闵恩德握着的手，走到一边去了。

张福哈哈笑几声，拉把椅子坐到闵恩德跟前："老闵啊，这把年纪了，还这么大的火气？你身体不好，可不能动不动就发火。有道是，气大伤身呀！"

"老张，不是我爱生气，是有人气我呀！从战争年代到现在，咱俩可是五十多年同生死共患难的老战友、老同事，我为党为民立下的功劳、做出的成绩、我的政治立场、做人的品德，你都知道得一清二楚！本想老了，干不动了，退下来享几年清福，就到马克思那里报到去了。谁想竟有人向快死的人身上捅刀子，横加罪名，追查问题。这，这能不让人气愤、伤心吗？"闵恩德说得声情并茂，最后还流出几滴眼泪，胸脯也剧烈地上下起伏。

张福连忙劝慰："老闵，不激动不激动。你的功劳政绩，党和人民不会忘记。不然，能给你这么舒适的生活条件吗？可现在发现了曾振山案件的疑点，你作为老同志，又是当事人，应该正确对待，积极配合。如果调查结果证明曾振山确实叛变了，那我们就没冤枉他。如果确系冤案，我们就应该给他平反。你想，一个和我们同生共死的战友，为革命献出了生命，反倒背个叛徒的骂名，甚至连累身后几代人跟着受屈含冤，而我们活着的人却不闻不问，只图自己做高官，享清福，我们于心何忍？我们对得起埋在地底下的人吗？！"

闵恩德听了张福这番发自肺腑的话，似乎也受了感动，沉默好久，才喃喃低语："曾振山确是很可惜的，多好的一个同志啊。可这怨谁呢？他把埋枪地点告诉了马三麻子，就是叛变行为，我总不能说没有这回事吧？"

"不，老闵。我们现在有证据证明曾振山没有叛变，而且牺牲得很壮烈！"张福的口气严厉起来，那威严不可犯的气势，使我领略了当年抗日独立大队大队长的风采。

"什么？证据？"闵恩德呼地从床上坐起来，显得很紧张，"你们有什么证据？"

张福盯着闵恩德的眼睛，一字一顿："曾振铭！你还记得这个人吧？"

"曾振铭？"闵恩德使劲在脑海里搜索着，最后还是茫然地摇了摇头。

"曾振铭也是河沿人，还是曾振山的本家。在你们三人被捕的时候，他在马三麻子那里当文书。曾振山的死，他从头到尾都亲眼见了。现在，他从美国回来了！"

闵恩德的脸变了色，脱口而出："他，他还活着？"

"是，他活着！"张福露出一副嘲弄的神情，"马三麻子的人全死了，就他一个活着。他是在我们歼灭马三麻子之前逃走的。先到上海，入了国民党的队伍，跟着跑到台湾岛，脱离军界后经商。现在在美国定居。他不光活着，他还回到了河沿！"

"回到了河沿？"

"对。他回到河沿后，看到曾贤顺的苦情，主动向县委、县政府领导说明了曾振山的情况。"张福的话说得很沉稳，却使我听出步步紧逼的气势。

"他，他都说了什么？"闵恩德的声音有些发抖，脸色也变得灰白。

张福把闵恩德的表情变化都看在眼里，底气更足了："曾振铭说，曾振山被捕后，有关共产党八路军的事什么也没说，直到折磨而死。可你，你和曾贤普，却被放了！"

"他胡说，他血口喷人！"闵恩德歇斯底里地抓起一个苹果摔在地上，"我们两人是逃出来的，是逃出来的！"

"可曾振铭说，那时他在当场，这些事他都是亲眼所见！"张福一步不让。

闵恩德的脸色急剧变化着，突然把头一扬，哈哈大笑起来。

闵恩德这莫名其妙的大笑，不仅我和郝丽丽始料不及，就连张福也蒙了。他上前摇着闵恩德的肩膀："老闵，你这是……怎么了？"

闵恩德止住笑，长长喘出一口气："好，好，好啊！"

"好什么？什么好？"张福紧抓闵恩德的肩膀不放。

"老张，"闵恩德从肩头拉过张福的手，用力拍拍，"我是说，阶级敌人还在，心不死。曾振铭就是个不死心的阶级敌人！"

"这……"张福真让闵恩德给转晕了。

闵恩德见大家都愣愣地看着他，端正了一下身子，得意地一笑，侃侃而谈："你们想，曾振铭是什么人？地主！他本人先是跟着马三麻子当伪军，后又投靠了国民党。我们共产党解放了全中国，他们失去了大陆的天堂，被迫流亡境外，能不仇恨共产党？能不仇恨共产党的干部？尤其是我这样曾和他们面对面做过斗争的干部！现在党的政策放宽了，他们可以回来了。在这些人当中，有的是真心来投资，办企业的，但也有是来反攻倒算，搞破坏的。曾振铭就是这样的坏人！他栽赃陷害我，一是为曾振山报私仇，二是想把我们共产党的天下搅乱！你想，一个在群众中很有影响，很有威望的老干部，到头来竟是个陷害同志，叛变革命的坏蛋，你让老百姓还怎么相信我们的党？我们党的威信还怎么保持？同志们啊，可要提高警惕呀！"

闵恩德的一番话，说得我们全瞪了眼。我虽然觉得他在强词夺理，在用冠冕堂皇的大道理压人，可一时也找不到反驳他的话语。

张福也败下阵，不好意思地咧咧嘴："老闵，我们不是……只是……"

闵恩德轻松地摆摆手："行了老张，你们的意思我心里明镜似的，用不着解释。但是，我要告诉你们，我闵恩德一辈子流血流汗为革命，清清白白，光明磊落，不怕谁往我的头上泼脏水。曾振山就是出卖革命的叛徒，至死我也不会改口！"

我们从闵恩德的病房出来，默默地走了好久，直到坐进小汽车，张福才说出一句话："闵恩德说的话也有一定道理。"停停又说，"我们要对死人负责，更要对活人负责！"

我没搭话。

郝丽丽也把脸扭向车窗，看窗外飞速逝去的楼房、树木。

"唉，真希望老闵说的是真的啊！"张福把身子往靠背上一躺，自言自语。

郝丽丽仍旧保持着原来的姿势，不动，也不说话。

我怕老人家难为情，只得开口接话："张老，我们下一步？"

张福霍地坐直身子："二下江南，再访曾贤普！"

列车上，郝丽丽的情绪一直很低沉。我很心疼，一会儿给她倒水，一会儿给她剥橘子。郝丽丽被我的柔情感动，主动把头靠在我的胸前。

我心里暖暖的，忍不住在她的额头吻了一下："丽丽，别太难过。也许张老说的对，你爷爷说的是真的。"

郝丽丽闭着眼睛，无力地摇摇头："你别给我吃宽心丸了。我也用我爷爷的话回答你：我心里明镜似的。"

"可他的态度那么坚决……"我都不知道向着哪边说了。

"他那是虚张声势！"

女人的感觉往往比男人准确得多。我无语了。

"不过，"郝丽丽坐起来，把散乱的头发往耳后拢拢，"我了解我爷爷的性格，不把铁的证据摆在面前，他是不会低头的。"

"那，就看曾贤普的了！"

越接近曾贤普居住的小镇，我的心情越紧张。如果曾贤普也和闵恩德一样，咬定钢牙不改口，怎么办？一边是曾贤顺父子和曾振铭，一边是闵恩德和曾贤普，互不相让，僵持不下。最后要是弄个"事出有因，查无实据"，那我这个始作俑者可就惨了。

不想走进曾贤普的家，事情却是出奇的顺利。

曾贤普一见我们，就羞愧得连连道歉："两位小同志，真是对不起，上次我没说实话，欺骗了你们，也欺骗了组织这么多年。"

我看出了希望，心脏不由狂跳起来："您别着急，慢慢说。"

"唉，丢人啊！可耻啊！现在想想，真不如那阵儿跟曾振山一块儿死了好！这几天，县里有关领导找我谈了话，我也想通了，就把这块疮疤亮给大家看看吧。反正我也这么大岁数了，不……不要脸了！"两行老泪，顺着曾贤普清癯的脸颊流下来。

曾贤普哽咽着，说起了那段羞于告人的历史。

去曾家老坟取枪那天，他们三人子弹打光被抓，押进曾家祠堂。敌人对他们进行了拷打，谁也没有招供。马三麻子看光打不行，就把他们分开了。曾贤普和郭强分别被带进小屋，曾振山一人留在大厅。马三麻子先进了郭强的屋，过了半个时辰，又进了曾贤普的屋。马三麻子进屋不说话，只是望着曾贤普笑，笑得曾贤普头发根子发怵。后来马三麻子止住笑，说："曾班长，对不起，我马某人怠慢你了。"

曾贤普一愣，还是硬着头皮顶了一句："谁是曾班长？你认错人了！"

"行了，曾班长，别装蒜了，你们那位郭强同志把什么都告诉我了。你叫曾贤普，是独立大队的班长。大厅里那个叫曾振山，是共产党地下联络站的站长。郭强是你们上级派给独立大队的特派员。你们这次的任务，是来取枪，枪被曾振山埋在曾家老坟里。对不对？嗯？"马三麻子狂笑起来。

曾贤普一听，知道郭强叛变了，张口就骂："这个叛徒，王八蛋！"

马三麻子瞪起眼："什么叛徒？这叫识时务！告诉你，落在我马某人手里，别说肉眼凡胎的人，就是石头，我也让它说了话！你老老实实地招了，我给你一条活路，放你出去。不招，我一刀一刀割了你！"说着，就拿着刀子在曾贤普的眼前晃动。

曾贤普知道马三麻子是杀人魔王，说得出做得到，当时就怕了。在大厅里挨打没有说，是有战友在身边，群威群胆。单独一个人，心理的承受力就发生变化了。曾贤普想，郭强已经说了，自己不说也是白送命，不如活着出去，归队后再跟他们干！不过曾贤普没说彻底，他隐瞒了曾振山是联络站站长，只说他和张福关系不错，常给独立大队买枪买药。马三麻子哼一声："我先去取枪，你要敢骗我，我要你的命！"

马三麻子把枪取回来，又进了关押曾贤普的小屋，恶狠狠地说："看你还算老实的分儿上，放你回去。不过，你要身在独立大队，暗中给我做事，把张福的行踪告诉我，我会派人找你要情报！"

曾贤普出了河沿，惊恐的心才安定下来。可紧接着又不安了。独立大队的军纪是很严的，对叛徒更是严惩不贷，倘若被张福看出破绽，岂能轻饶？正在拿不定主意，旁边的树丛里有人低声喊他。曾贤普听出是郭强的声音，又惊又喜地跑过去："特派员，你也被放出来了？"

不想郭强一把揪住曾贤普的脖领子："你个狗日的，把什么都告诉马三麻子了，我宰了你这个叛徒！"

曾贤普一边挣扎一边反驳："是你先说的，我才……"

"你放屁！马三麻子告诉我，你什么都交代了，我才说的！"

"这……"

"算了，"郭强松开曾贤普，呼出一口粗气："马三麻子太阴险了，我们上了他的当！这狗日的，害苦我们了！"

曾贤普觉得不对，马三麻子是掌握了他们三人的情况后才来问他的，那先招供的应该是郭强。郭强这么说，是想混淆是非，即使不是把责任全推在他身上，也是想责任共担。他当然不干，急忙分辨"是你……"

"行了！"郭强粗暴地打断曾贤普的话，"都什么时候了，还瞎叨叨个没完？我们现在是要考虑以后怎么办？"

曾贤普虽然对郭强不满，可他终究是特派员，不敢过分得罪他，而且也在担心今后的出路，就忍下怨气，小心翼翼地问："怎么办？"

郭强似乎很有信心："怎么办？当然回独立大队，继续打鬼子！"

"张福要是知道了，能绕过我们？"

"这就是关键的关键！你不说，我不说，谁能知道？所以，你必须嘴严！"

"我敢说吗？可曾振山要说呢？"

"他？"郭强冷冷一笑，"恐怕不会说了！"

曾贤普心里一凉："你……"

郭强铁青着脸，没有吭声。

"那，马三麻子让给送情报，也送？"曾贤普完全失去了主见。

"送个屁！"郭强狠狠地吐了一口唾沫，忽然亲昵地拍拍曾贤普的肩膀说，"曾贤普同志，咱俩现在可真是一个战壕的战友了，也是一根绳上的蚂蚱，跑不了你，也蹦不了我。只要你听我的，咱把这事瞒下来，继续打鬼子，也就能将功补罪了！"

当天夜里，他们没有离开河沿，就在村外的小树林里猫着。郭强说，要等曾振山的最后消息。

马三麻子带队走了。郭强和曾贤普悄悄潜回村子，见村人们都往祠堂跑，嚷嚷说曾振山被马三麻子打死了。郭强松了一口气，拉着曾贤普走了。

回到独立大队，按照事先编好的瞎话，两人一口咬定，由于曾振山的叛变，导致行动失败，武器丢失。因曾振山已被杀害，死无对证，又因战争年代环境残酷，形势紧张，不少事来不及，也不可能细查，组织上也就相信了。

曾贤普一口气讲完，痛苦地闭上眼睛。

我想到曾振山的案子里有蹊跷，却没想到闵恩德竟是这样的人。我抬眼去看郝丽丽，她呆坐在椅子上，已成了木雕泥塑。我知道，她心里的痛苦和羞愧一点不亚于曾贤普，也就不忍心再看她，倒杯水递到曾贤普的手上："您先喝口水，缓缓气儿。"

见曾贤普把水喝下去，我接着问："曾老，曾振山的叛变证明材料，真是您和郭强亲笔写的？"

曾贤普摆摆手："唉，什么曾老，快别这么叫了，砢碜死人了！那证明材料确实是我们俩写的，要不我们怎么过关？"

"除此以外，你们还干了什么？"

"我不是推卸责任，事情到了这一步，推卸责任还有什么意义？我只是实话实说。以后发生在曾振山身上的事，都是郭强一手操办的，他是特派员，有这个权力，也有这个能力。他先把曾振山叛变的事，通知了当时的抗日政府，建议严肃处理。抗日军民是非常痛恨叛徒的，就不许他葬入曾家老坟。区政府还号召群众与他家划清界限，监督他们的行动。"

"马三麻子有没有和你们联系过？"我又想起一个重大问题。

"联系过。但我们再没干损害革命的事！"曾贤普连忙分辩，"那是在我们返回独立大队两三个月后的一天，吃过晚饭，郭强来到我住的老乡家，说要和我谈心，把我叫到外面。在没人的地方，他偷偷告诉我，马三麻子派人来了。我一听就吓坏了，问他怎么办？他问我，是抗日，还是当汉奸？我当然说抗日。郭强说，那好，我们把来人干掉，以后来一个杀一个，再不能干蠢事了！我跟着郭强来到村外，在一棵大树下他咳嗽了几声，一个人影从暗处走出来。郭强说到河边去谈。到了永定河边，郭强一拉我的衣角，我俩扑上去，就把那人掐死，扔到河里了。不知怎么回事，此后马三麻子再没派人来。"

"你们就不怕暴露？"我为他们的大胆而吃惊。

"怕，怎么不怕？开始时整天提心吊胆的，把马三麻子的队伍消灭后，才安心了。其实，那也是郭强的计谋。马三麻子是土匪，又是铁杆汉奸，民愤极大。攻打他盘踞的据点时，他又负隅顽抗，打死打伤我们不少战士。郭强就鼓动战士们，把敌人一个不剩地消灭光，为牺牲的战友报仇！大家本来就打红了眼，郭强一鼓动，劲儿更足了。结果，马三麻子的人一个没留，全杀了。战后，战士们都说郭特派员作战勇猛，还给他评了功。只有我心里明白，他是杀人灭口！"

"既然把事情遮掩过去了，您怎么还离乡背井到南方来了？"我又提出一个疑问。

曾贤普又沉默了。在我一再催问下，他才说："其实，我来南方，是为了躲郭强。这个人城府太深了，做事太狠毒。曾振山死了，马三麻子的人也全都死了，知道他变节的，就剩我一个了。每当我看见他那阴森森的眼睛，就浑身起鸡皮疙瘩，担心他哪会儿打了我的黑枪。解放战争爆发后，我极力要求加入主力部队，想离他远远的。郭强可能也觉得我在他眼前晃，也是个压力，就说服张福放我走了。就这样，我随着野战部队，从北方一直打到南方。原想着在哪个战斗中战死算了，不想直到新中国成立，也没死。转业时，领导征求我的意见，我执意留在南方。我不愿见郭强，也无颜见江东父老。直到离休，五十多年，我一次也没回老家。不是不想，是不敢，是没脸。这回，我把我见不得人的东西都亮出来了，组织怎么处理我，我都接受。只是，太对不起曾振山了，太对不起他的家人了……"

曾贤普颤抖抖拉开抽屉，拿出一卷纸，那是他为曾振山写的另一份证明材料，文尾不光有他的签名，还按着一枚红红的手印。

回到宾馆，好久没说话的郝丽丽突然开了口："这回你满意了，连耗子窟窿都搜查到了，无一遗漏！"

我听出了郝丽丽话语中的异味，忙望向她，就碰到了那双似怨似艾的眼。我理解她的心情，无言地把她抱在怀里，陪她默默流泪。

当我们风尘仆仆赶回大良时，得到的第一个消息就是：闵恩德去世了。

尾声

为曾振山平反的申诉材料批下来了，大良县召开了隆重的追悼大会，追认曾振山为革命烈士。

会后，县委、县政府的领导接见了曾贤顺和曾清明。民政局要给曾贤顺一笔抚恤金，曾贤顺拒绝了。他说："我苦争了五十年，不是为了钱，是为了名分，为讨个说法。现在政府承认我爹是烈士了，他的命没有白扔，我也就心满意足了。"

年轻的县委书记很激动，紧握着曾贤顺的手："你父亲为革命壮烈牺牲了，你一家却多年蒙受不白之冤，吃了不少苦，人民政府欠你们的太多了。你有什么要求，尽管提出来！"

曾贤顺擦擦红肿的眼："领导非让我提，我就提一个，给我爹立个碑！"

一块汉白玉的石碑很快刻好了，"曾振山烈士之墓"几个大字被红油漆涂得鲜亮夺目。大良县委、县政府领导，原抗日独立大队的老战士，中小学师生，河沿村的全体村民，都参加了立碑仪式。

曾贤顺拉着曾清明跪在碑前，喃喃地说："爹，共产党没有忘记你，你的儿孙没有忘记你。你死得值，你可以闭眼了！"说得人们都掉下眼泪。

曾家祠堂的修建工程也动工了。人们在拆旧墙时，从墙缝中发现了一个小铁盒。铁盒上着锁，早已锈迹斑驳。扭断锁，里面是个油纸包。打开一层层油纸，现出一块写着毛笔字的白布，有村名，也有人名。村人们看了半天弄不清是什么东西，觉得一块破布不会有什么用，就要扔掉。曾振铭到底见多识广，拦住众人："不能扔，说不定有用！"让村干部送到史志办公室。

史志办的人看了半天，也是莫名其妙。张福突然一拍脑袋："这是当年的联络图哇！村名是联络点，人名是联络员。这是曾振山用生命保护下来的！"

望着这变颜失色，在墙洞里默默无言地隐藏了几十年的联络图，我不由得热血沸腾，一把抢在手里："这才是真正的历史！"

郝丽丽也很激动："这才是真正的档案！"

浑河船工轶事

一

头上的太阳很毒，脚下的热气蒸腾着，成串的汗珠从额头往下淌。顺子也不躲到浓荫遮盖的堤顶去，而是固执地沿着水边走。河水像狗的舌头，一伸一缩，一伸一缩，亲热地舔着他的光脚，痒痒的，酥酥的，说不出的惬意。猛地，一股热浪从心底翻上来，顺子的鼻子便有些酸，眼睛也湿润了。他停住步，看河水从脚面流过。那柔柔温温的感觉，使他想起大白果的手。

自打经受了那场灾难，大白果咬定牙铁了心，吃糠咽菜不怕苦，破衣烂衫不嫌穷，死心塌地要跟着顺子过。顺子原想正大光明地把大白果娶进门，大白果不同意："我这样的人，还要什么明媒正娶？你就住到我那儿，搭帮过日子就行了。再说，就你那点儿收入，除去你和你娘的吃喝，也就剩下仨瓜俩枣的，拿什么办事？"

顺子很感动，立誓要保护大白果。可他又忧心忡忡，李大裤裆那个恶魔，一直对大白果虎视眈眈，能放过他们吗？想着，顺子抬起眼，向大白果的小吃摊望去。矮矮的小屋前，大白果正忙碌着。

每天天刚亮，大白果就叫起顺子，一起来到摆渡口。顺子帮他捅开炉子升好火，就下河去摆船。大白果一人一台戏，文武兼当，自拉自唱。

现在，她一边用铁丝钩儿翻动着油锅里的炸货，一边扬起细白粉嫩的脸儿，高声叫卖：

"哎——外焦里嫩的油炸糕！"

"大麻花——不香不脆不要钱！"

过往行人爱听她那甜甜的嗓音，更爱看她那艳若桃花的脸，便蜂拥而至。

核桃大的本儿，蝇头小的利，却也自得其乐。

大白果正在摊前忙活，李大裤裆横晃着膀子来了。

李大裤裆是渡口的船头，又是村里的保长，还和土匪头子"黑手阎王"来往密切，是浑河沿的一霸，无人敢惹。以前大白果是他的口中食，哪会儿想睡哪会儿睡。大白果跟了顺子，拒绝了所有客人，这让他很是恼火，就想给他们眼里插棒槌。

李大裤裆站在不远处，细细地打量着大白果。大白果一套紧身裤褂，白裙围腰，青帕包头，衬得脸儿更白，鲜艳得像要滴下水儿。白布裙扎腰，显得腰肢更细，胸更高。尤其那双明亮的大眼睛，被轻烟一熏，水灵灵的，流光溢彩。李大裤裆回想着以前在一起时的种种勾人情景，口水止不住地往上涌，"咕咚"咽下一口唾沫，嬉皮笑脸开了口："哈哈，还是你们这路娘们儿，不管穿什么戴什么，总是那么勾人！"

大白果装作没听懂，赔出笑脸奉承："李头儿，吃炸糕吧，刚出锅的！"

李大裤裆陡地露出一脸凶相："大爷我不吃炸糕，我要吃人！"

大白果一哆嗦，不敢言声，弯下腰去捅炉子。

李大裤裆伸手在她屁股上拧了一把。

"哎哟！"大白果一声惊叫，火烧似的跳到一边。

"嘻嘻，摸一下，值得大呼小叫？又不是良家妇女，装什么假正经！"

"你……你放规矩点儿！"

"哈哈，规矩？大爷我活了三十多年，就不知道什么是规矩。在浑河沿，我是老大，天是老二！谁他妈敢管我？"李大裤裆紧逼上来。

"李头儿，你就饶了我吧，我已经跟了顺子。"大白果一边后退，一边讨饶。

"顺子算什么？不过是我手下的一个穷船工，我弄死他像碾死个臭虫。当年你还跟着王连长呢，大爷我照样睡你！"

大白果原是北平天桥唱蹦蹦戏的，后被国民党军王连长看中，买来做了小妾。卢沟桥事变时，王连长带着她来到浑河沿，住在李大裤裆家。大白果的美貌，使这个土皇帝垂涎欲滴，大鱼大肉地招待他们，背后却打着歪主意。一天深夜，日军追到近前，王连长去阵地坚守，李大裤裆趁机摸进大白果的屋。事成后，李大裤裆把刀按在大白果脖子上："你要敢乱说，我把你们全宰喽！"

大白果怕惹出大事，就隐忍下来。王连长被日军打跑，把大白果遗弃在河沿上，更成了李大裤裆的玩物。最近，他连去两回，都被拒之门外。一打听，才知道大白果跟了顺子，这让李大裤裆气炸了肺，就想方设法和大白果纠缠。

顺子一直关注着小吃店的动静，见李大裤裆站在摊前不走，知道有了麻烦，撒腿就往堤上跑。

就在大白果没招儿没落儿的时候，顺子从堤下钻出来，一下站到李大裤裆跟前。顺子拖把凳子坐下，把大白果挡在身后。

两人冷冷地对峙着，谁也不说话。

李大裤裆虽说骄横惯了，可面对这个两眼喷火的彪形大汉，心里也有些发虚。他当了多年船头，深知浑河船工的脾气秉性，把他们招惹急了，挖坑活埋，装麻袋塞冰窟窿，什么事都干得出来。他横是横，并不是不怕死，只得悻悻地转过身："妈的，穷小子，你等着！"

二

傍晚收船，李大裤裆叫住顺子："吃完饭，来我家一趟。"

顺子也加着小心，知道李大裤裆记了大白果的仇，不会轻易放过他，就问："有什么事吗？"

李大裤裆一瞪眼："叫你来你就来，还刨根问底？"

按以往经验，顺子知道，李大裤裆又有什么犯法的事要他做了。李大裤裆利用自己的优势，常在官、私之间做违法勾当，黑白两道通吃，船工们都被他逼着干过见不得人的事。

等到天黑人静，顺子悄悄来到李大裤裆门前。

临来，大白果抱着他不放："不去不行吗？"

"吃人家的饭，归人家管，哪能不去？"

"我怕……"

"甭怕。李大裤裆不能把我怎么样！"

"那个恶魔，为了我，把你恨得牙长四指的，万一……"

"是福不是祸，是祸躲不过。随他去！"

"那哪儿行？你要出了事，我怎么办？"大白果哭了。

"放心，为了你，我也得好好回来。"顺子感动得在大白果脸上亲了又亲，抽身走出来。

顺子正在李大裤裆门前踌躇，黑漆大门无声地开了。李大裤裆把顺子拉进来，又把门闩插上，走进亮着微弱灯光的西厢房。

顺子用眼四处踅摸一遍，没发现异常，才松了口气。

"你把这个连夜送过河去，榆树铺村北的苇塘里有人等你。"李大裤裆从破棉套里搬出两个木箱。

顺子用手掂掂，挺沉，知道是子弹。

"这……"顺子的脑门渗出汗珠。倒卖军火，红茬子罪，一犯案，就得掉脑袋。以前他干过，也没觉得怎么害怕，有了大白果，他的胆小了。

"怎么，怂了？你不什么事都敢干吗？"李大裤裆冷笑。

"听说河西的保安团整夜巡逻，要是碰上，可就……要不，等几天？"

"不能等！"李大裤裆一摆脑袋，"这是要紧的买卖，必须今夜送过去！"

"可我……身子有点儿不得劲，能不能……换个人去？"

"你少给我耍花招，我历来一事不烦二主。还是老规矩，平安无事，赏你三天不出船，工钱照拿；漏了水，自个儿顶着！"

顺子挑着两箱子弹，溜墙根，穿小巷，走出村子，拨着荒草爬上大堤，来到河边。

天阴沉沉的，伸手不见五指，河水在黑暗中发出吓人的吼声。顺子选好地形，到船房扛来一块跳板，把子弹箱和衣服绑好，就拖着木板下了河。河水冰凉瓦凉的，乍得光身子蹦起一层鸡皮疙瘩。他咬咬牙，钻进水里，一只胳膊夹着木板，向对岸游去。

一路顺利，没有碰到一个人，鸡不叫狗不咬。顺子来到苇塘，对上暗号交了货，刚走出没几步，"呼啦啦"，从苇塘里蹿出几个人，恶狠狠地朝顺子扑来。幸亏顺子多了个心眼，上岸后没穿衣服，滑溜溜的身子像泥鳅，左闪右钻，挣脱一双双手臂，逃了出来。到家后，连受凉带惊吓，一下子就病倒了。

这一病就是十多天，浑身没劲，睁不开眼，满嘴烧出大燎泡。等勉强能下炕，挣扎着来到渡口，他在船上的位置已经被河生占了。

"怎么……"顺子两眼看着李大裤裆。

李大裤裆满不在乎："你这么多天不上工，老等你？换新人了！"

"可我是……"

"你是什么！"李大裤裆猛地瞪起眼，牛蛋似的眼里射出冷森森的凶光。

顺子自知失言，蔫蔫地低下头。那种事只能做不能说，况且他把货弄丢了，李大裤裆不让他赔，就是天大的恩典了。

"你想上船也行，"李大裤裆脸上露出猫戏老鼠的笑容，"你去跟河生商量，看他愿不愿下来？"

顺子走到河生面前，艰难地叫："河生叔……"

河生紧绷着黑瘦的脸，扭过头。

"开船！"李大裤裆暴喝一声。

木船远远地去了，把顺子孤零零丢在河边。

一口恶气憋在心里，顺子的病更重了。

一家人的吃喝都仗着顺子的工钱，顺子失了业，等于是用绳子扎住了一家人的脖子。

大白果愁坏了。顺子一病，她怕李大裤裆捣乱，小吃店关了张。她的积蓄也不多，既要给顺子看病，又要买米面，很快就坐吃山空。看着顺子一天三顿喝稀粥野菜汤，方脸变成刀条子，心里针扎似的疼。

这天，大白果正坐在炕沿上叹气，房门一响，进来了过去的老相识王老三。

大白果被王连长遗弃在渡口，衣食无着，就租了间小屋，干起暗门子勾当。浑河沿不缺地痞青皮，还有几十个船工。船工穷，大多是光棍汉。人常说，穷光棍，富寡妇。光棍无牵无挂，孤苦伶仃，一人吃饱全家不饿，也就无心过日子，钱到手就光，混吃等死。尤其是光棍船工，整天生活在风口浪尖上，说不定哪天小命就归了河神爷，领了船份就吃喝嫖赌，乐呵一天说一天。大白果的生意很是不错，顺子也是她的主顾。

一次，大白果因没有伺候好一个地痞，惨遭痛打，骨断筋折，卧床不起。别的主顾都不再上门，只有顺子，天天下工后来照顾她，还把仅有的一点儿工钱拿出来给她请医买药。大白果看出，别人都是逢场作戏，把她当玩物，只有顺子是真心对她好。也看出，卖笑生涯不会有好结果，她一个外乡人，没亲没故，被人害死也无人理会，就下决心跟了顺子。不想老天爷不可怜穷苦人，自食其力的日子没过几天，顺子就失了业，还染上重病，这让大白果又没了主张。

"怎么着，老伙计，发什么呆呢？"王老三紧挨大白果坐下，伸手揽住大白果的肩头。

"别这样……"大白果挣扎。

"又不是一回两回了，还害羞？"王老三抱住不放，把一摞钱拍在炕上："刚赢的，都给你！"

看见钱，大白果眼里放了光。钱！她眼下多么需要钱啊！

王老三乘机把她压在炕上。

大白果用这钱买了一袋棒子面，送到顺子家。看着顺子狼吞虎咽地吃金黄饼子，大白果脸上带笑心里流血。过后顺子问她哪儿来的钱，她说卖了一个戒指。

一个月黑夜，大白果又迎来王老三。两人还没说几句话，又来了疙瘩五。

"喝，妈妈的，下蛋不多，占窝倒挺快！"疙瘩五也是浑河沿一个出了名的无赖，一见王老五，张嘴就骂。

"你少放那没味儿的屁！先到者为王。你晚了一步，就骆驼尿尿——后溮溮儿！"王老三也不示弱。

"我后溮溮儿？我让你小孩拉屎——挪挪窝儿！"

两人互不相让，拉扯得大白果像狂风中的弱柳，东摇西晃。

突然，疙瘩五哈哈地笑了："我说老三，咱俩别争了。干脆，来个连床大会！"

王老三停了手，也嘻嘻地淫笑起来："嗯，这个主意好！"

大白果大吃一惊："你们还是人不是？你们不是人！你们是畜生！你们猪狗不如……"

顺子来找大白果时，大白果还昏迷不醒。顺子一看就知道出了什么事，抱着她又喊又叫："玉蓉，玉蓉！"

玉蓉是大白果的小名，是大白果决定跟他过日子那天告诉他的。

大白果悠悠醒过来，满眼滚出泪："顺子，我……对不起你！"

"别说了，你别说了！"

大白果惨白的脸上露出一丝笑："我没事，你甭着急。"从褥子底下掏出一把票子，"快，拿去……买药！"

顺子抱着女人，呜呜地哭了。

顺子把一切仇恨放在了河生身上，他要找河生报仇。

河生沿着堤根走来，肩上扛着一捆从水边捡来的湿柴。

"站住！"顺子迎上去，横身拦住去路。

河生的瘦脸上满是惊慌。

"你给了李大裤裆什么好处，他像照顾舅爷似的照顾你？"

河生瞪他一眼，闪身想绕过去。

顺子又拦在前面："你是不是把老婆给他了？把闺女给他了？你是不是还想当二船头？"

"你丫王八蛋！"河生的眉毛、嘴巴乱抖一阵，扔掉柴捆，饿虎一般扑过来。

"好，谁不打不是爹揍的！"

烈日下，两个人为抢夺饭碗，凶狠地扭打在一起。河沙雾似的弥漫开来，河水被踏得高高飞起。两人牛吼般的喘息传出老远。

终于，顺子找到机会，一个背胯，把河生摔在沙滩上。

河生没有往起爬，仰面朝天躺在地上，张着沾满泥沙和血污的嘴哭骂："顺子，你有种，就把我打死！我早活够了！"

顺子突然发现河生的长脸那么青黄，痉挛的身子那么枯瘦，眼前同时浮现出那间漏雨的破土房，土炕上躺着的病女人和一群光屁股的孩子。他一下泄了气。

河生还在哭喊："打呀，打呀，你打死我！"

"滚你妈的蛋！"顺子骂一句，无力地走了。

三

顺子把身体养好后，就出村给人打短工。好在正是棒子耪三遍的时候，浑河两岸种着大片的棒子，活儿好找。清早扛张大锄往人市上一站，雇主争着抢着要。

顺子一垄耪到头，站在树荫下，一边用褂襟往怀里扇风，一边用眼估摸做下的活。这家地东不是财主，只因老婆病了，孩子幼小，活茬儿忙不过来，才雇了他。工价合理，饭食也不错，他要对得起人。

正当他要重新插锄的时候，地东一只胳膊挎着柳条篮，一手拎着清水罐，顺着小路匆匆走来。

"兄弟，吃饭！"地东老远就招呼。

"吃饭？"顺子仰头看看太阳，离晌午还差一大截儿，太早了。再说，往常午饭都是回家吃，今天怎么送到地里来了？

"东家，这么早……"

地东是个小鼻子小眼的半大老头儿，一边紧着把饭篮、水罐往顺子跟前放，一边忙不迭地说："吃吧，吃吧，早吃早……"

"东家，你说说，到底出了什么事？"顺子看出地东的神情有些慌乱。

"没……没什么事。其实，嘿嘿，就是……剩下的这点活我自个儿就能干了，就不麻烦你了。这两天，让你受累了。我穷，照顾不好，委屈了你。今儿个，嘿嘿，提前收工，半工算整工，工钱我带来了。吃完饭，你就直接从地里走吧。"地东说着，递过来几张钞票。

顺子不解地看看地东，又看看棒子地，明明还有不少的活儿，怎么不用他了？

"东家，我把这块地耪完再走吧？"

"不不，不累你了，我自个儿干得了。"小老头要哭了。

顺子突然想起，他打了十几天的短工，竟换了四五个雇主，在哪儿也干不长。这是怎么回事？

带着疑惑，顺子回了家。老娘正弯着腰往锅里贴菜饼子，里外不见那个好看的身影。

"她呢？"在娘面前，顺子还不好意思叫"玉蓉"这个名字。

老娘抬头擦擦汗："刚才扎了一会子花儿，说是回去找东西，就没回来。"

顺子扭头往外走。自打大白果出了那次事，为了躲麻烦，吃饭做活都在顺子家，只到了晚上，才和顺子一起回自己家睡觉。

顺子走进大白果的院门，屋门锁着。趴窗户往里望，也没人影。顺子的脑袋一下大了，返身跑上大街，迎面碰上一个船工伙计。

"六哥，看见……她了吗？"

船工伙计知道顺子问的是谁，笑笑："我见她跟翠秀回家了。"

"什么？"顺子吃一惊，撒腿就往翠秀家跑。

翠秀也是浑河沿出了名的女人。她男人赵二狗在固安县城当警备队，发的饷只顾自己吃喝玩乐，扔下老婆孩子不管不问。翠秀去找，赵二狗几句话打发回来："我是老西儿拉胡弦——自顾自。你回去想自个儿的辙。是偷，是抢，还是卖肉招人，随你的便！"

翠秀左思右想没出路，为嘴不惜身，心一横也干起那说不出口的营生。翠秀人不漂亮，屋里也不干净，可她会哄人，会逗笑，床笫间说不尽的风流，拉的客人也不少。不少船工把顶风钻浪挣来的卖命钱，都撂在了她的炕上。顺子原先也是她的常客，后来一心扑在大白果身上，再不串翠秀的门，翠秀气得鼻子都歪了，见了他俩就像见了死对头。今天翠秀把大白果领到她家，能有什么好？

顺子脚下生风来到翠秀门前，院门插着，扒着门缝往里看，屋门也关着。顺子侧耳细听，里面隐约传出"噼噼噗噗"的厮打声。顺子急火上涌，一纵身子蹿上墙头，跳进院内。正听见大白果喘吁吁地喊："姑奶奶跟你拼了！"

顺子不管好歹，一脚踹开门，立时呆住了。

（四）

大白果为了躲是非，这些日子一直闭门不出，跟着顺子妈做针线。顺子妈缝穷，她绣花，挣个仨瓜俩枣，补贴家用。

刚才，大白果绣了一阵花，觉得花样子不好看，想起自己箱子里有几个新鲜花样，就跟顺子妈打声招呼，回家去取。她没注意到，隐在墙角后的翠秀，随在了她的身后。

大白果打开箱子正在翻找，院里响起一个女人的声音："妹子在家吗？"

大白果隔着窗玻璃往外一看，翠秀扭扭搭搭走进来。

"你有什么事？"大白果堵在门口，心里很是诧异。她俩一个住村西，一个住村北，离得不太近，干的又是同一营生，同行是冤家，从不来往。

"坐得发闷，来找妹子说说话儿。"翠秀笑嘻嘻地看着大白果。

伸手不打笑脸人。大白果脸皮嫩，心里虽是疑惑，还是让开身子，让翠秀进了屋。

"哎哟，这么鲜活的花样子！"翠秀对着炕上的花样儿，惊惊乍乍地叫。"妹子也会针线活？就妹子的俏丽样儿，做出活儿来肯定好！"

女人都愿听奉承。翠秀几句话，就把大白果说高兴了，心里的戒备也跑得没了影："做不好，瞎凑合。"

翠秀一样一样地看，看一样"啧啧"几声。看完了，似乎有些遗憾："鲜活倒是鲜活，就是不新。荷花出水，喜鹊登枝，都是老套子。"

"是呀，都是早先买的呢。"大白果点头。

翠秀的眼睛突然一亮："妹子要用新鲜的，我那儿有。昨儿才从货郎担上买的，都是时新的样。"

"是吗？那可好！"大白果乐呵呵地随着翠秀走了。

两人进了翠秀家，翠秀把大白果领进东屋，说声："妹子先在这屋坐一会儿，我去西屋给你找。"就转身走了。

大白果坐在炕沿上，听脚步声从西屋出来，起身去挑门帘。手还没够到，门帘已从外面挑了起来，进来的不是翠秀，竟是让她又恨又怕的李大裤裆！

李大裤裆多日摸不着大白果，急得发疯，就来找翠秀解闷儿。说起大白果，他不住地叹气。

"你就那么想她？"翠秀心里酸溜溜的。

"想。"

翠秀刚要发火，眼珠一转又变了脸色："你真想见他，我有办法。不过……"

李大裤裆掏出一把票子摔过去。

翠秀嘻嘻一笑，揣起钱，趴在李大裤裆耳边嘀咕起来。

自此，翠秀天天在顺子家门前盯着。今天见大白果出了门，先跑去告诉李大裤裆在自己家等着，然后就去骗大白果。

李大裤裆盯着大白果看了好一阵，直看得大白果身子抖成一团，才哈哈地笑了："小娘们儿，孙猴儿再能耐，也跳不出如来佛的手掌心。今天，我看你还往哪儿跑！"

李大裤裆一步步进逼，大白果一步步后退。没几步，后背就顶住了墙壁。没退路了，大白果反倒镇静下来，她决定拼了性命也不能再受辱。顺子对她太好了，她要对得起心上人！

李大裤裆狞笑着，伸出毛茸茸的大手。大白果在被抓住肩头的一刹那，把长着长指甲的双手狠狠挠在李大裤裆的脸上。趁李大裤裆捂脸的当儿，大白果侧开身子往外屋跑。李大裤裆从后面拦腰抱住，抡起来就往炕上按。大白果蜷起腿狠命一蹬，正蹬在要害处。李大裤裆低哼一声，弓着腰蹲在地上。大白果跑进堂屋，谁知堂屋的门已被翠秀插上了。

李大裤裆怒吼着追出来："臭娘们儿，你敢对我下黑手！我要不给你点儿厉害的，你是不知道马王爷三只眼！"

李大裤裆揪着大白果的头发扯进屋，可怎么也降不住这只发了疯的母狮子。一扭头看见翠秀扒着门帘偷看，大喊："你个傻娘们儿，看西洋景呢？快，抱住她的腿！"

李大裤裆压住了大白果的上身，翠秀抱住了大白果的两腿，大白果被治住了。绝望中，她只得向翠秀求救："翠秀姐，看在都是女人的分上，你放开我……"

翠秀不吭声。她恨大白果，恨她把顺子抢了去。她怕李大裤裆，怕李大裤裆以后不饶她。她还想钱，如果这事不成功，李大裤裆一定会把钱要回去，这可不是个小数目，她舍不得。

恍恍惚惚中，一双大手已探进了她的腰际，受辱是不可避免了。想着顺子对她的柔情，想着顺子对她的包容，大白果流泪了。当她无助地将头扭向一边的时候，眼睛倏地一亮，靠墙的条几上，放着一把西瓜刀！她脑子里飞快地打了两个转，沙哑着嗓子喊："你们……住手，我……有话说！"

经过一番搏斗，李大裤裆也筋疲力尽了。听了大白果的话，停住手："你……有什么话？趁早顺应了我，省得……费事！"

"你放我起来，咱们好商量。"

"你甭跟我耍花拉屁股！"

"你还怕我跑出去？你们俩对我一个，我跑得了吗？反正硬扭着也是那样，顺顺溜溜的也是那样，干吗不痛痛快快呢？你放我起来，我顺着你就是了。"

李大裤裆看看大白果一动不动的身子、平平静静的脸，不像有什么邪念头，哈哈地笑了："早这样，多省事。你还不知道我？什么样的女人能逃过我的手？"

两个人松了手。大白果坐起来，长长地喘了几口气，看看李大裤裆，又看看翠秀，用手拢拢散乱的头发，艰难地站起来，假装踉跄一下，突然跑到条几前，把瓜刀抢在手里。

"他妈的，你敢耍我？"李大裤裆上来夺刀。

大白果把刀"唰"地一抢，一股冷风向李大裤裆脸上扑去："动！谁动我劈了谁！"

李大裤裆被镇住，翠秀更是躲在一边哆嗦去了。

大白果把刀举在胸前，边往外屋挪边骂："你们两个猪狗不如的东西！今天放我走便罢，不放，一把刀三条命，谁也别想落下囫囵尸首！"

就在这时，屋门被踹开，顺子闯了进来。

大白果一见顺子，"哇"地叫一声，两眼一翻，瘫在地上。

顺子一把揪住李大裤裆，抡拳就打："你个狗日的，不让人活呀！老子今天跟你对命了！"

李大裤裆此时心已虚了，一边躲闪，一边咋呼："顺子，你小子反天了，敢打我？我送你进警备队！"

顺子红了眼，多年的屈辱、仇恨全爆发出来。他拳脚交加，狠狠地打在李大裤裆的脸上、身上："你欺负人不吐核儿呀！老子打死你，为地方除害！"

李大裤裆被打得鼻青脸肿，瞅冷子挣脱开，跑到大街上，才跳着脚骂："周顺子，好你个王八蛋！三天之内不要了你的命，我是你生的！"

五

顺子从家里出来的时候，天还没放亮。他扛着锄，顺着弯曲的河堤匆匆地走着。昨天在人市上，双柳渡的大财主李半桩子雇了他。给人打短儿，都是天一亮就下地，干到日上三竿，东家把饭送到地头上，吃完接着干。双柳渡离河沿十多里路，顺子只能起五更。

顺子走出四五里，天渐渐亮了，一棵棵粗大的柳树、榆树，从堤坡上显现出来。

突然，"土牛"后跳出一个人，迎头站在了面前。顺子一惊，还没醒过神，身旁树后又钻出一个大汉，一把夺去他的大锄。顺子忙闪身撤步，与两位不速之客站成三足鼎立之势，以免受到前后夹击。

"不许动！"两把雪亮的尖刀直指顺子的胸膛。

借着熹微的晨光，顺子看清了两人的相貌。一个瘦小枯干，蔫巴梨似的脑袋上，长着两个比花生仁大不了多少的小耳朵。另一个五大三粗，宽大的脸颊上，有个二寸多长的伤疤，紫溜溜的，发着暗光。顺子心里一紧，他认识这两个人，一个外号叫"小耳朵"，一个外号叫"刀疤脸"，是浑河两岸有名的土匪头子"黑手阎王"的得力部下。两人都以心狠手辣著称，杀人不眨眼，死在他们手中的人不计其数。两人都有些功夫，手脚利索，三五人近身不得。尤其是"小耳朵"，灵如猿猴，身轻如燕，比"刀疤脸"还厉害几分。土匪们常在渡口来往，与船工都熟识，土匪不打扰船工，船工也不坏土匪的事。

顺子定定神，朝两人拱拱手："二位好汉，早啊。"

"刀疤脸"眼一瞪："少废话！你是土里死还是水里死？"

顺子强笑："二位爷看错眼了吧？我是渡口的顺子，去双柳渡打短儿。"

"错不了，等的就是你！"

顺子还想缓和气氛，摊开两手："我穷得挂起来能当钟敲，等我干什么？"

"小耳朵"冷哼一声："你就是有十万紫金，老子今天也不要，就要你的脑袋！"

顺子心知坏了，可还想拖延时间，希望有奇迹出现："二位爷跟我说笑吧？我跟二位爷可是往日无仇，近日无怨啊。"

"老子不管仇不仇怨不怨，只知道拿人钱财，替人消灾！"

"不知二位拿了谁的钱？"

"你他妈嫌死得慢呀？""刀疤脸"的刀子扎了过来。

顺子知道犯了土匪的忌讳，土匪是不允许问雇主的。见刀子扎来，顺子转身跑到堤边，纵身往下跳。

"小耳朵"大吼一声，几个箭步蹿上来，"唰"地一个扫堂腿。

顺子刚刚跳起，脚上挨了一下子，整个身子就像大鹏展翅样扑了下去。他本来运足了力气，再加上"小耳朵"的一脚，两股劲儿合成一股劲儿，足足飞出一丈多远，硬生生地摔在了埚塘边。幸亏他落地时两手先着了地，要不，不摔死也得震坏内脏。他顾不得疼痛，急忙扭头往上看，这一看，又吓出一身冷汗。"小耳朵"两只黑乎乎的脚，直冲冲正朝他的脑袋踏来。顺子顾不得多想，滚下大河。

"小耳朵"一看两招儿都没有得手，气得暴跳如雷："他奶奶，打了一辈子鹰，倒叫小家雀儿鹐了眼。地上宰不了，水里也得豁了你！"

"小耳朵"领先，"刀疤脸"随后，一起跳进沫翻浪滚的大河，去追赶顺子。

顺子下了河，就像鱼儿入了水，绷紧的心弦轻松了不少。在岸上，别说一对二，就是一对一，他也不是对手。可在水里，两个贼人就是小菜儿了。

顺子一边划水，脑袋里一边转圈子。看这架势，来者不善，这两个贼人不会放过他的。即使今天逃过了，明天、后天，也会来找他，不把他置于死地不会罢休。"奶奶的，等着做他们的刀下鬼，倒不如先让他们变成鱼肚里的食！伸头是一刀，缩头也是一刀，倒不如轰轰烈烈干他一家伙！"想着，拿定主意，膀子一横，朝河心游去。

顺子紧一阵，慢一阵，离两个贼人总不过两丈远，让他们看得见，摸不着，撩拨得两个狂傲的匪徒眼里出血，七窍冒烟。

太阳升到树梢的时候，顺子随着水溜儿来到渡口。天气还早，河岸上没有一个人。顺子探起身，深情地注视大白果卖早点的那间矮房子。

他现在明白了，送子弹、船上换人、打工被辞、贼人截杀，都是李大裤裆做的局，目的就是要拆散他和大白果，就是逼他认怂，就是想要他的命。

忽然，哗啦啦的水声中，传来闷牛似的吼声。顺子精神一振，王八坑到了！他要在这里与两个贼人来个了断。

"小耳朵"常在河边做"买卖"，熟知河里的情况，一听那低沉的闷吼，立刻惊慌起来："不好，到王八坑了！"

王八坑在一个拦河坝前，凶暴的河水因坝堤拦阻，越不过去，就折头盘旋，时间久了，就在坝前旋出一个深不见底的大坑。有人曾见从坑里爬出一个磨盘大的王八，后人就叫它王八坑。无论是船还是人，只要进入王八坑，生还的概率很小。

"小耳朵"一喊，"刀疤脸"也慌了："快跑！"两人舍了顺子，调头往岸边游。

顺子见二人想跑，翻身去追。几下游到"刀疤脸"身后，往前一纵，双手掐住他的脖子。"刀疤脸"缩颈弯腰，鹞子翻身，挣脱顺子的手，扬刀就往顺子的脸上扎。顺子身朝后仰，双腿蜷起，兔子蹬鹰，正正蹬在"刀疤脸"的肚子上。"刀疤脸"的刀子落空，顺着水势，一下滑了下去。顺子不再理他，转身去追"小耳朵"。

"小耳朵"身轻体巧，此时已游出两丈多远。顺子一个猛子潜入水中，抓住了"小耳朵"的一只脚。"小耳朵"双脚乱蹬，见蹬不开，也缩进水里，挺刀乱刺。顺子只得松开手，蹿出水面。不想这一蹿，竟蹿到"刀疤脸"眼前。"刀疤脸"抓住机会，扬刀扎来。顺子躲闪不及，只得抓住他的手腕子。两人一上一下，沉沉浮浮。

"小耳朵"见同伙不能取胜，举着刀子赶来帮忙。顺子把"刀疤脸"往前一推，可巧"小耳朵"的刀落下，一下扎在"刀疤脸"的颧骨上，在原有的伤疤上又增添了一道新的伤口。

"刀疤脸"一声惨叫，手一松，尖刀脱落，河水一个卷花，冲得无影无踪。

"小耳朵"误伤同伙，气得失去理智，"哇哇"怪叫着朝顺子乱捅乱刺。

一股巨大的暗力不知何时涌现出来，吸引着，裹挟着，三人像狂风中的柳絮，轻飘飘地旋转起来。

王八坑里浊浪滔天，一串串笸箩大的酒盅溜唰唰地旋转着，跑跳着，像贪婪的大嘴，把闯入的枯枝杂草，"呼噜呼噜"地吞下肚。黑洞洞的埠塘子，横七竖八的"挂柳"，显露着阴险可怖的狰狞面目。

三人围着王八坑，走马灯似的转圈子。

顺子并不怎么害怕，他早就把命豁出去了。他一面注意着贼人的举动，一面放松全身，任凭河水牵着他的身子转，他要抓紧时间缓缓劲。他知道，眼下还不到用力气的时候，拼命的时刻还在后面。

"小耳朵"和"刀疤脸"却火燎庙门慌了神。这两个只知风高放火，月黑杀人的恶魔，被凶险的水势吓坏了，拼着命地向外划。

"刀疤脸"被顺子灌了个头昏脑涨，又挨了"小耳朵"一刀，元气大伤。随着圈子越转越小，速度越转越快，他觉得两眼发花，浑身酸软，胳膊也重得抬不起来了。他意识到，等他失去最后一点儿抵抗力量，就会像那些枯枝杂草一样，被吸入水底，永世甭想出来。可游出漩涡也不可能，他没有能力挣脱河水的裹挟。唯一的办法，就是抓着埠塘的树桩爬上岸。当再一次转到埠塘下时，"刀疤脸"鼓起最后力气，挺起身子，猛扑过去。一排巨浪涌来，借势将"刀疤脸"摔在挂柳上。挂柳的柔枝细权早被河水斩断冲走，剩下一截儿一截儿的木桩，滑溜溜、白瘆瘆，如同一把把锋利的尖刀。"刀疤脸"被穿了个前胸透后背，死蛤蟆一样挂在上面。

"小耳朵"看到同伴的惨死，更乱了方寸，脚蹬手刨乱扑腾。顺子看时机已到，几下游到他身后，一手掐住后脖梗，一手托起大腿，狠狠扔进坑中心。巨大的漩涡卷着"小耳朵"，陀螺似的转，转着转着，"呼噜"一声，吸进河底。

断送了两个贼人的命，顺子松了口气。可没等他缓过劲儿，心弦又绷紧了，他也被卷进了漩涡的中心。飞快的旋转使他心慌意乱，脑仁儿似刀子剜，一扎一扎地疼。水下像有两个水鬼，抓着他的两脚，拼命往下拽。他知道，再这样下去，"小耳朵"的下场就是他的结局。他深吸一口气，猛地将身腾起，然后绷紧四肢，直直躺在水面上。终于，漩涡被顺子缠磨得失去耐性，狠狠一甩，把他甩了出去。

一场生死搏斗，耗尽了顺子所有力气，他半醒半睡地趴在水里，任凭河水冲着他往下漂。不知冲下多远，才靠到岸边。他哆哆嗦嗦爬上河坎，一头瘫倒在草地上。

迷迷糊糊中，顺子想起大白果。李大裤裆指使人害他，肯定也不会放过大白果。

果然，顺子跌跌撞撞跑回家，老娘告诉他，大白果被李大裤裆抓走了。

六

李大裤裆家的正房东间里，八仙桌的两旁，摆着两把太师椅，下手坐着李大裤裆，上手半躺半靠着一个胖大男人，这就是闻名浑河两岸的土匪头子——黑手阎王。

此时，黑手阎王满面春色，眯细着眼，贪婪地望着炕沿上的大白果。

大白果蓬松着头发，怔怔地坐着，刚才的一番挣扎、呼喊，已使她浑身没了丁点儿力气。

"嗯，水灵！"黑手阎王馋涎欲滴。

李大裤裆连忙奉承："大哥是赏花魁首，大哥说好，也不枉小弟的一番心意了。"

黑手阎王是李大裤裆请来的，他要把大白果送给他这个结拜的大哥。

李大裤裆不缺女人，以他的权势和钱财，浑河两岸上赶着他的女人有的是。他纠缠大白果，只是稀罕她的美丽，并没有真情。可大白果跟顺子好，这是他绝不允许的，他认为这是对他权威的挑战。在浑河沿，他伸手就是天，谁敢挑衅，他就叫对方姑子不得睡，和尚不得安。

"这么鲜嫩的小娘们儿，你怎么能……"黑手阎王看大白果披头散发的样子，似乎很怜惜。

"大哥说得对。只是，小娘们儿……不太听话。"李大裤裆应对着黑手阎王，转脸又劝大白果，"你看我大哥多喜欢你，你跟着他，就吃香的喝辣的吧。"

"对，跟老子走，做个压寨夫人，保你享不尽的福！"黑手阎王大咧咧走近前，伸手摸大白果的脸。

大白果"扑"通跪在地上："求求大爷，饶了我吧！"

黑手阎王一阵狂笑："老子从娘肚子里一坐胎，就没长饶人的心，要不，能叫黑手阎王？"

"我已经跟了顺子，我要跟他过日子！"大白果泪流满面。

"顺子？谁他妈是顺子？"黑手阎王瞪起眼，心里打翻了醋缸。

"大哥，就是我请你办的那个人！"李大裤裆朝黑手阎王眨眨眼。

"那个穷船花子？"黑手阎王呼出一口气，惋惜得直咂嘴，"你冰清玉洁的人，怎么两眼长到了脚后跟？你跟他，那不是一朵鲜花插在了牛粪上？"

"我就想跟他过踏实日子！"

"过你妈的蛋！"黑手阎王暴怒了，"你去打听打听，在浑河两岸，得罪了我的人，谁能活在世上？告诉你，那个王八蛋这会儿早被大卸八块，扔进河里喂了鱼！"

大白果霍地站起身，随即闷哼一声，倒在地上。

"妈的，死了？"黑手阎王有点傻眼。

李大裤裆嘻嘻一笑："她那是急火攻心，一会儿就醒了。大哥，趁小娘们儿这会儿老实，还不入洞房？完了事，弟兄们好喝你的喜酒。"

"好，好！"黑手阎王弯腰去抱大白果。

大白果睁开眼，一把将黑手阎王推开："别碰我！"

黑手阎王脸一红，缩回手，愣愣神，朝外面大喊："来人，给我拿袋白的来！"

一个小匪进来，把一袋大洋放在桌子上。

黑手阎王拿起布袋用手掂掂，里面发出"叮叮当当"悦耳的撞击声。黑手阎王打开口袋嘴儿，"哗"地倒在炕上："小娘们儿，我知道你们这种人喜欢钱。二百大洋，拿去。只要你顺了爷，要多少有多少！"

大白果只在那亮闪闪的银元上瞥一眼，就转过头："我不要钱。求求大爷，放了我，我愿过苦日子。"

"老子给你脸，你是一把一把往下撕啊！"黑手阎王再也忍不住，抬手抽了大白果一个嘴巴，"天堂有路你不走，那好，我送你下地狱！"掏出手枪就要打。

"别，别！"李大裤裆拦住。

"怎么，你舍不得？"黑手阎王两眼冒火。

"我是想……"

李大裤裆的话没说完，门口一乱，"呼噜噜"跑进几个人。

李大裤裆的眼立时直了，跑在守门土匪前面的，竟然是顺子！

"顺子！"大白果扑过去。

"玉蓉！"顺子叫着迎上来。

两人不顾李大裤裆，不顾黑手阎王，也不顾提枪持刀的众小匪，紧紧拥抱在一起。

"这他妈……"黑手阎王也蒙了。

李大裤裆趴在黑手阎王耳边嘀咕了几句。

"什么？他就是那个穷小子？"黑手阎王不相信地摇摇头，"那，那我的两个兄弟呢？"

"他们？"顺子搂着大白果的肩膀，回过头轻蔑地一笑，"早进王八坑喂王八了！"

"你怎么没死？"

"穷人命大，不容易死！"

"老子非让你死！"

顺子和大白果被捆绑起来，推搡着来到王八坑的埫塘上。这是李大裤裆的主意，说是用他俩祭奠"小耳朵"和"刀疤脸"。

望着层层叠叠的漩涡，望着滚滚而来的巨浪，顺子歉疚地说："玉蓉，是我害了你！"

大白果摇头："不，是我连累了你！"

"你不后悔？"

"这世上只有你给了我真爱，跟你死在一块儿，我愿意！"

"这样也好，我们能永远在一起了！"

大白果心里流着泪，脸上却挂着笑："是啊，我们在一起，真好！"

顺子探过身，亲亲大白果的脸："那，我们跳？"

"跳！"

两个跃起的身影，鸟儿一般投入飞转的漩涡中。

傻疙瘩和瘸妞妞

疙瘩自小没妈，跟着有痨病的爹长大。饿了，爹喂口棒子面粥；渴了，饮点儿井拔凉水。刚会跑，就满街蹿，这家树底下捡俩烂杏，那家院墙外拾把青枣，连泥带土填进经常瘪着的小肚皮。穷人家的孩子甜和人，别看整天吃糠咽菜，却长了个宽膀大身子，壮得赛条牛。跟人打赌，一胳肢窝下夹一包麦子，能围着大场转两个圈儿。可惜四肢发达，头脑简单，舌拙嘴笨，傻傻乎乎。在队里出工，刁钻的人总要挑肥拣瘦，不是这不合算，就是那不愿干。疙瘩不声不响，让干什么就干什么。反正身上的力气像井里的水，用了还长，干什么不一样？因此，人们就叫他傻疙瘩。世上很多事都是习惯成自然，时间长了，凡是脏活累活，都是疙瘩干，队长觉得合理，社员们也不认为有什么不合理。

前些年挣工分的时候，傻疙瘩成了他叔叔家的顶梁柱。疙瘩十六岁那年，爹死了。叔叔二能耐眯着眼睛一琢磨，疙瘩都十六了，又长得人高马大，不出两年就是个挣十分的棒劳力。反正一大家子，多做一个人的饭，也是放驴的打草——捎带手的事，在乡亲们眼里还落个好名声。于是，就去找疙瘩。坐在炕沿上，他望着这个傻不拉叽的侄子，栖栖惶惶的穷家，心里也很不好受，眼睛红了一阵子，说："疙瘩，跟叔叔过吧。"疙瘩正愁没人缝衣做饭，听叔叔一说，巴不得的，连忙点头答应。从此，疙瘩仍在自家房子里住，每天在叔叔家吃三顿饭，挣的工分全归二能耐。

二能耐过去做过小商贩，趸东卖西是他的拿手戏。南庄的集，北镇的庙，一回不落。一年得歇半年的工，挣的工分没有妇女多。一家子人不少，可尽是学生，鹰嘴鸭子爪——能吃不能拿，挣工分全仗着傻疙瘩。疙瘩傻实在，伶俐巧辩一点儿没有，赶集上店他不会，走亲访友不用他，不抽烟，不喝酒，整天就知道傻干活儿。二能耐对这个傻侄子倒不外待，家人吃什么给他吃什么，一年完了甭管好坏，也给他做件新衣服。但是，在使用上也充分显示了他的能耐。

下雨天不出工。二能耐看看坐在外屋锅台上，望着门外白蒙蒙雨雾发愣的疙瘩咳嗽一声："疙瘩，吃饱喝足，别尽待着，得活动活动消消食。"

"队里没活儿呀。"疙瘩发愁。

"没活儿找活儿呀。活人还能让尿憋死？队里的库房去年就漏了，这样大的雨，屋里还不成了河？你去找队长，这不就是活儿？"

疙瘩"嗯"一声，披块塑料布就走。

刮大风，浑黄的沙子遮暗了天地，沙粒打在脸上像针扎，队里又歇了工。二能耐对刚撂下饭碗的疙瘩说："你去找队长说说，去牲口棚起粪吧。棚里背风刮不着，一个人干活也随便，省得白白旷一天工。"

疙瘩脱下褂子往脑袋上一蒙，又去找队长。队长叹息："骡马还歇个风雨工呢，你呀，简直就是你叔叔的挣分机器！"

农村最苦最累最危险的活儿是淘井。五个人一眼井，外加一瓶白酒两盒烟，还是没人愿意干。二能耐一拍大腿，冲队长喊："你给我记五天的工，疙瘩我们爷俩包了！"疙瘩在井下挖淤泥，二能耐在井口摇辘轳，二能耐不说换，疙瘩也不要求上去，一鼓作气淘完算。疙瘩累得脸发黄，冻得嘴发青，二能耐一下挣了五十个工分，还独享了两盒香烟一瓶酒。

就这样，年年结算贴工分榜，疙瘩年年数第一。他歪歪踹踹长到二十六，没有饿死，也没撑着。

施行责任制后，人们就像干坑的鱼又遇到了水，龙腾虎跃地折腾开了。二能耐有了用武之地，带着两个和他一样能耐的儿子，山南海北地跑起来。傻疙瘩这回可傻了眼，站在一旁干鼓肚子插不上手。

"挺大的个子，吃不少吃，喝不少喝，怎么就那么废物！"二能耐擦着锃亮的皮鞋，训斥侄子。"往后就得凭能耐吃饭了，像你这样的，说，是个没嘴的葫芦；动心眼，死榆木疙瘩一个，吃屁都赶不上热乎的！唉，谁让我当初揽下这事呢？到如今……这样吧，往后我和你两个弟弟往外跑，家里这十亩责任田就归你管。多卖点儿力气，把田种好。哼，这么没出息，看将来谁喂你！"

二能耐万万没想到，当他再一次从外地回来的时候，傻疙瘩竟跟他说要娶瘸妞妞，另立门户单做饭。

妞妞长得纤细娇小，眉目清秀，一双不大不小的杏核眼，水灵灵的，招人爱。如果坐着不动，比画上的美人差不到哪儿去。可惜，小儿麻痹症坏了她一条腿。

妞妞是个老丫头，还没长成人父母就相继去世，在哥嫂手下讨饭吃。嫂子算破天是村里妇女中的人尖子，别说做赔本的买卖，就是赚少了都得哭三天。这个瘸小姑子简直堵了她的心，涨了她的眼，恨不得一下子把她铲出去。妞妞刚刚十八岁，她就四处托人给找主儿。

别看妞妞腿瘸，人可心灵手巧有算计。她知道自己的缺陷，腿脚不行，就练手上的功夫，裁剪缝连、扎花绣朵、炒菜做饭，都拿得起来。后来，在姥姥家住了两个月，跟舅舅学会了织苇席、串盖帘儿。可那年月，条条财路都堵死，纵有手艺也枉然。妞妞只好翘拉着一条残腿，像只不讨人喜欢的小猫，一天到晚受白眼。

俗话说，有剩男没剩女。有人来提亲，男方是个六十岁的老干部，一个月大把的退休金。

"这可是打着灯笼找不着的好主儿，"媒人笑嘻嘻的，像立了大功，"老头子钱有的是！老伴死了，一个人闷得慌。你过去什么都不用干，就是给老头子解闷儿。好吃好喝不干活儿，这样的美事哪儿找去？"

"有这好事，怎么不让你闺女去？"妞妞柳眉一竖翻了脸，"把一个十八九岁的黄花大姑娘，说给个老棺材瓢子，你就不怕损阴坏德遭天报？"

"一家女儿百家问。不愿意拉倒，何必出口伤人？"媒人也火了。

"我伤人？是你拿我不当人！"

媒人抱着脑袋逃出屋，也脸红脸白的，不自在。

妞妞心气高，她就不服这口气。她相信自己有劳动能力，完全可以自立，像正常人那样生活。让她嫁给七老八十的、缺鼻子少眼的，当废品处理，她至死不干。但她也不想找条件好的，她有自知之明，知道自己的分量。样样行才能往人前站，哪样不行都会被人看不起，亲骨肉也不行。她不想吃现成饭，那样她要拿自己的人格做代价。她也不想拖累人，那样她就矮人一头。她立志自挣自吃，弄来糠吃糠，弄来面吃面，不欠谁的情，不看谁的脸，心里舒坦。就这样，一拖再拖，一直拖到二十五，还是个没根的苤蓬。气得算破天直嘟囔："什么公主选驸马，小姐挑姑爷，这个不行，那个不满意。有个主儿走了得了，以为谁待见你？"不过，生气归生气，她也没办法。妞妞终究是个人，不能像小猫小狗那样掐巴死。

改革开放后，人人八仙过海，各显其能，算破天可抓了丫子。她虽然号称算破天，平日也就是算计东家一瓢糠，多拿西家两把米，盛菜撇油，喝汤捞底，真本事一样没有。

看到别人都有来钱之路，小日子越过越红火，算破天心里起急，没有别的辙，就把火撒在男人身上："托生个大×老爷们儿，整天就是胡吃闷睡，一点儿拿'嘎'的地方都没有，活活一个窝囊废！长眼就没看见别人在干什么？将来人家成了财主，你们一家大小拉棍儿要饭，活现世！"

妞妞的哥哥的腿虽不瘸，却生来胆小，怕媳妇，见算破天发火，只会把脑袋一抱，蹲在炕上不吭声。

"瞧你个熊样儿，就会低着脑袋跟××算账！我哪辈子没干好事，遇上你这么个烟不出火不冒的玩意儿！"

泥人也有土性。当着几个孩子，被媳妇骂得啃土，妞妞哥也发了火，抬起头嘟囔："我废物，你找有能耐的去呀！"

"什么？"算破天不承想男人敢顶撞她，更是火上浇油，两脚往地上一跺，母狮子一样扑上去："好，咱这就离婚！"

妞妞哥没防备，让算破天一下子扑了个四脚朝天，脑袋"咚"地磕在窗台上，两口子叽里咕噜在炕上抓挠起来。一时大人喊孩子哭，乱腾得成了一锅粥。

正在不可开交，妞妞一瘸一拐地从外面进来。一看这情景，她忙劝："哥哥，嫂子，别打了！"

算破天停住手，恶狠狠瞪妞妞一眼，鼻子里哼一声，坐在椅子上喘气。妞妞哥从炕上爬起来，不声不吭地擦被媳妇抓破的脸。

"哥，嫂子，"妞妞把身子靠在炕沿上，谁也不看地开了口："我去问南院的福昌叔了；他刚从集上回来。他说眼下盖新房的多，苇席下去得块，丈席八九块，连二的十五六。嫂子，你让我哥买点儿苇子，我织席。按市价估算，一个月能赚二百块。"

"真的？"算破天阴沉的脸一下变了样，眼里露出惊喜的光。

背地里，两口子嘀咕又嘀咕，最后决定给妞妞买几百斤苇子试试。反正也没别的路走，死马权当活马医。

没想到，妞妞第一批苇子织完，算破天两口子把席弄到集上，不到半天就被抢光，一下子赚了六七十块。算破天乐坏了，就又从集上拉回一车苇子。从此，妞妞就没黑没白地织起席来，地位也和从前翻了过儿。有人来提亲，算破天左拦右挡，说出的话能让石头掉眼泪："孩子他姑自小没爹没妈，腿脚又不好，这么早嫁人，我们做哥嫂的可舍不得。过几年再说吧！"好不容易找到棵摇钱树，哪能轻易放走？她要紧紧搂住，狠狠摇几年。

算破天门前有棵大槐树，浓荫遮地，妞妞就在树下织苇席。二能耐的责任田在村西，疙瘩下地、回家，天天从大槐树旁边过。

"疙瘩哥！"

妞妞坐在织了一半的苇席上，朝疙瘩招手。别人都叫傻疙瘩，唯独妞妞张口闭口"疙瘩哥"。妞妞不承认疙瘩傻，说他是心眼实。

疙瘩抬头四处看看，刚过午的太阳像一团火，晒得地面闪闪烁烁冒紫烟。街上静静的，一个人影也不见。只有鸡炸开翅膀，在树荫下打沙窝；狗伸着舌头，躲在墙根散热。他讪讪地走到槐树下。

"干吗？"

"让你来凉快凉快。这么早就下地，还不把人烤糊喽？"妞妞笑吟吟的。

疙瘩看见，妞妞一笑，脸上就现出两个小坑儿，特好看。

"我叔说，这十亩地交给我了，我得好好干，不能让他老骂我废物。"疙瘩解开怀，用褂子前襟扇风。在妞妞面前，他的舌头好使多了。

妞妞的嘴角抽动一下，慢慢低下头。好一会儿，她才悠悠地问："你怎么好好干？"

"耪呗。"

"尽耪？"

"嗯。我有的是力气，老耪老耪，把地耪得暄暄的，能不多打粮食？"

"耪几遍了？"

"五遍。"

"哎哟，妈咃！"妞妞咯咯地笑起来，"棒子苗还没半人高，你就耪了五遍。等到棒子熟，你得耪多少遍？你可真是个傻……嘻嘻！"

疙瘩又看见了妞妞脸上那两个小坑儿。不知为什么，他一看见那两个小坑儿，心里就甜甜的，也跟着笑起来。

"嘿嘿，我身上有劲儿，不使出来，难受。"

"那，帮我轧篾子吧。"

"行！"

疙瘩脱下小褂，露出一包一块的腱子肉，拉起牛腰似的大碌碡，骨碌骨碌地轧起来。轧一会儿，停下，一边擦汗，一边看妞妞。妞妞的两只手那么灵巧地一动一动，绵软柔长的苇篾子"唰唰唰"地飞转跳跃，像一条条小金龙，在她面前打滚儿、撒欢儿。碰巧妞妞一抬头，四目相对，妞妞抿嘴儿一笑，疙瘩慌忙低下头，两腿像添了千斤力，拉得大碌碡"吱扭——吱扭"一阵阵地响。

大槐树下成了他们"幽会"的场所。每天吃完午饭，别人都歇晌了，疙瘩就扛着锄来到树下。妞妞需要轧篾子，疙瘩就帮她轧，没有活儿干，疙瘩就看妞妞编苇席，和她说闲话。等人们起晌了，疙瘩才去耪地。不过，他干活没有过去踏实了，他的心掉在了大槐树下。而妞妞，也常望着疙瘩那宽阔雄壮的背影，久久发呆……

　　这天，疙瘩在叔叔家吃完饭，觉得身子有些不舒服，回到自己那两间小房，扔下锄头烧水喝。他每天除吃饭在叔叔家，从不在叔叔家多待，撂下碗筷抹嘴就走。他知道那家人没谁喜欢他，他也不毛毛虫摆菜碟——越嫌（咸）越咕蠕。近日连下了几场雨，他家没有放柴禾的棚子，所有柴草都被淋得透湿，湿柴的浓烟呛得疙瘩鼻涕眼泪流了一脸。他撅着屁股吹了好一阵，灶膛里仍是只冒烟不起火，赌气摔掉烧火棍，拿瓢去舀凉水喝。农村人大多是喝凉水的，疙瘩更是。只是今天肚子里着凉了，咕咕响，听人说喝开水能暖肠胃，才想烧碗热水，不料连火都点不着。拿着水瓢，疙瘩眼里流出的泪水更多了。就在这时，一个甜脆的声音在耳边响起："疙瘩哥！"

　　疙瘩扭过头，只觉眼前一亮，忙抹去辛酸泪。妞妞挂着单拐站在门口，笑吟吟地望着他。

　　"你，你怎么来了？"疙瘩心里乐，说话却傻乎乎的。

　　"等你不来，怕你病了，来……看看。"妞妞脸红了，红得艳若桃花。

　　"我……肚子不得劲。"疙瘩实话实说。

　　"真病了？"妞妞跨进屋，把手贴在疙瘩脑门上。

　　那双手虽被苇篾磨得糙糙拉拉，但疙瘩却觉得无比柔软，无比温暖，肚内的不舒服跑得无影无踪。

　　"没事，想……喝点儿热水。"疙瘩本想说，你一来病就好了，可他张了张嘴，没敢说出口。

　　"你可真是，个子大得像骆驼，连个灶火都点不着。"妞妞娇嗔着，把拐倚在锅台上，跪下身，拿烧火棍在灶膛里搅搅，轻轻一吹，"呼"，一股火舌蹿出灶门。

　　"添水呀，锅都烧红了！"妞妞朝傻站着的疙瘩喊。

　　疙瘩抄起一桶水，哗地倒进多半桶。

　　妞妞又埋怨："真是傻了个贴乎。倒那么多，你喝得完？"

"不是你来了吗？我怕不够。"疙瘩咧着嘴憨笑。

妞妞的杏核眼像两潭明媚的湖水，春意在里面荡漾："今儿不喝，以后……再……"

"行，哪天喝都行，我给你烧！"

"傻德性！"妞妞的心里像有只小船在摇，颤悠悠的，有些晕。她乜斜着眼瞟着疙瘩，亲昵地在心里骂。

"疙瘩哥，别人都在成家立业，发家致富，你就这么下去吗？"妞妞见疙瘩不说话，只得开口引导。

"不这样还能怎么着？我狗屁都不会！"疙瘩很是无奈。

"我有个好差事，既能发家，又能致富，你愿不愿干？"妞妞看出来了，在这个直肠人面前，拐弯抹角是白搭工夫，不如打开天窗说亮话。

"愿，怎么不愿？"

"我可有条件。"

"说呗。"

"咱俩……搭伙，一块儿干。"

"行！"

"我当家，说了算。"

"行，我都听你的。"

"真……的？"

疙瘩忽然觉出妞妞的话音有些不对劲，细一打量，心里不由"咯噔"一声。妞妞的眼里正闪着一股他从未见过的光，那光就像变戏法师傅手里的那根小棍儿，一下点醒了他心中一直沉睡的什么东西，闹得他烦躁躁、惊慌慌的。

妞妞往前挪了两步，抓住疙瘩的手，仰着脸，颤巍巍地叫："疙瘩哥……"

微温的鼻息和女人身上特有的香味，一齐钻进疙瘩那闻惯了炊烟、霉味的鼻孔，他觉得那个刚被点醒的东西潮水一般从心底猛烈喷射出来，整个身子似乎都要爆炸，不由自主张开双臂，把贴在胸前的纤小肉体紧搂在怀里。

晚上，两人各自跟家人商量。

疙瘩很顺利。二能耐听完他的话，不认识似的看了他一会儿，说："这可是你自个儿提出来的，不是叔不要你。既是出去了，就别再找我！"然后给他五十块钱，又拨给他二亩地，算是清账，两不欠。

婶子看着走出门的疙瘩，不由叹息："一个傻子，一个瘸子，这日子怎么过？"

二能耐咂咂嘴："这叫瘸驴配破磨。他走了正好，咱还省了心！"

妞妞可费了大周折。

算破天没听妞妞说完，就连着蹦了几个高，拍着屁股叫："不行！养你二十多年，没效过一点儿力。刚能挣俩钱，就想飞？门儿也没有！"

妞妞不慌不忙，一字一板地和算破天讲理："嫂子，你人灵心透，这个道理应该明白。花开能有几日红？我都二十五了，好时候还有多少日子？真等我褪了色，又瘸着一条腿，谁还要我？你就忍心让我夹锅老，炕头埋？再说，这些年我虽然没到队里挣工分，可给你一家大小当使唤丫头，炒菜做饭，蹾猪喂鸡，扫地抹桌子，哪样不是我？最近，我更是没黑没白，已经给你们赚了一千多块钱。你还要怎么着？"

"你想嫁人，以前给你找了那么多主儿，为什么不走？"

"你找的都是什么人？不是歪瓜裂枣，就是老头子，我不愿意！"

"傻疙瘩就好了？"

"疙瘩不傻，他是心眼实。跟他一起过日子，我高兴，我踏实。"

算破天驳不倒妞妞，就耍无赖："你甭小嘴叭儿叭儿地胡搅蛮缠，就是说下大天来，我也不让你走！"

妞妞求救地望向哥哥。

哥哥刚要开腔，算破天一瞪眼，又憋了回去。

妞妞无法，只好搬来老支书。

算破天见了老支书，立时换了面孔改了词儿："书记呀，我不是硬留着孩子他姑不让走，我是为他们担心。两个废物，能过日子？真要是拉棍要了饭，我们做哥嫂的脸上无光，也给大队现眼呀！"

"嫂子，这你放心。蛇有蛇路，鼠有鼠道，老天爷饿不死瞎眼的雀儿。这话搁在前些年我不敢说，现在，我相信，我们不会比谁过得差！"

"你非要走，可别怨我狠心，我是任嘛不给！"

"好汉不吃分家饭，好女不穿陪嫁衣。你就是给我，我也不要。我有两只手，自己挣来的饭吃着香，自己挣来的衣穿着暖。嫂子，你就把心放肚子里吧！"妞妞倔强地仰起头。

"好，妞妞，有骨气！"老支书伸出大拇指。

"书记您先别夸我。有道是，话好说，事难做。大队还得支持我们呀！"

"需要什么，尽管说。"

"把村西那个苇塘包给我！"

"我以为什么大事，行。那个苇塘多少年了，人割羊啃，队里没得过一点儿利，扔着也是扔着，就当闲散地送你吧。"

"不，我不白要。"

"也好。回头队里研究研究，定个价，你再签合同。"

傻疙瘩和瘸妞妞结婚了，没摆席，没请客，一块荒废的苇塘做嫁妆。妞妞对前来贺喜的人说："等我们发了家，再请大伙儿喝个够！"

二捣蛋

一

因为河道空旷没有阻挡，晚风便顺着河道无声地爬，温温柔柔的。天幕上的星星满满的，不停地眨眼，显得怪神秘。远远地，浑河堤下的田间路上涌来一群青年男女，渐来渐近，嘻嘻哈哈的欢颜笑语旋起一股热浪，冲向四面八方。晚风便有了声响，星星也像有了动作，神秘的夜空便就不再神秘。

"鞋儿破，帽儿破，身上的袈裟破……"一个粗拉拉的嗓音从人群中响起，荒腔野调，却又极动人。

"二捣蛋，让你媳妇给缝缝呀！"有人起哄。

"媳妇？我媳妇还不知丈母娘给没给生哩！"随着喊声，一个黑影跳到路旁，"姐妹们，谁可怜可怜我，先给我缝缝？"

"哎哟，讨厌！"

"二捣蛋，你缺德！"

姑娘们发出尖声尖气的骂。

二捣蛋满不在乎，哈哈几声，摇晃着膀子唱咧咧地往前走了。

二捣蛋从打一出生就不安分。娘怀他七个月，顶着刺骨扎肉的北风去平整土地，小车轱辘轧在冻土块上，车翻人倒。车把透过娘的破棉袄和热肚皮杵到了他，他便暴怒地挥起小拳头，蹬起瘦腿，来了一场大闹天宫，疼得娘在地上打滚，三九天热汗流得像下雨。爹把娘抱上推土的小车，风风火火地跑回家。刚在土炕上安置好，他就迫不及待地冲到了人世。七活八不活，他活了，但终于晚了一步，前头已有了哥哥万福，他只好屈居第二，取名万顺。娘肚里那般狭小，他尚且惹着一点儿都不依不饶，人世上这般宏大，他自然更无所顾忌，一天到晚惹是生非。娘恨得牙痒痒，又爱得心肉疼，不叫他名字，咬牙切齿喊二捣蛋。

如今，浑河沿家家都有了电视，可家家的年轻人不着家。每当天一黑，二捣蛋站在当街，野驴似的吼几嗓子，姑娘小伙儿们便不顾爹娘的呵斥、唠叨，聚在一起，打着闹着，东村看电影，西村看录像。片子好坏不在乎，看重的是来回路上的说笑哄闹。

二捣蛋早已不是刚到人世时的那副癞猫样，羊蹄似的小拳头长成蒜钵大，麻秆细腿粗得像柱子。敦敦实实的身板，方方正正的脸膛，已是一个彪彪虎虎的大汉子。

小路随着河堤拐了个弯儿，钻进一片梨园。时值六月，水嫩嫩的青梨已有核桃大，枝枝杈杈被压得弯下腰，静静地显出一派沉重。梨树行之间的空地上，种着一垄垄盖膜西瓜，肥大的绿叶下遮掩着一片黑乎乎的圆。

"弟兄们，见吃不吃为呆也。陈景伯老小子吃肉，咱也喝点儿汤！"

二捣蛋吆喝一声，双脚一跺蹦起来，"唰唰"两声，把嫩梨连枝带叶掠下来，扔进嘴里，"嘎巴嘎巴"嚼得一片声响。待吮尽汁水，鼓起腮，"噗！"梨渣从唇间喷出，直直射出两米远。然后跑进瓜地，"嘭嘭"弹两弹，揪下个柳斗大的，一拳砸开，五根指头如五爪钢钩，三抓两挠，鲜凌凌的瓜瓤变成黏糊糊的蜜水，仰起脖子，"咕咚咕咚"，牛饮一样，连同瓜籽带手上的泥污一齐喝下去，炸雷一般喊一声："景伯叔，送你个官帽儿戴！"拧腰扬臂，两个空瓜瓢滴溜溜飞向树丛中的瓜棚。陈景伯听见人声忙下铺，脚刚落地，空瓜瓢在面前炸裂，汁汁水水溅了两裤腿，惊得跳两跳，日奶奶翻祖宗地骂。二捣蛋呵呵大笑，蜷起手指塞进嘴，"吱——"的一声尖啸，震得姑娘们妈呀妈呀直捂耳朵。

有人暗中碰碰二捣蛋的胳膊："你别……"

"别什么？"二捣蛋不在乎，"他陈景伯喝全村人的血，我吃他个西瓜算屁事？"

"爱菊……"

"爱菊怎么了？她也不能不承认她爸爸占了大伙儿的便宜！"二捣蛋仍是高腔大嗓，"爱菊，你说，你爸爸承包这片果园，是不是有猫腻？"

爱菊夹在人群中默默地走，听见问，慌了手脚，嗫嚅半天，才说："我不知道！"

"你不知道？连你也是全村人的血汗喂大的！"二捣蛋鼻子里重重哼一声，头也不回地走了。

二

电影场上很静，夜空中弥漫着悠扬的音乐和剧中人的对话声。突然，人群中一声惊叫，紧接着传出带着哭腔的喊叫："臭流氓，不要脸！"

是爱菊。

"干吗骂人？你怎么啦？"

"流氓？流你哪儿了？"

几个小伙子围在爱菊身边，怪声怪气地笑。

爱菊说不出口"怎么了"，更不敢说"流"了哪儿，捂着脸呜呜地哭。

二捣蛋从黑影里钻出来，双手一扒拉，分开人群，抢到爱菊跟前。操！左右开弓，往那笑成一朵花的脸上扇了两个嘴巴。操！又一抬脚，把另一个踢得蹲在了地上。

本村人吃了亏，自然不答应，呼啦啦围上来，乱哄哄一片喊打声。操！打！二捣蛋旋风般一转身，敞着怀的小褂蛇蜕皮一样飘到地上，光着膀子提着拳，在人圈里横闯竖跳。不敢打不是爹揍的！

电影机的光束被挡住，银幕上一片慌乱的影子。

为什么打人？村干部走过来，威风凛凛。

该打！二捣蛋抹抹嘴角的唾沫，噗噗地喘气。

为什么打人？！村干部的声音高上去八度，更显威严。

该打！二捣蛋的声音也高上去，还晃了一下脑袋。

"妈的，敢捣蛋，捆起来！"村干部骂上了。

"妈的，癞狗窝里横，有种出村试试！"二捣蛋回骂，眼珠子快要瞪出眼眶。

村干部愣住了，好半天，吼一声："都老实看电影！"便走开了。

电影的尾音还在飘扬，二捣蛋悄悄挤出人群，来到场边的柴禾垛，抽出一根一把粗细，七八尺长的柳木棍，捋掉枝杈，抡两抡，呼呼风响，折几折，颤颤巍巍。他一手握棒头，一手叉腰，虎视眈眈盯着人群。

电影音乐戛然而止，人群大乱，然后像涓涓细流，一股股没入黑暗。

没人来骚惹，二捣蛋并不松心。他站在暗处，耳朵竖得尖尖，眼睛瞪得圆圆，两条胳膊绷起一道道肉棱子。直到街上没了声息，黑漆漆的窗户一个个亮起来。二捣蛋才咳嗽一声，在黑暗、空旷的夜空里显得无比洪亮。然后，将木棍抡了个圆，双手横端，挺直胸，腆起肚，在大街中心威武地走。走出村口，竟连狗都没有吠一声。

二捣蛋嘿嘿地笑了，得意地将柳棍耍几个棒花，狠狠地抛向村里。然后扯下裤子，叉开腿，哗哗地好一通发泄。

二捣蛋甩手甩脚地走。黑乎乎的树丛里忽然钻出一个人。二捣蛋一惊，后跳几步，弯下腰，双拳举到胸前。

"万顺哥。"柔柔怯怯的声音飘出来，是爱菊。

"哎呀呀，"二捣蛋呼出一口长气，抬手抹去额头的汗，"吓了我一脑袋头发！"

"万顺哥。"爱菊叫着走上来。

"你怎么不回家？"二捣蛋被爱菊叫得很不自然，不应，反问。

"我……等你。"爱菊可怜巴巴的。

"嗯？"

"我怕人家打你。"

二捣蛋的心落下来："妈的，狗都没出来一个！"笑声传出老远，带着自豪，也带着些许遗憾。

两个人并肩走，一个粗壮，一个纤细。路旁的树丛时不时发出窸窸窣窣的声音，似乎隐藏着什么阴谋或诡谲，使得纤细总往粗壮跟前靠。一股豪气从二捣蛋心底升起，使劲挥开膀子，于是，粗壮便显得愈加粗壮。

进村来到二捣蛋家，爱菊说明儿见。

"救人救到底，送人送到家。我送你。"二捣蛋看着空荡荡的大街。

"那就谢谢了。"

"谢什么谢？"

二捣蛋直把爱菊送到家，看着她插好大门，才调头往回走。

三

二捣蛋光着膀子钻出棒子棵儿，浑身湿漉漉的像刚从水里捞出来样。

小褂丢在电影场了，他懒得找，就那样光着。毒太阳把肉皮晒得紫红，棒子叶又在紫红上添了不少纵横交错的血道道。

他呼呼地深吸几口气，把大锄戳在地头，走下河坎，一个猛子扎进河里。河水凉津津的，滋润得他"哎呀哎呀"一个劲地叫。

"万顺哥！"

二捣蛋在河里洗净身子，清爽爽地爬上岸。爱菊隐在树后，朝他招手。

他走过去。水滴油汪汪地挂满一身，被夕阳一照，像滚动的珍珠。

"万顺哥，我给你买了一件小褂。"爱菊递过一个纸包，羞答答地低了头。

"干吗？"二捣蛋睁大眼。

"你的褂子……是为我丢的，我赔你。"

"鸡毛小事！"二捣蛋摆摆手，不屑一提。

"可我都买了……"爱菊有些失望。

"给你家里人穿。"

"我家谁穿？爸爸老了，弟弟还小。"

"那，我穿！"二捣蛋接过来，抖开，是一件的确良花格汗衫。穿在身上，不肥不瘦，极合身。二捣蛋心里感觉十分熨帖，抬眼朝爱菊望去。爱菊也正对他笑，脸像西天的云霞。在那流光溢彩的眼睛里，自己显得那么清晰。二捣蛋忙闪开，让自己逃出来，低下头抻扯袖子上的褶皱。

"万顺哥。"爱菊又叫。

"嗯？"

"有人给我……说对象……"

"那好啊。说定了就嫁过去，早结婚早生孩儿！"二捣蛋笑得鼻孔朝天。

"看你，人家跟你说正事！"爱菊羞恼了。

"干吗跟我说？"二捣蛋仍是嬉笑。

"我……"热血涌上爱菊白嫩的脸，红艳得像要透过脸皮渗出来，"人家……相信你嘛，想让你给拿个主意。"

"这……"二捣蛋愣一愣，庄重起来，"谁？"

"赵玉山。"

"什么？！"二捣蛋的眼珠子差点儿迸出来。脑海里立刻浮出邻村那个瘦小、猥琐的同学。如今他在镇上开了个时装裁缝店，发了，有钱就往女人身上使，闹出不少花花绿绿的事。店里雇用的那几个漂亮女孩，据说都和他有一腿。

"你怎么会看上他？"二捣蛋瞪着爱菊。

"是我爸……"爱菊很无奈，"他说赵玉山有钱，还说，赵玉山的叔叔是副乡长……"

"他就不说赵玉山会耍流氓？"二捣蛋怒吼着打断爱菊。

"看你，人家不是找你拿主意吗？"

爱菊嘟起好看的小嘴，说不出的委屈。

"不行！"二捣蛋一摆头，嘴中迸出的两个字，像直撅撅的两颗钉。

"那……谁行？"爱菊紧盯着问一句，两眼亮亮的、深深的，像两潭秋水。长睫毛忽闪忽闪，像被风吹动的潭边芦苇。

"你自个儿想！"二捣蛋心里忽然有些发虚，狠狠甩下一句，头也不回地走下河堤。

"我去找你爸！"好一会儿，堤下的树丛里又吼出一句。

（四）

陈景伯看着小山一样的瓜堆，看着蹲在树荫下吸溜吸溜啃瓜的两个瓜贩子，想着就要到手的一千多块钱，心里乐得直打战。

他妈的！陈景伯轻轻地吐口气，兴奋得暗骂。他当浑河沿的队长，至今已近二十年。这些年里，虽然是大河有水小河满，他家一直是村里的拔尖户，可什么时候见过这么多的钱？想想开始落实责任制时还死抱着大队的破烂不分，真是二百五！

陈景伯四下打量着。天蓝蓝的，地阔阔的，被风掀动的梨叶、瓜叶，像一张张大票子，兴高采烈地向他招手。他承包这片梨园赚大了，光梨树行之间的农作物收入，就足够交承包款，等于全村人栽的梨树白送了他。他知道人们恨他，背地里把他八辈祖宗都骂了个遍。可他不在乎，自古来就是骂人的满嘴流血，吃肉的满嘴流油。浑河沿的队长他当着，谁能把他怎么样？况且今后和赵玉山攀上亲，有副乡长做后台，他就更是一方"诸侯"了。

"掌柜的，咱得商量商量。"

两个瓜贩子打着饱嗝，甩着手上的汁水走过来。

"嗯？"陈景伯转过神，想起刚才两人嘀嘀咕咕的情景，立刻警惕起来，"商量什么？"

"你要的价钱咬手，我们受不了。"一个瓜贩子摇头皱眉，满脸苦相。

"那不行，瓜价是咱们事先商定的！"陈景伯一听就急了。

"我说老哥，你也太狠了，不能你吃肉连骨头都不让我们啃呀！我们哥儿俩也是拉家带口，不能大小姐开窑子光图乐儿，赔本赚吆喝！"另一个嬉皮笑脸，流里流气。

"狠不狠由你们去说。反正价钱是事先商定的，不能瓜摘下来又变价！"陈景伯看出两个瓜贩子想要滑头，一口咬定不变价。

"那好，"两个瓜贩子对对眼神，起身就走，"买卖不成仁义在，咱们两便吧！"

"别走，你们不能走！"陈景伯慌得随后就追。这堆瓜不是小数目，如果他们不要，再找车往城里送，一耽搁就是一天一夜，鲜瓜水菜，亏分量不说，还得出车钱。最可怕的是他摘瓜时使了坏心眼，到城里就露了馅。

"你们这是坑我呀！"陈景伯拉住一个瓜贩子不放。

"谁坑谁呀？"瓜贩子露出一脸凶相。

陈景伯忙放开手，惊恐地眨着眼。他听说过，因争瓜价，曾有不少瓜农被瓜贩子打伤。

"降价三成。卖，我们装车。不卖，你就等着它变成蔫茄子吧！"瓜贩子看出陈景伯的软肋，更加趾高气扬。

"你……你们……"陈景伯急得颤抖着手说不出话。

"怎么回事？"二捣蛋来到面前。

"二……万顺，他们欺负我！"陈景伯见了救星一般，忙忙把事情原委说了。

"嗯？"二捣蛋瞪起眼。

"这位小兄弟，"瓜贩子在这个壮汉面前，口气也软了，"自古说，买卖买卖，就是有买有卖。你愿卖我愿买，才成买卖。你不卖我不买，就一拍两散。是不是这个理儿？"

二捣蛋快被这绕口令给绕蒙了，不过，他还是点了头。

"万顺，不能让他们走！"陈景伯紧着叫。

"人家不愿买，你能强卖？"

"二捣蛋，你胳膊肘往外拐！"

瓜贩子乐了："还是这个小兄弟明事理！"转身要上车。

"慢！"二捣蛋伸手拦住，"你们吃的瓜得给钱！"

"在瓜地吃瓜，不都是白吃吗？"瓜贩子也是行家。

"买卖做成，白吃。没做成，不能白吃。"

"得，给钱！两块行了吧？"

"不行，三个瓜，一千五！"

"你杀人呀！"瓜贩子大吃一惊。

"哼哼，"二捣蛋一声冷笑，倏地变了脸，"欺负人欺负到家门口，真以为浑河沿没人了？废话少说，按商定的价，一分不能少！"

"按原价，装车！"陈景伯又神气起来。

两个瓜贩子耷拉下脑袋，把卡车开到瓜堆前，乖乖装车。

陈景伯捧起一个摔裂的瓜，递到二捣蛋眼前："侄子，吃瓜！"

二捣蛋接过来，冲陈景伯嘻嘻一乐，扬手扔进树丛。在瓜堆里选个中意的，一拳砸开，自顾自地吃起来。陈景伯急不得，恼不得，脸上一红一白的，不自在了好一阵。

突然，二捣蛋对瓜贩子大喝一声："停！"盯着陈景伯说，"不能把河沿人的脸都卖了吧？"

陈景伯装不懂："你说什么呢？"

二捣蛋几步走到瓜堆前，照着一个西瓜一脚踩去。瓜烂了，白糁糁的瓜籽龇牙咧嘴地暴露在阳光之下。

"生瓜？你这不是坑人吗？"瓜贩子叫起来

"按原定瓜价，减两成！"二捣蛋一锤定音。

拉瓜的汽车消失在大堤拐弯处。陈景伯指着二捣蛋的鼻子骂："成也是你，败也是你，你他妈给我捣什么乱！"

二捣蛋乐呵呵的："景伯叔，这怪不着别人，只怪你自个儿财迷心窍。你坑了村里人，还想坑城里人？心太黑了！"

"我坑谁了？胡说八道！"

"你以为别人都是傻子？你仗着权势，低价承包，一年的收成，比十年的承包费都多。这些梨树都是雏树，刚到盛果期，十年当中产量增加承包费不长，集体财产给你一人占了！你赚钱赚得瞎了眼，不光坑乡亲，还坑亲闺女！"

"放屁！我能坑自个儿的闺女？"

"你给爱菊找赵玉山那样的对象，不是坑她？"

"赵玉山是财主，摩托、彩电、缝纫机，要什么有什么，谁比得了？爱菊嫁给他，享不清的福！"

陈景伯提起那个有钱的未来女婿，两眼笑成一条缝儿。

"享福？"二捣蛋冷笑，"你是把她推进了火坑！"

"怎么着？你小子要坏事？"陈景伯两眼充了血。

"是爱菊自己不愿意。"

"爱菊不愿意你怎么知道？你是不是又要捣蛋？告诉你，趁早歇了那份瞎心，也不撒泡尿照照自己！哼，癞蛤蟆想吃天鹅肉，我闺女沤了粪也不会给你！"

"你别狗眼看人低。花匠薛平贵还娶了相府的小姐王宝钏呢！"

"就你？"陈景伯的嘴差点儿撇到后脑勺，"下辈子吧。下辈子还指不定是牛是马呢！"

二捣蛋被这刻毒话激怒了，举起拳头冲过去，拳头到了陈景伯的头顶，又放下了。他愣半天，挤出一句话："你……等着！"

可等什么？闺女是人家的。

二捣蛋懊丧地走了。

五

二捣蛋走进榆镇，在大街中心的一家门店前站住了。这个店铺三间门面，窗户漆得崭新，玻璃擦得透明，门楣上方一块美术体的牌子：财茂服装裁缝店。二捣蛋在门前犹豫一阵，运运气，推门而进。

那天，二捣蛋在梨园和陈景伯闹翻，心里闷闷的，不是滋味，干活也没了劲，把锄一扔，躺在堤坡看天上的花花云。

"万顺哥。"

熟悉的声音一响，二捣蛋一骨碌爬起身。

爱菊今天好像特意打扮了一番，上身穿一件短袖雪白衬衫，下身系条豆青色裙子，脚上一双高跟塑料凉鞋。刚洗过的长发披散着，黑漆漆的像瀑布。两根尖尖的手指捻着一朵野花，脸上却带着忧郁之色。

二捣蛋心里有些慌乱："你怎么跑这儿来了？"

"找你有事。"

"什么事？"二捣蛋想起他和陈景伯的争吵。

"我爸让我……跟赵玉山订婚。"

二捣蛋惊愕得瞪大了眼。他没想到，他找陈景伯的结果，竟是加速了爱菊的婚事。

"你看……"

"不行！"二捣蛋伸手劈下一根树枝，狠狠折成几段。

"怎么不行？"

"他不配！"

"那，谁配？"爱菊的声音有些发飘，眼里迸出湿润润的光。

"这……"二捣蛋语塞了，抬头望向远处。

"说呀，谁配？"爱菊轻轻地追问。

二捣蛋转过头，碰上了爱菊的眼。那眼里烧着两团火，呼呼地向他喷吐着烈焰。二捣蛋的心一颤，产生了从未有过的害怕。

"问你呢，说呀！"爱菊逼上来。

"你……你自个儿作主！"

"我看，你配！"爱菊一头扎进二捣蛋怀里。

二捣蛋的心被爱菊的烈焰点燃了，烧得他浑身发涨，脑袋发晕，情不自禁张开双臂，把爱菊搂在怀里。可当他看到那娇艳的脸蛋，白嫩的胳膊，笋尖一般的手指，他的心慢慢冷下来。爱菊是漂亮的，是动人的，他也很喜欢她，可……这不是他能要的。农村过日子，不能只看脸蛋，漂亮的脸蛋长不出大米。他家刚盖完房给哥哥娶了媳妇，拉下几千块钱的亏空。等他结婚时，还要盖房，还要拉亏空。他的媳妇不能是鲜花一样的娇妇，应是能吃苦能受累能帮他撑起家庭重担的柴禾妞儿。两口子般配不般配人们不怎么看重，日子过不好，就会被看不起。爱菊太娇气了，做不了这些。还有一个很重要的方面，他和陈景伯矛盾太深。不是一家人不入一家门，省得将来闹闲气。

爱菊走了，是哭着走的。二捣蛋也躺在地上，半天没干活儿。

经过一夜的熬煎，二捣蛋决定去找赵玉山。他自己都很吃惊，为什么对爱菊的事这么上心。这是他对任何人都没有过的,就连对生他时受尽苦难的母亲都没有过。

二捣蛋走进门,满屋轻快悦耳的机器声停住了,几个花朵一般的姑娘睁着明亮的眼睛看着他。

"我找赵玉山!"二捣蛋直撅撅的。

一个姑娘用嘴往里屋歪歪,脸上浮出不明不白的笑。

二捣蛋这才发现,三间房子是隔开的,里面还有一个门,一阵隐隐的嬉笑声正从门缝里挤出来。

二捣蛋过去,一把推开门。

木板床上,赵玉山正和一个女人搅成一团。见有人进来,赵玉山站起身。那个女人整整衣服,若无其事地擦着二捣蛋的肩膀走出屋。二捣蛋看出,她不过还是个大孩子,眉眼却描得像熊猫,嘴唇涂得像刚嚼过死耗子。

"哟,是老同学呀,快坐!"赵玉山笑嘻嘻地打招呼,脸上连红都不红。

"你小子活得挺滋润呀!"二捣蛋站着不动。

"这是中央的政策好啊,给我开了致富之路。"

"给你开了致富之路,可没给你开'乱爱'之门!"

赵玉山嘿嘿地笑两声,没敢说什么。

"听说你跟爱菊订婚了?"二捣蛋单刀直入。

"是呀。你看那妞儿怎么样?"

二捣蛋厌恶地皱皱眉:"你正经点儿好不好?你既是跟爱菊订了婚,刚才那位怎么回事?"

"那……随便玩玩儿。"赵玉山仍是嬉皮笑脸。

"有几个臭钱,就随便毁人家女孩子,不嫌缺德?"二捣蛋黑起脸。

"缺什么德?"赵玉山上学时怕二捣蛋怕到骨子里,二捣蛋的拳头比他的脑袋大。如今财大气粗,竟和二捣蛋瞪起眼,"周瑜打黄盖,愿打愿挨!"

"爱菊也是自愿的？"

"那是陈景伯看上了我的钱，把闺女硬塞给我。见便宜不捡，天打雷劈！"

"便宜？"二捣蛋的脸上露出凶残的冷笑，拳头慢慢握起来，"天底下的便宜就一个，让王花儿买去了。你要学王花儿买爹，老子跟你去！"

赵玉山恼了："滚你妈的蛋！"

"我掐死你个驴操的！"

赵玉山知道不是对手，跑了。

六

二捣蛋像毒阳下的野草，蔫头耷脑没了精神，那宽厚的膀子也挥不起来，软塌塌地沉了下去。爱菊和赵玉山领结婚证的消息像山一样把他压倒了。

二捣蛋去裁缝铺后，赵玉山来到陈景伯家，两人嘀咕一阵，立时逼着爱菊领结婚证。爱菊哭了个昏天黑地，死活不出门。陈景伯没法，只得让赵玉山独自拿着介绍信，到乡政府找他叔，编个谎话，把结婚证书拿了回来。

喝过酒宴的赵玉山推着摩托，挺着瘦胸脯，神气活现地从二捣蛋面前走过，一踏电门，绝尘而去。陈景伯喷着酒气，警告："我家爱菊和赵玉山已经领了结婚证，你再敢捣蛋，我就告你！"

二捣蛋的心碎了，空了。他虽然不敢娶爱菊，可把爱菊当成了心中的菩萨。他甚至觉得，将来不管爱菊嫁给谁，都是爱菊吃了亏。而如今爱菊竟嫁给了赵玉山，这简直是在他心上戳了一把刀。他想找爱菊谈谈，鼓励她坚强起来，要为自己负责任。可街上、地里再碰不见，他知道她在躲他。他干什么都没了心思，整天骑着破自行车，四处乱转，气得他娘追在后面骂大街。

这天，鬼使神差一般，二捣蛋逛进了榆镇。刚到裁缝铺前，就见爱菊衣衫不整地从里面跑出来。

"你怎么了？"二捣蛋跳下自行车。

"赵玉山，他……他……"爱菊呜呜地哭。

二捣蛋扔掉自行车，一步闯进去："你把爱菊怎么了？"

赵玉山正为没得手懊恼，自然也没好气："我们两口子的事，你管得着？"

"你奶奶！"

二捣蛋一拳挥过去。

赵玉山应声而倒。

"你奶奶！你奶奶！"二捣蛋骑在赵玉山身上，左一拳右一拳不停地打。直到警察赶来，把他拉起。

二捣蛋因打人致伤，判了两年有期徒刑。临走那天，妈妈流着眼泪摸着儿子的脸："二捣蛋呀二捣蛋，你把自个儿捣进去了！"

爱菊跪在二捣蛋面前，哭得爬不起来。

二捣蛋的眼圈也红红的，但没有掉泪，说话仍是那么硬气："爱菊，甭哭，我死不了！你要有准主意！"

不久，爱菊退回了结婚证。

后来，爱菊收拾了很多东西，包了老大一个包袱，去劳改农场看望二捣蛋。她回来后告诉人们，二捣蛋长胖了，也听话了。

爱的失误

杀父之仇，夺妻之恨，不共戴天。王三狗瞪着血红的眼珠子，气咻咻闯进寡妇春花的家门。三十多岁的光棍可是好熬的？守寡什么滋味你不知道？将心比心，能一回一回使这样的坏心思？

春花坐在颤巍巍的沙发床上，悠闲自得地嗑瓜子。如今日子好过了，都会享福哩。见三狗进来，眉眼不抬，"嘎巴儿"，"噗！"裂开嘴儿的瓜子皮从红润润的嘴唇里飞出来，直直射到三狗眼前。

"你，你这个狠毒的娘们儿！"三狗大喘气，像恶虎咆哮。

"喊！"春花撇撇嘴儿，"怨谁？自作自受！"

自作自受？唉唉，可不是自作自受？王三狗一下卡了壳。

修战备路那年，全公社几千人马聚在一起，同吃同住同劳动。王三狗年轻气盛，脱光膀子，裸露着疙瘩肉，一马当先。天上刮着刀子风，他身上冒着白毛汗。

休息时，负责送水送饭的春花把一碗开水递到三狗眼前，悄声说："喝口水吧，别尽逞能，看累坏了身子。"

三狗一下跳起来："逞能？你可真看不起人，我再推几车给你看！"

三狗疯魔似的跑了，把个刚死去丈夫的年轻寡妇尴尬地晾在了那儿。春花清秀的脸红了好一阵，猛地把碗摞给身边的一个小青年："顺子，你喝！"

"哎呀，甜……"顺子嘴一沾碗就大叫起来。

春花一个巴掌扇过去，把下面的半截话和糖水一起扇进顺子的肚里。

三狗终于成了工地上的英雄，但也终于病倒了，躺在炕上下不了地。

"三狗哥，喝水！"房东女儿笑吟吟地把茶水端过来。

房东女儿在社办厂上班，每天回到家，都沏好一缸子茶水，给孤零零的三狗喝。她从父母口中知道三狗是先进人物，心里很是敬佩。三狗闲得无聊，忽然生出给房东女儿"打分"的念头，便暗暗端详起她来。这一端详，三狗的眼直了，这女孩原来长得竟是那样的好看。长圆的脸膛白里透红，忽闪忽闪的大眼睛好像在说什么悄悄话。尤其是那鼓胀胀的胸脯，像两座突兀的小山包，高高挺立，更是追魂夺魄。三狗看着看着，粗壮的身体里突地涌起一股热浪。这热浪竟然那么勇猛有力，使他这个能抱起五百斤碌碡，推得动千斤小车的汉子无能为力了。他左堵右截，还是"哗"地冲垮堤防，汹涌地奔泻出来。房东女儿被他看得羞红了脸，放下茶水，转身要走。三狗抢到门前，拦住去路。

"你要干什么？"房东女儿惊慌地问。

三狗脸上的表情说不上是哭是笑，吭哧半天，憋出一句话："你……还不知道吗？"

房东女儿灰白着脸尖叫："让我出去！你让我出去！"

恰在这时，给三狗送饭的春花走进院子。房东女儿扑进春花怀里，放声大哭。

春花立时明白发生了什么事，一篮子窝头全拽在瑟缩着的三狗脸上。

三狗当天就被开了批斗会，英雄转眼变成狗熊。

春花是见证人，理所当然要揭发批判。年轻寡妇的激愤态度让人吃惊，她怒冲冲地跳上台，一口痰啐了三狗满脸花，眼泪也随之而下："丧天良的，没人心，你没人心……"

公社革委会主任为春花的勇敢鼓起掌，台下的口号震塌天。春花狠狠盯住三狗，突然嘴一咧，哽哽咽咽哭起来。

"太激动了！"主任同情地叹息，吩咐几个妇女把她扶到台后去。春花挣脱搀扶，跌跌撞撞跑回伙房，直到批判会结束，也没再露面。

三狗是红脸汉子，从此不敢在人前抬头。

一天傍晚，三狗躲在墙头后，好不容易等到井台上没了人，挑起水桶跑过去。刚到井边，"吱扭吱扭"，一阵悦耳的筲梁响，春花不知从什么地方闪出来，挑着空桶站到了身后。三狗慌了神，想躲，已经来不及，只好背过身子硬着头皮把水桶放下，可背上麻麻辣辣的，像有无数钢针在扎。他从地上拿起井绳，双手颤抖着往水桶上挂。

"咻——"

春花突然一声冷笑，吓得三狗身子一震，不知所措地愣住了。春花是他那"丑事"的目击者，他怕春花怕到了心里。

春花转到他身前，"咚"地把桶往地上一蹾，脸板得像块铁："打上！"

三狗忙钩过春花的水桶吊入井内，三把两把提上水。

"咻！"春花鼻子里又喷出一股气，怪模怪样地看着他，"好大的劲儿！"

三狗不敢搭言，低头去打自己的水。他刚把水桶放入井口，春花又慢悠悠地说了话："你要干什么？"

"啊？"三狗一时没听懂。

春花冲他眨眨眼，装出粗声嘎气的腔调："你……你还不知道吗？"

三狗猛然醒过梦，粗糙的脸涨成一块红布，手一松，撒腿就跑。悬在半空的水桶带着井绳掉进井里，"咕嘟嘟"沉入水底。

"咯……"身后传来一串大笑，跟着又是一句恶狠狠地骂，"你个坏种！"

一场大雨下了个沟满壕平。三狗四脚朝天地躺在炕上，肚子咕噜噜地叫得他心慌，只好懒洋洋地爬起来。由于他的名声，哥嫂与他分了家。暑热炎天，万物发霉生味，自己得抱着盆子洗洗涮涮；下雨下雪，柴湿草潮，自己得撅着屁股给灶门下跪磕头。唉，光棍的日子真是不好过！叹着气，他扛着四齿走出门，柴垛从顶湿到脚，刨了半天，也没找出一根干树枝。

"咻——"三狗又听到那个熟悉的声音，心头不由一紧。

春花走过来，不远不近地站着，两只白白的手指捏着一个剥去皮的煮鸡蛋，一小口一小口慢慢地咬，嘴角微微地撇着，眼里露出说不清什么意思的光。"瞎眼的，没良心，坏种……"春花喃喃地骂着，瞟三狗一眼，去看水坑里乱蹦乱追的青蛙。"蛤蟆都能配对哩，你个坏种，一辈子也娶不上媳妇！让你穿烂衫，饿肚子，遭天报……"

三狗听了，心里有愧，只能低头听着，发不起火。他本想回骂几句，可春花死了男人三四年，坐得正，行得端，大人小孩说不出人家一点儿错，想骂也没有词儿，没词儿就闭嘴。春花好像故意找他的茬儿，他不走，她就不停嘴。听到最后，三狗心里不禁一动。啊，娶媳妇！是应该娶个媳妇。有了媳妇，干活回来就能吃现成饭，穿干净衣，还能享受说不尽的乐趣。以前他被自己的坏名声压麻木了，压糊涂了，想不起也不敢想娶媳妇的事。春花的骂，倒提醒了他。看着青蛙们一个背一个，满坑里甜蜜地叫、爬，他的心不禁激动起来。对，应该托人说个媳妇。三狗感激地望向春花，不想春花也正盯着他。看三狗瞟她，春花嘴角又挂起那丝说不清意思的笑："怎么，动心了？又想使坏？哼，自己照照镜子，看哪个女人要你这个坏种！"

三狗不吭声，低头进了院子。

当晚，他悄悄地去找顺子。

顺子两口儿打扮一新，刚出家门，迎面就碰上了春花。

"呦，光头净脸的，这是上哪儿呀？"

"嘿嘿，"顺子笑笑，"去给三狗说个媳妇。"

"哼哼！"春花的脸冷得赛过三九里的冰："有帮官的，有帮民的，还没听说哪个下三烂帮坏种的！你是不是怕三狗一个坏种孤单，想枣木棒槌凑一对儿？"

顺子媳妇的脸上挂不住，连拉带扯把顺子弄回了家。

以后，三狗又托了几次人，都被春花阻止了。女人在这方面最敏感，谁愿意找个不安分的男人，将来生那说不清的气？所以，不管待嫁的姑娘，还是想往前"走"一步的年轻寡妇，一听对方是这样的人，都把脑袋摇成了拨浪鼓。三狗就像块冻白薯，被凉搁在那儿，没人理没人睬，一晃就是十来年。就是他后来买了辆二手车，跑运输赚了大把的钱，还是老光棍子一根薹。

今天，三狗乐坏了。清早一起来，他就扫地抹桌，洒水泼院。他的好友顺子到底讲义气，在拉煤的山沟里给他找了个离婚的女人，定好今天来相亲。他这个少半边的天就要补全了，空虚了多年的半拉被窝就要填实了，那个盛钱的小木匣子就要有人看护了。他也要夏是单，冬是棉，干干净净地做个人了。再不用五冬六夏一件破大衣，哪儿累了哪儿停车，破大衣下铺上盖，要饭花子一样睡路沟了。王三狗不光有了钱，也要有媳妇了！

"唻——"

一声鼻息，轻风一样，悠悠地飘进院子。

三狗针扎似的一跳。十年来，他听怕了这个声音，惊惶惶扭过头，春花正倚在他新砌起的雕花门楼上。

三狗扔掉扫帚，抬腿要进屋。

"怎么走啊？"春花乜斜着眼看他。

"惹不起，躲得起！"

"躲？哼哼！"春花轻笑，"狗皮膏药，贴上就揭不下来！"

"好了我的姑奶奶，大慈大悲的观音活菩萨，我给你烧香上供，求求你高抬贵手，快走吧！"三狗急得真要跪下了。

"赶我走，你好相亲是吧？嗽！瞎眼瞎心的，你就等好儿吧！"春花狠瞪三狗一眼，"登登"地走了。

眼见天到正午，三狗沏好茶，拿出五香瓜子，摆好糖块香烟，耐不住地到门口张望。

大街上空荡荡的，只有白光光的土路伸向远方。三狗心里冒火，脸上流汗，两眼瞪得生疼，现在他才真正懂得了"望眼欲穿"这个词语的意思了。

顺子终于出现在街口。三狗放着异彩的眼睛，越过瘦小的顺子，延伸过去，可那瘦小的顺子身后什么也没有。

三狗急切地迎上去，一把抓住顺子的肩膀："她，没来？"

"来了，可……又回去了！"顺子满眼愧疚。

180

"为什么？！"一桶冰水泼在三狗滚烫的身上，从外到里凉了个透。

"我领那个女人下了长途汽车，没走几步，就被春花拦住了。春花对那个女人说你调戏人家姑娘，还和别的女人不清不楚，是流氓，是坏种！那个女人就是因为男人有这样的事，才离婚的，听了春花的话，扭头就走，我怎么也拉不住。唉，可惜了。多好的女人啊，白费了我的唾沫！"

三狗跟跟跄跄地走回屋，一头扎在炕上，脑袋里嗡嗡响，眼前金星冒，身子像发了疟子，牙齿抖得"哒哒"响。这个狠毒的女人！这个万恶的女人！左一回，右一回……这是要赶尽杀绝呀！三狗再也忍受不住，从炕上一跃而起，朝春花家冲去。

"怎么着，还想不想说媳妇？"春花倒很轻松，脸上挂着微笑，话里带着嘲弄。

"你……你……"三狗好半天才顺过气，眼里的邪恶喷涌而出，"我上辈子得罪你了，你一回一回坏我的事？你不是说我流氓吗？你不是骂我坏种吗？今儿我豁出去了，杀头、坐牢，我认了，我就跟你流，跟你坏！"

"你敢！"春花从沙发上站起身。

"你看我敢不敢！"三狗扑过去，把春花搂进怀里，张开长满黑胡茬的嘴，在春花脸上乱咬乱啃。

"哎哟，你个坏种！"春花喘息着挣扎。

"今天我就跟你坏！就跟你坏！"三狗无所顾忌了，把春花抱起来，压在炕上。

春花停止了挣扎，叹息一声，抽抽搭搭地哭起来。

三狗愣了一下，不由住了手。他本意是要以恶对恶，现在对方软弱了，他的火气也消失了不少。他想推开春花站起身，不想春花竟猛然搂住了他的脖子。

近距离的接触，三狗才发现，这个比自己大两岁的寡妇，还是那么年轻，头发油汪汪的黑，脸儿粉嘟嘟的白，胸脯坚实实的高挺着，没有生育过的腰身，还像姑娘似的那么柔软、纤秀。三狗看着看着，那股只翻涌过一次的热流又从心底喷发出来。十年的积蓄，其势如山洪暴发，如岩浆迸射，那样猛烈，那样强劲！三狗这次没有堵截，也没有压抑，如草原上奔驰的骏马，在肥美的水草间纵横驰骋！

好半天，三狗才从癫狂中清醒过来。他看着小猫一般依偎在怀里的春花，举起拳头，狠狠捶在有些发晕的脑袋上。

唉唉！

永定河上的 "挂柳"

永定河堤坡上不知从何时起，便开始栽种柳树。柳树性贱，易活，且生长迅速，二三十年便能长到一搂粗细，郁郁葱葱，遮天蔽日。夏天站在柳荫下，幽幽的溜河风一吹，要多惬意有多惬意。河堤上的柳树最主要的用途，并不是供人乘凉，而是用来 "挂柳"。每逢大水，浊浪冲击堤岸，在大堤将要崩塌的危急时刻，河兵们用利斧把堤边的柳树砍倒，推下河去，将水溜支开，护住大堤，称之为 "挂柳"。柳树独自是完不成这一艰巨任务的，"挂柳" 需用苇篾拧成的粗绳捆绑牢，拴在砍伐后留下的柳树墩上，不然，再大的柳树也会被巨浪卷走，一事无成。捆绑 "挂柳" 只能用苇绳，苇绳柔软，弹性好，经水浸泡，愈加坚韧。苇绳还有一个奇怪的名字，叫 "广乱"，何意，不知，这都是先人的智慧。

堤坡上栽种的柳树，就是为了应急，一旦成为 "挂柳"，也就终结了生命的里程。

一

韩冰坐在茶棚下，木桌上的浓茶飘着淡淡的清香。他头上的大檐帽、身上的黄军装、腰里的盒子炮、脚上的亮马靴，还有拴在棚外榆树上的尖耳、长身、细腿的日本洋马，无不显示着他的身份，使过往行人像看见了恶狼猛虎，纷纷躲避，原本喧闹的渡口竟清静了不少。一阵河风掠过，眼前的水牌便悠悠地飘荡起来。韩冰注视那水牌，就是一块二寸宽、六寸长的小木板，底端钻个眼儿，缀条半尺长的红布条，木板两面一写 "扬子江心水"，一写 "蒙山顶上茶"，一溜儿挂在茶棚的前檐下，即是装饰，又是招幌。韩冰哧地一声暗笑："什么行业都忘不了吹牛！"两杯茶下肚，额头渗出细密的汗珠，心里也开始焦躁。

一直观察着他的卖茶老者，这时凑上前来，小心翼翼地问："官爷，茶没味儿了吧？我再给您换壶新的？"

韩冰对这古老的称呼感到好笑，脸上却冷若冰霜："不用！"

老者热脸碰了冷屁股，尴尬地退到一旁。

韩冰站起身，若无其事地踱到堤顶。靠近堤沿，一溜粗壮的老柳卫兵似的排列着，时刻准备冲锋的样子。韩冰情不自禁地走上去，用手摩挲着，眼前就浮现出狂涛巨浪中"挂柳"的雄姿。做"挂柳"的柳树平时是不为人重视的，几乎就是自生自灭，只有到了紧急关头，才被想起。他嗟叹一番，心里便有了一丝酸涩。抬眼望去，堤下的河滩上，等待过河的车马客商，乱哄哄地挤了一片，争吵声怒骂声随风传来。蓦地，下船的人群中出现了一个穿长衫、戴礼帽、手提藤箱的三十左右的男人。韩冰的眼中一亮，慢慢回到茶桌旁。

长衫人走上堤，也进到茶棚，挨着韩冰坐下："掌柜的，沏壶茶。"

卖茶老者刚把茶沏好，韩冰就发话了："我说老头，你就不懂点事？人喝茶，马就不喝水？去，到井里打桶鲜亮水，饮马！"

待卖茶老者诺诺连声地走后，长衫人转向韩冰："我说老韩，你这个样儿，比鬼子还凶恶！"

"像不像，三分样。装什么就得像什么。"韩冰苦笑，"徐部长，你可把我送进狗肉柜子里了，我的八辈祖宗都让人骂翻了！"

"为了抗日，死都不怕，还怕骂？必要时，屈死也值得！"

"行了，别给我上课了，我懂！说吧，什么任务？"

"前几天榆垡镇的保安团抓了个人，你知道吧？"

"知道，是侦缉队抓的。听说这人骨头挺硬，各种刑罚都尝遍了，什么也没招。"

"设法把他救出来。他是位老红军，现任我们县的副县长，叫张鹏。因身体不好，化装成老道，隐蔽在刘村的大庙里，边养病边工作。不知怎么走漏了消息。"

徐部长说完，掏出一张纸币压在茶碗下，走了。

望着徐部长越走越远的背影，韩冰陷入沉思。

韩冰出生在永定河畔的沙坨村，家中只有几亩产不了多少粮食的盐碱地。每年一隆冬，地净场光，韩冰便跟随父亲在沙岗里、苇丛中打猎，逮些狐狸、獾子一类的小动物补贴家用。在平原地区打猎，很多人都用猎鹰。韩冰和爹没有，买不起，就凭装铁砂的火枪，所以很小就练得枪法奇准。韩冰打野兔很讲究，打起不打卧，只待兔子跃起的一刹那才开枪，只要枪响，兔子就会在空中一挺，然后划出一道好看的弧线，重重摔下。韩冰十七八岁就成了十里八乡有名的神枪手。卢沟桥事变后，日军侵占大兴、宛平。韩冰不堪忍受日寇的欺凌，跑到永定河南参加了八路军。两年时间，以他的神枪，以他的勇武，升任连长。一天，军分区敌工部部长徐英找到他，要他返回家乡，潜进敌人内部，执行秘密任务。

"怎么潜进去？"他问。

"这我不管，那是你的事。"徐英回答得很干脆。

"打入敌人内部，就要装得像。"韩冰沉思了一会儿，说。

"就是这个意思。永定河两岸情况非常复杂，红、黄、蓝、白、黑，什么人都有，丝毫大意不得。但也要把握好尺度，不能出格。"

见韩冰点头，徐英给他定了规矩，首先是站稳脚跟，隐藏好自己；然后是单线联系，没有命令，不许擅自行动。

于是，韩冰回来了，回到他那个破破烂烂的家。有人问起，他就说八路军不发军饷，没法养家糊口。老爹很愤怒，骂他癞狗扶不上墙，他也不争辩。

不久，悍匪胡小个子慕名而来，亲口许给他个分队长。他说队长不队长的不稀罕，穷怕了，就要钱。胡小个子哈哈地笑，干咱们这行，不就是为钱吗？有本事，你撒开了抢！他便入了伙。很快，他用分的赃，盖起新房，娶了媳妇，成了乡邻口中最爱财的小匪首。可他暗中给徐英送信，避免区小队遭袭，使县区干部躲过抓捕，解救几十个被绑"秧子"的事，除去徐英，无人知道。

老爹捎信，要他回家一趟。韩冰一进门，一个年轻人坐在八仙桌旁。韩冰见他挺紧张，便拔出二十响大肚匣子，放在桌上，将枪把转向对方。那年轻人见状，也掏出手枪，枪把转向他。年轻人自我介绍，叫李刚，共产党的二区区长，来做他的统战工作。李刚的语言很犀利，句句锥心。先谴责他携枪叛逃，给八路军带来极坏的影响；再怒斥他自甘堕落当土匪，打家劫舍，鱼肉百姓，醉生梦死；最后鼓励他在国破家亡之时，要以民族大义为重，与共产党合作，共同抗日。当然也没有忘记警告他，倘若不迷途知返，必定是死路一条！让李刚想不到的是，任凭他口沫翻飞，韩冰总是一副无动于衷的样子。

"怎么着，我说了半天，你就不表个态？"李刚用眼逼视着韩冰。

韩冰微微一笑："表什么态，不都是明摆着？我从八路里出来，就是因为八路不发军饷。我入胡部，就是为了钱。你要我合作，给多少钱？"

李刚尴尬地愣了愣，把枪插进怀里："你再想想，过几天我再来。"

韩冰也站起身："你不用费事了。人各有志，你走你的阳关道，我走我的独木桥，咱们井水不犯河水。"

李刚的怒火升上来："你这样冥顽不化，就不想想后果？"

韩冰摇头："什么后果？这年头，活一天算一天。走吧，我送你。在我的地盘，保证没谁敢动你一根毫毛！"

后来，胡小个子投靠了日本人，榆堡镇要组建保安团，韩冰花钱买通日军少佐山口的翻译官，混了进去。每次清乡，他都故意在山口身边跑前跑后，咋咋呼呼地喊打喊冲，乐得山口直竖大拇指："幺西，幺西，大大地好！"很快就委任他为中队长。当了中队长的韩冰，折腾得更凶了，成为老百姓眼中的祸害，更被李刚和区县干部定为不杀不足以平民愤的铁杆汉奸。曾有两次，李刚带领区小队对他进行袭击，差点丧了性命。

韩冰把险情向徐英做了汇报，要求将他的身份通报给有关部门："再这样下去，我就被自己人打死了！"

徐英一口回绝："你的身份是绝密，不允许泄露一丝一毫。否则，我们就前功尽弃了！当然，你要格外小心。"

"看来，我就是那'挂柳'了。平时无人疼无人爱，关键时刻献身献命！"一颗硕大的泪珠，顺着那铁板似的面颊缓缓流下来。

水桶的响动惊醒了韩冰，卖茶老者已挑来水，在为他饮马。

他擦擦眼，起身去解马缰绳。

老者看到桌上的钱，讨好地推辞："官爷，喝碗茶还用给钱？"

"老子有的是钱！"他又恢复了一脸凶相。

"狗汉奸，早晚挨枪子儿！"老者暗骂。

在老者仇恨的目光中，韩冰飞身上马，疾驰而去。

二

晚霞染红西半天的时候，韩冰来到侦缉队，找侦缉队长谢德忠。刚进院门，就听见噼噼啪啪的抽打和声声怒骂。

"嗬，还真热闹！"韩冰朝两个站岗的笑笑。

"正过热堂呢。"其中一个咧咧嘴。

"真他妈瘆得慌！"另一个脸都白了。

"谢队长……"韩冰朝里指了指。

见两个站岗的点头，韩冰推门走进去。

审讯室的木柱上绑着个四十岁左右的汉子，此时已浑身是血，面目全非，空气中弥漫着浓浓的血腥味。谢德忠抡着棍子，边打边叫："让你不张嘴，让你不张嘴！"

被打者无声无息，只在每次棍子落在身上时，低垂的脑袋抖动一下，才让人知道他还活着。

"老谢，"韩冰看了几眼，叫住谢德忠，"消消气，歇会儿。"

谢德忠气喘吁吁地扔掉棍子："这东西，比鸭子嘴还硬，烟不出火不冒！"

韩冰笑笑："人都快被你打死了，还怎么说话？"

"不打不行啊，山口等着从他嘴里掏情报呢。"

"那就更得留活口了，打死还要屁个情报！走，街上新开了家吊子馆，咱尝尝去，我请客！"

韩冰拉着谢德忠进了吊子馆。几杯酒下肚，韩冰开始试探："这是个什么人，值得老兄大动肝火？"

谢德忠也是胡小个子匪部的，为人奸诈，心黑手狠，杀人不眨眼，外号"人厨子"。他两眼咕噜咕噜转了两圈："怎么，兄弟感兴趣？"

"有人想做这个买卖，出手大方。"

花钱赎人在保安团是常有的事，已经成了不是秘密的秘密。一些当头当脑的，只这一项，就敛了不少财。甚至为了钱，随便抓个人就硬说是共产党抗日分子，给了钱再放。

"这个不行，多少钱都不行。"

"嗯？"

"这是山口眼中的重犯，谁敢卖放？不要吃饭的家伙了？"

"可你们什么口供都没有，怎么能认定他是共产党？"

谢德忠叹口气："碰上硬茬儿了，打了四五天，愣是一字不吐。直到今天，只知道人们叫他张老道，连真名实姓都没问出来！"

"那不结了！"

"不行。这是他们内部人告的密，他肯定是共产党，而且是个大官！"

韩冰撇撇嘴："扯淡！内部人能不知道他是谁？"

谢德忠有些脸红："那人就是个村武委会主任，只在一起开过两次会。"

韩冰回到宿舍，一宿没睡觉，把营救的方法都想遍了，没有一件行得通：区小队来劫狱？就那十几个人，根本打不进来。自己去救？只是白白送命……

他把情况写好，连那个叛徒的事也写上，找个机会踅出村外，将纸条塞进一个树洞里。

很快，韩冰得到徐英的回复：放弃！

处决张鹏的日子到了。那天榆垡大集，刑场设在镇外沙岗里，四周布满了警戒，三挺机关枪架在岗顶。奄奄一息的张鹏绑在大树上，面前是被驱赶来的老百姓。

行刑的是谢德忠，把"人厨子"的本性发挥得淋漓尽致。他手持尖刀，说："我就不信你不出声！"说着就割掉张鹏的耳朵。张鹏剧烈地扭动着，粗重的喘息传出老远。

"好汉子！"谢德忠狂叫着，一刀削掉张鹏的鼻子。

当谢德忠剥开张鹏的头皮时，张鹏突然大喊起来："王八蛋，你让我快点死！让我快点死——"

那凄厉的喊声，震得沙岗似乎都在瑟瑟发抖，围观的群众都用双手捂住了眼睛。

韩冰的血沸腾起来，他觉得，那"让我快点死"的喊声，分明是张鹏在向他求救，要求赶快结束他的生命，免得活受罪！

这也可说是另一种解救方式！

"闪开！"韩冰大喝一声，举枪将子弹准确射进张鹏的胸膛。

"韩队长，你怎么……"谢德忠嗔怪地望向韩冰。

韩冰轻松地吹吹枪口："这种人跟他费什么事？一枪干掉，多痛快！"

几天后，李刚带着区小队处决了内奸，又把张鹏的尸体偷出来掩埋了。在泛着土腥味的坟前，李刚流着泪说："张副县长，我们把出卖你的叛徒处决了！你放心，我一定活剐了韩冰，为你报仇！"

三

韩冰打马沿着永定河大堤飞奔，疾风在耳边呼呼掠过。他又接到徐英部长的指令，去与李家铺伪大乡长李栖霞见面。

日军为阻碍共产党八路军的活动，强令各乡组建保安队，三十亩地以上的户必须买一支枪。这样，小的乡能有四五十支，大的乡可达百十来支，是一股不小的武装力量，既防了共，还不用发粮饷，可谓是花私人的钱放公家的骆驼，里外都赚。可不久却发现，这些伪乡队不但没有起到防范作用，反倒与共产党建立了联系，暗中支持抗日。这让日军既无奈又恼怒，便策划了收枪运动。山口在榆堡召开了各乡乡长会议，限期上缴枪支，抗拒者统统以"通共罪"论处。这么多枪支缴上去，将给抗日工作带来莫大损失，共产党当然不答应。徐英便把反收枪的任务交给了韩冰，同时给了他一个联系人，这个人就是李栖霞。

"你不是说，单线联系吗？我找李栖霞，不就暴露了？"韩冰有些不解。

"这是特殊情况，任务紧急，没有别的办法。不过你放心，李栖霞这人信得过，不会出问题。"徐英交代一番，匆匆走了。

韩冰认识李栖霞，李栖霞常来镇上办事，免不了和头头脑脑的一起喝酒。这是个家有五六顷地的大地主，还是保定军官学校的毕业生，曾在东北军里任营长，因看不惯军内的腐败，愤然离职，回家务农，后被推举为乡长，在左近很有一些名气。

远远的，韩冰见李栖霞依柳而立，便松了缰绳，放缓脚步。及至近前，翻身跳下马："挺闲在啊？"

李栖霞不动声色："看河景儿。"

"水够大的。"

李栖霞拍拍柳树："水大不怕，砍'挂柳'。"

"要是水干了呢？"

"河底捡鱼。"

暗号对上，韩冰哈哈地笑："没想到你这日本人的大乡长竟私通八路！"

李栖霞也笑："你穿着这身皮，谁敢说你是共产党？"

"上边有指示！"

"说吧。"

"日本人收枪的事。"

"我也正为这事着急。"

"想办法把枪交给八路军。"

"我只是一乡之长，只管得了自己这个乡。"

"上边就是让你蹚出条道来！"

李栖霞沉默不语。

"我知道，这事紧急，也危险。"韩冰理解地说。

李栖霞抬起头："我们就是当'挂柳'的命！不危急，用得着你？"

于是，两人蹲在柳树下，细细地谋划起来。

几天后，李家铺通往榆垈的土路上出现了一挂马车，车上拉着一百多支步枪和几箱子弹，李栖霞斜挎车辕，十几个乡丁簇拥在周围。当大车来到一片树林前时，林内突然响起三声枪响。李栖霞噌地跳下车，大喊："遇到八路主力了，想活命的，快跑啊！"

乡丁们本都来自贫苦农家，当这份差事不过为了混口饭吃，谁愿真正卖命？再加上来前李栖霞说是怕误伤，把子弹都锁进箱子里，想抵抗也没有能力，听李栖霞一喊，扔下大车回头就跑。徐英亲带军分区特务连冲出树林，朝着乡丁们放了一阵空枪，赶起马车转移了。

李栖霞见大车已到八路军手中，便"哎哟"地叫一声坐在地上，将事先准备好的红汞药水洒在腿上。被手下抬回家后，借口伤势严重，到北平"治伤"去了。

山口听到枪声，急派韩冰带队增援。负责掩护的李刚恨恨地骂："又是这个铁杆汉奸！"见保安团来势汹汹，又见特务连已无了踪影，又骂句："便宜这个王八蛋！"带着区小队撤离了。

四

在大堤下的苇塘里，韩冰和徐英又见面了。这回，徐英穿件汗褂儿，戴顶破草帽，背个柳条筐，完完全全一个割草的。

韩冰瞅着徐英竖起大拇指："徐部长，你就是个孙猴子，会七十二变！"

徐英得意地挺挺胸："不会变化，能在敌人心脏里晃荡？你不也一样？装得比汉奸还汉奸！"

韩冰拉下脸："你给的这份差事，哪是人干的活儿？憋屈死了。

真想回部队打仗去！"

"那可不行！你现在的作用，一人能顶一个连！"

"看看，看看，又急了。在领导面前，连句牢骚都不能发？"

徐英也笑了："说牢骚话行，不干工作不行！"

"说吧，什么任务？"

"干掉谢德忠！这小子自打当了侦缉队长，捕杀了我们不少同志。"

"单打一？"

"对。这对敌人震慑力大。"

"由我执行？"

"你说呢？"徐英用镰刀一下一下剁着草根。

韩冰迟疑片刻："我干行，只是……闹不好容易暴露。"

"这也正是我担心的。所以我准备让敌工部的小陈来执行，你只负责把谢德忠引出来。"

韩冰点头："后天就是榆堡大集，我拉着他逛集，在大街上干他！"忽又想起一件事，"小陈认识我吗？别把我干喽！"

"放心，咱可不干赔本的买卖。"

榆堡是平南古镇，更是南北通衢，以往皇帝南巡、举子赴考、战争攻伐、商旅往来，此处是必经之路，现今的平大公路就从镇边通过。不知哪个文人墨客，曾留下"柳泉柳林飞柳絮，榆堡榆树落榆钱"的美妙诗句。自被日军侵占后，过去的繁华已不复存在。但人们要生活，每逢集日，赶集人还是不少的。

吃过早饭，太阳已是火辣辣的了。韩冰来到侦缉队，进门就喊："谢队长，大街上的人都乌泱乌泱的了，还不赶集去？"

谢德忠穿着白衬衣懒洋洋地迎出门："大热的天，赶什么集？"说着，打了个长长的哈欠。

"我刚看了，街上的好东西不少，咱去踅摸点儿。逛够了，找个酒馆闹二两，那多美气！"

谢德忠和韩冰都是山口的红人，平时交集不少，相互都给面子。

听这一说，谢德忠乐了："你请客？那我去！"

两人一上街，韩冰就发现墙角有个戴草帽、背钱叉子的人在偷偷盯着他们。韩冰料定那人就是徐英派来的小陈，便拉后一步，趁谢德忠不注意，按照预定暗号，摘下军帽扇了扇。那人也摘下草帽举两下又戴上，随后就跟上来。

一堆红艳艳的"五月鲜"吸引了谢德忠的目光，他几步跨过去："这大桃儿不错！"抓起一个张嘴就咬。

韩冰瞥了小陈一眼，忽然一捂肚子："哎哟，肚子怎么疼起来了？不行，我得去茅房！"扭头就走。

"真是懒驴上磨台——屎尿多！"谢德忠嘟囔一句，继续啃他的大桃儿。

韩冰刚走到营房门口，就听到了那声期待中的枪响。

五

朝鲜坑道里，已升任志愿军团长的韩冰正坐在行军床上费力地嚼压缩饼干，军部突然来了通知，要他立刻回国。他问什么任务，参谋长含糊地说："回去就知道了。"他虽有些诧异，但还是带着一个警卫员一个通讯员动身了。

日本投降后，榆垡的伪军被国民党政府收编，韩冰请求归队。徐英告诉他，蒋介石为抢夺胜利果实，可能要挑起内战，命令他继续潜伏，他便跟随胡小个子驻防礼贤。平津战役前夕，军分区主力部队跨过永定河，拔除平南残余的国军据点，为东北野战军扫清外围障碍。韩冰将礼贤的布防图送到分区司令员手里，胡小个子匪部被一举歼灭。韩冰事先逃出包围圈，气得李刚直骂街："这小子属泥鳅的，又被他滑过去了！"不久，徐英又指示韩冰，进入北平，接受城工部领导。韩冰躲过李刚的追杀，与城工部接上头，通过关系，到傅作义的骑兵四师当了一名连长。北平和平解放，骑四师开到黄村整编。韩冰按照上级指示，带领连队"叛逃"到绥远，协助地下党工作。绥远起义后，韩冰所在部队编入解放军，被任命为副团长。朝鲜战争爆发，韩冰赴朝参战，不久升任团长。

韩冰回到北京，有关部门要他去大兴。韩冰虽是一头雾水，还是来到县政府。没想到接待他的竟是李刚，此时李刚已是副县长了。

李刚看了他好一阵，才笑着说："韩团长，我们终于见面了！"

韩冰看出，李刚虽然在笑，那笑容后面却隐藏着浓浓的杀气，心里不由一沉："有什么事赶快说，我还要赶回前线。"

"不忙。既然回来了，就踏踏实实的。你让你这两个兵先回去吧。"

"为什么？"韩冰觉出事情不好。

"我们只和你谈，他们在这儿没用。"

"团长……"警卫员和通讯员眼巴巴地望着他。

韩冰此时已镇定下来，朝两个兵挥挥手："你们走吧。"

两个战士走后，李刚立刻翻了脸："韩冰，你东躲西藏，到底逃不出人民专政的法网。我们终于把你挖出来了！"

"我不明白你的意思。"

"不明白？你在家乡做的恶，乡亲们忘不了，我们这些地方干部更忘不了！现在是镇反时期，该跟你算总账了！"李刚恨得五官都扭曲起来，把手一挥，朝外大喊，"来人，给我绑上！"

两个公安员从门外冲进来，先下了韩冰的枪，然后五花大绑捆起来。

韩冰急叫："李刚同志，你误会了！"

"误会？"

"我是遵照党的指示，打入敌人内部的！"

"你清剿了我多少次？打死打伤我们多少干部战士？党指示你这么干来吗？别再狡辩了！"

"我带头冲冲杀杀，都是做给日本人和国民党看的。我敢发誓，我的子弹，从来没有一颗是朝你们身上射的！"韩冰强横起来，随后又哧地一笑，"要真想打你，以我的枪法，你活不到今天！"

李刚暴怒了："你个反革命，到现在还嘴硬。张鹏不是你亲手杀的？"

"谢德忠要活剐他，那痛苦不是人受的。我是为他解脱！"

"你为什么不救？不救反杀，这是同志？"

韩冰倒憋一口气，无语了。好久，仰头大叫："我要找徐英，他能给我证明！"

"徐英同志调到南方去了。"

"那就找李栖霞！"

"那个伪大乡长？他也早被我们抓起来了。韩冰，别再存什么幻想了，你就等死吧！"

夜里，韩冰靠在关押室的墙角，心比门外的霜雪还冷。恍恍惚惚的，眼前又出现了永定河堤上的大柳，只是，这次粗壮的柳树没有了"广乱"的拉扯，随着翻滚的波浪淌下去了。

没有公审，没有宣判，韩冰被押上刑场。

临刑前，韩冰提出一个要求，要死在永定河大堤上。李刚同意了，把他押上大堤。他又要求，把他绑在柳树上。李刚也照办了。

韩冰媳妇来送断头饭，一边往韩冰嘴里喂，一边哭。

韩冰很坦然，笑着说："没什么可哭的，我没死在敌人手里，就是赚头！"

枪声响了，子弹穿过韩冰的胸膛，钻进树身。洞眼里渗出一股细细的汁水，和着鲜血，滴进树下的泥土里。

三十多年后，韩冰得以平反，平反书上写的是：错杀错判。

臭水塘

浑河沿村头有口长方形的塘。每年夏季，雨水荡涤村街的角角落落后，便威风凛凛地开进这里。于是，塘里便汇聚了全村的"精华"：李家婶的烂袜子毫不羞涩地睁着数只大眼；张家叔的死狗理直气壮地膨胀起肚皮；孙家奶奶原是白色而今变成灰色的裹脚布潇洒豪迈地扯起一面旗；刘家姐赵家妹的月经带开着鲜艳但不灿烂的花……久了，便有一股大不受用的气味从那里飘出，且越飘越烈，渐渐蔓延至整个村子，躲也躲不开。

先是塘西的李进站出来了。李进有着楚霸王的身材，身肥体胖必然呼吸粗重，那两只漏斗般的鼻孔一天不知要比旁人多吸多少污浊之气。

"这臭水塘！"

他咬着牙，不情愿而又不得不缓缓地吸着臭气，骂。

"这臭水塘！"

塘东的古顺接着骂。古顺猴子一般瘦小，佝偻的、麻秆儿样的身子仿佛禁不住三级风，自然更受不得臭气。

"这臭……"

两人同时张嘴，眼睛也同时射向对方。这一对射，便明白了那两双眼睛里都有着同一的意念。于是转身，高大的在前，矮小的在后，向塘北的那家走去。

塘北那家叫王志。王志是村委会主任。

王志也在为臭水塘发愁。浑河沿盖房都是坐北朝南，他家在塘北，出门就是臭水塘，近水楼台先得月，受到的"恩泽"自然更多。一开门，孙家奶奶的旗帜便在眼前飘，张家叔的死狗胀得他胃里满满的，什么好东西都懒得往下咽。最让王志难过的，还是他那在县城里上班的独生子。独生子搞了个天仙般的女朋友，带回家来定婚期。来了没一会儿，便被臭气熏得呕了四五次，粉红的脸儿呕成蜡般黄，虚汗顺着鬓角往下滴，娇嗔嗔叫声："臭水塘……"饭也不吃就走了。独生子便像丢了魂，痴痴呆呆，一圈一圈往下瘦。

"这臭水塘！"

李进望着王志，王志望着古顺，一同骂。

塘南的郑良也赶来。到此，臭水塘东西南北四家近邻聚齐了，四双眼睛八盏灯，盯妖魔般地盯着臭水塘。

骂着骂着，都没了兴致，都没了劲头，都住了嘴，你看我我看你地发愣。

"把它交给我！"忽然，郑良开了口。

"给你？"三双眼睛，惊疑地望向他。

"我保证让它不臭！"郑良两眼灼灼地盯住王志。

李进、古顺也盯着王志。

王志是村委会主任，王志有权。王志一挥手："行！"

郑良全家出动，翻塘底，修灌渠，引河水，栽藕茎。等到雨季来临，早已是满塘碧绿，满塘蛙鸣。全村飘荡着荷花的清香，一星臭味也没有了。

全村人高兴了。

李进、古顺高兴了。

王志更高兴。荷花塘在他门前，出门就赏荷。尤其让他高兴的是，独生子又把天仙般的女朋友领回来了。夜晚，两人在满塘荷花前把嘴唇吮得"啧啧"响，商定国庆节就结婚。

秋后水干，郑良率全家下了塘。砍倒残荷，泥里竟挖出胖娃娃般的莲藕。那白生生的藕节晃得人眼花，晃得人心颤！

李进来看了。

古顺来看了。

王志来看了。

全村人都来看了。

有人悄悄估算这塘藕的价值。于是，这塘藕的价值悄悄在人群中传播。人们的神情就慢慢在变，圆脸的拉长，长脸的拉窄。

　　李进又站出来了，大张着漏斗鼻孔，顺顺当当吸进两股没有臭味的空气："哼，郑良这小子，好个算计！"

　　古顺也站出来，抖抖那禁不住三级风的身板，那瘦小的身板竟也不再佝偻："郑良占了大便宜！"

　　更多人站出来了，乱嚷嚷说："塘是全村人的，好处不能让一人得！"

　　王志也站出来，且站在众人的最前面。

　　"这塘，明年你不要管了！"王志又对郑良一挥手。王志是村主任，王志有权。

　　由于有郑良做先例，谁也不敢再出头。

　　水塘又成了臭水塘。孙家奶奶继续扯起她的旗帜；李家婶的烂袜子没有了，代之一双破皮鞋；张家叔的死狗则换成一头死猪。

　　臭气继续笼罩着浑河沿。

盖 房

　　孙连财倒背着双手，在搬砖递瓦的人群中围着就要起来的新房转圈子，胖脸上挂着压抑不住的笑。他心宽体胖，这几年疯了似的长肉。

　　他仰着脸，不看任何人。不看他也知道，人们都在用羡慕的眼光看他。一家两辆汽车，整个村子除去他，谁有？盖这房子本来用三十人就够了，他偏请了五十人，为啥？要的就是气势！这座新房是他给小儿子三强盖的，三强刚十七，十七岁就有了自己的房，他这样的老子哪儿找去？

　　"咝——咝——"有节奏的推刨子声把孙连财的目光吸过去。

　　一个黑瘦的中年汉子弯着腰，前腿弓，后腿绷，一下一下刨着木板，柔长的刨花从他的双手间翻着卷儿地喷出来。这是孙连财的叔伯兄弟孙连喜。

　　"连喜，歇会吧，年岁不饶人。"孙连财走过去，亲切地对兄弟说。强者对弱者哪阵都是宽厚的。哥俩房挨房，家境却相差十万八千里。孙连财三个儿子两辆汽车，大把钞票往家挣。孙连喜带一套木工家具，东家进西家出，供养着在城里读书的志国。哥哥拔根毫毛都比弟弟的腰粗。

　　"不累。"孙连喜抬手抹把汗，笑笑，"这是门框，马上就要用了。"

　　"唉，有钱四十称年老，无钱六十逞英雄。"孙连财感叹。

　　孙连喜没言声，低下头，又"咝——咝——"地推起刨子。

　　"连喜，"孙连财看一眼新房旁边的那座破旧老屋，"你的房也该翻盖了。"

　　"要盖的。"孙连喜淡淡说，手下便加了力，刨花"哗哗"地飞起老高。

　　孙连财无声笑笑，转身走了。

　　上梁的鞭炮声增添了浓重的喜庆气氛。孙连财满脸放着红光，大把大把地向人们撒着香烟、糖块儿。

　　"连财，门框上该贴对子了！"有人喊。

"对子的词得让主家自个儿出！"更多人凑趣。

"好！"孙连财乐得合不拢嘴，"我是斗大的字不认半升。老大，你出，编个喜兴的！"

大儿子脸一红，扭身扎进人群中。

"这孩子，真窝囊！"孙连财瞪了大儿子一眼，又叫二儿子。

老二站出来，皱眉，翻眼，嘴里嘟嘟囔囔："革命……嗯……啊，阳光……"

老二媳妇把男人推了个趔趄："不知道自个儿吃几碗干饭？在这儿现什么眼呀！"

孙连财的脸色变了，恶狠狠地朝三儿子喊："三强，你说！"

三强十四岁那年，被爹揪着耳朵硬从学校揪上了汽车，对爹一直窝着火，此时正好发泄，就一梗脖子："我他妈念过书吗？除去钱，我什么都不知道！"

人群中"哄"地爆发出一阵大笑。

孙连财的嘴哆嗦半天也没说出话。他发现，此时人们的目光不再是羡慕的，那笑声也透着一股怪味。

"大爷，我给您说吧。"人群中走出一个高高瘦瘦的小青年，是休假的志国。"您这房南朝河堤，北靠公路，我就按地理位置编个对子吧。上联：浑河北岸风光好；下联：公路南边幸福多。"

"好！"志国刚说完，人们就啪啪地鼓起掌来。

孙连财看看志国，又看看三个儿子，心里猛地翻了个过儿，模模糊糊意识到，他这房子好像盖得不大对劲……

疙瘩五

这天，村支书疙瘩五一手夹烟一手叉腰，站在村街上欣赏自己的瓦房。瓦房是新盖的，柱高脊大，金碧辉煌，威势压过村里所有的房子。房子的威势刺激得主人也威势，叉腰的手暗中加力，那腰就往前挺出了一口锅。

疙瘩二从街角拐过来，满脸堆笑递上一支烟。

"有事？"疙瘩五问，两眼仍没离开他的瓦房。

两眼不离瓦房的疙瘩五看不起疙瘩二。疙瘩二孩子多，挣工分的年月是村里的赤贫户。虽说眼下孩子都大了，还有三个在城里上班，疙瘩二也每天赶辆毛驴车收破烂收酒瓶子，生活大大改善，疙瘩五仍是看不起他：耗子尾巴上的疮，能有多大脓水？

"老五，"疙瘩二又递上一支烟，"我的房子太破了，想翻盖翻盖。"

"还在老地方？"

"在原地，保证不往外扩展。"

"盖吧。"疙瘩五一口答应。

"还用不用跟乡里说？"疙瘩二不放心。

疙瘩五就有些不耐烦："让你盖你就盖，乡里我去说！"

过几天，疙瘩五忽然想起看看疙瘩二的房盖得怎样了。没走到跟前就吃了一惊，疙瘩二的旧房址上，高高耸耸竖起两层楼！

满身浆水的疙瘩二见疙瘩五来了，忙又急急地递过烟去："老五，你看，我的房基没往外展一点儿。"

疙瘩五没接烟，问："你这楼造价多少？"

"十万。"

"你哪儿弄来这么多钱？"

"自个儿攒了点儿，孩子们又给了点儿。孩子们说我前些年受的苦太多了，老了让我享享福。"正说着，吊车吊起一块楼板，晃晃悠悠送到半空。疙瘩二拉疙瘩五一把："闪开点儿，别砸着。"

疙瘩五脸上变了色，一句话没说就走了。

脸上变色的疙瘩五回到家里，又气又恼，他想不到疙瘩二会盖楼，他想不到疙瘩二竟敢盖楼！他眼前总晃动着那高高升到半空的楼板，楼板那样大，仿佛在铺天盖地压下来，他觉得那铺天盖地压下来的不是楼板，而是瘦小枯干的疙瘩二。

第二天，乡里来了人，正在上顶的楼房停下来。乡里人说，盖房不经乡里批准，属违章建筑，必须拆掉。疙瘩二急蒙了，急蒙了的疙瘩二去找疙瘩五："这房不是你让盖的？不是你答应和乡里说？"

疙瘩五喝着茶，悠悠地荡着腿。悠悠荡着腿的疙瘩五说："我让你盖房，没让你盖楼！"

"盖楼也没多占地呀！"疙瘩二还是不明白。

疙瘩五就意味深长地笑："高了。"

古槐下的协奏曲

一座古老的小镇，一棵古老的槐树。

不知哪年，雷电把槐树的巨冠劈掉了一半，树身至今留着电烧火燎的痕迹。但是，粗壮的树身仍是直挺挺地傲立着，花瓣状的树根龙爪般深抓入地。失去一半树冠的半拉槐依然生机勃勃，郁郁葱葱。走近小镇的人们，头一眼就先看到它，半拉槐是小镇的标志。

半拉槐下摆着个皮匠摊，摊后木凳上，坐着个皱纹比老槐树的纹路还深的老头，空了一条裤腿的残腿旁，躺着一根紫红色的拐杖，油光闪亮，古色古香。

老头用锥子扎着厚硬的胶皮，咬牙瞪眼，像当年同日本鬼子拼刺刀。用锤子敲打鞋掌的"当当"声，使他回忆起艰难时期自制土雷、土炮的情景。他干着，想着，沟壑纵横的脸上不时闪出一丝浅浅的笑。

说不清从什么时候起，镇头出现了一个缺腿的青年，钢架拐杖斜支着他的身体，围着小镇绕圈子，"咯嗒，咯嗒"，拐杖声单调而沉闷。

老头望着他。他曾经看着他神采飞扬地被乡亲们迎进小镇，县长亲自给他戴花。他曾经看着他手里拿着红本儿去领残废金，一路给人讲述老山前线的日子。他后来又看见他捧着残废金发呆，眼里渐渐布满阴云。

他理解他。

一天，老头把小伙子叫到半拉槐下，拍拍空空的裤管："1944年，打鬼子……"

"废了……"小伙子沉重地叹息着，眼里涌出一层亮东西。

"不，咱俩能凑一个好人。"老头摸过拐杖，撑起身子。他早就发现，他失去的是右腿，小伙子失去的是左腿。

他走上前，伸手抓住小伙子的肩膀，又让小伙子同样抓住他，嘴里喊着一二三，同时扔掉拐杖。两个身子两条腿，突然失去平衡，险些摔倒。但他们相互依赖着，摇晃了几下，终于站稳了。

"跟我搭伙吧。"老头用嘴指指皮匠摊。

小伙子的脸又阴沉下来："我不愁吃喝。"

"我是尽义务。"老头仰起头，望着半拉槐。

小伙子愣了愣，也仰起头，望着半拉槐。

不久，半拉槐下的皮匠摊壮大了。小伙子庄重地坐在老头肩下，眼前摆着一台手摇缝纫机。老头用锤子"当当"钉鞋底，小伙子摇动机器"哒哒"纳鞋帮。

"当当当……"

"哒哒哒……"

"当当当……"

"哒哒哒……"

古槐树下响起一支欢快的协奏曲。

蔫狗儿

蔫狗儿蹲在锅台边，呼噜呼噜扒下两碗饭，站起身往外走。

"叔，这么着急，干吗去？"坐在桌边喝酒的侄子扭过头，问。他家的老规矩，蔫狗儿从不上桌吃饭，哥哥、侄子喝酒时也不让他。

"割草。"蔫狗儿从嘴里迸出两个字儿。

"又去帮那个寡妇割草吧？"侄媳妇推开怀里吃奶的孩子，晃动着两只肥乳，嘻嘻地笑。

蔫狗儿脸一红，重重关上门，走了。

李家兄弟两个。大狗生来精明，伶牙俐齿，能算出九米十八糠。二狗一出娘胎就憨，口拙，三脚踢不出一个响屁，众人就叫他蔫狗儿。蔫的自然要受伶俐的摆布。先时父母去世，哥嫂当家，蔫狗儿只管吃饭干活，当长工。哥嫂死后，他转到侄儿侄媳妇手下，仍是干活吃饭，当长工。

蔫狗儿二十岁那年，曾有个叫玉玲的女子看上了他。两人乘着月色往河滩的野蒿地里钻过几回，玉玲家就托出媒人来提亲。大狗一串哈哈回绝了："他那比榆木疙瘩多出一口气的人，能顶门立户过日子？别把好好的闺女耽误了。还是跟我吃口现成饭吧。"玉玲便嫁给了本村的一个大车把式。

玉玲出嫁那天，蔫狗儿蒙着大被在炕上躺了一天。第二天起来照常干活，而且干得愈发狠了，只是从此便就更蔫。

在蔫狗儿的沉默中，岁月在悄悄流逝。忽然一天，土地分了，马、牛、羊也许自家养了，世事变了一个样儿。

蔫狗儿种承包地回来，在河滩遇到玉玲。玉玲手里持根长柳杆，放着一群羊。玉玲男人几年前翻车砸死了，她如今和独生儿子过。两人面对面站在羊群中，后来不知谁领头，又走进河边的柳行子。没人听到他们说什么，只见他们在里面站了很久。

205

从那儿起，蔫狗儿的脸上就有了活气，已显浑浊的眼里还放出些许的光彩。每天更勤奋地干活，庄稼侍弄完了，就背个筐去割草。

渐渐地，人们发现，蔫狗儿每去割草，都去找寡妇。两人把羊赶进野蒿丛，蔫狗儿替寡妇放羊，寡妇帮蔫狗儿割草。

后来人们就传出闲话，说蔫狗儿和玉玲勾搭上了。还说小孩子们看见过，两人在野蒿地里压摆摆儿。

对这，村里人不认真管，只是觉得好笑。

侄儿侄媳妇也不认真管，每见蔫狗儿出去，侄儿就笑问："叔，又去割草？"

侄媳妇则半真半假地说："叔，你可别拿家里的东西送相好的，那是无底洞，填不满！"

蔫狗儿麻搭着眼皮，不理，仍蔫蔫地吃饭，蔫蔫地干活。干完地里的活，他就背着草筐，蔫蔫地去找寡妇，很坚决。

这天，蔫狗儿又来到河滩，玉玲已在野蒿地里等他。

两人坐在沙地上，羊们围着他们沙沙地吃草。

"跟孩子说了？"蔫狗儿蔫蔫地冒出一句。

"说了。"

"他认我？"

"认！"

傍晚，蔫狗儿空着筐从地里回来，嘴里呜呜哝哝哼唧着什么。侄儿很诧异，才要问，蔫狗儿先说了："明儿，我搬到玉玲家去。"

侄媳妇笑得前俯后仰："蔫叔也想赶时髦？看不让人家虎羔子似的儿子打断你的腿！"

蔫狗儿白侄媳妇一眼，硬硬地："那小子是我的种！"

浑河沿的女人

凌子躲在墙角，呆呆地望着门前的妈妈。太阳像个大火球，在浑河堤顶上跳几跳，便倏地滚下去，给满天云霞涂上一片红，也给妈妈的身子涂上一片红。

凌子知道，妈妈在等爸爸。

爸爸在县文化馆上班，搞文学创作，一个星期才回家一次。凌子也想爸爸，可又恨爸爸。特别是农忙的时候，就更想，更恨。别人家的爸爸都帮别人家的妈妈干这干那，而自己的妈妈不管是去稻田浇水，还是到浑河滩耪地，总是孤零零的一个人。望着累得摇摇晃晃的妈妈，凌子心疼得不得了，就恨恨地说："爸爸不好！"妈妈却总是笑："凌子，不许这样说爸爸，你爸爸在干大事！"说完，瘦削的脸上还放出红光。

使凌子想爸爸又恨爸爸的，还有一个原因，爸爸嘴馋。平时，妈妈过日子好节俭，凌子不生病，一个鸡蛋也舍不得煮给她吃。可爸爸一回家，妈妈就把攒了一星期的好东西都拿了出来。吃着香喷喷的饭菜，凌子忘了心中的不满，搂着爸爸的脖子撒娇："爸爸，我真想你！"爸爸按按她的小鼻子问为什么，凌子说："你一回来，妈妈就做好吃的！"妈妈就指着她咯咯地笑，爸爸也笑，可凌子看见，爸爸的眼里噙满了泪花。

这次，爸爸一连三个星期没有回家。凌子不止一次缠着妈妈，追问爸爸到哪儿去了。妈妈反问她："你爱不爱看电影？"凌子使劲点头。"你爸爸在写电影！"妈妈高声说，还神气得把头一扬。凌子却神气不起来。她爱看电影，可更想爸爸，更想好吃的。凌子也看出，妈妈嘴上神气，心里也在想爸爸。每到星期六傍晚，妈妈早早喂上猪，就站在门前的大树下，挺直身子朝县城的方向望。

云霞消退了，夜幕渐渐笼罩下来。突然，随着清脆的车铃声，一个黑影飞快地来到面前。

"爸爸！"凌子欢叫着扑过去。

爸爸扔掉自行车，双手掐着凌子的腰，高举过头顶，连着转了几个圈儿。

"那……剧本？"妈妈在旁轻轻地问。

"通过了，马上就开拍！"

晚饭自然是丰盛的，因为积攒了三个星期。凌子又搂起爸爸的脖子："爸爸，你真好！"

"不，你妈妈……好！"爸爸望着妈妈，嗓音忽然有些颤抖。

凌子清晰地看见，爸爸眼里涌出大滴的泪珠。

妈妈也哭了。

娟　子

娟子家和我家是近邻，娟子比我大两岁，自小我俩就在一起玩过家家，跳"房子"。稍大点，娟子又带我背着小筐到村外打草，爬上老榆树捋榆树叶，小姐姐似的呵护着我。永定河那白白的沙滩上，曲折长堤的碧绿草丛中，无不留下我们童年、少年的足迹，也刻着我和娟子的纯真情谊。

娟子长得好看，圆圆的脸，大大的眼，弯弯的眉毛，头顶两个立天锥小辫，怎看怎像年画上的胖娃娃。全村的大人小孩都喜欢她。

娟子长得好，命却苦。她家姐弟多，全仗父母挣工分养活，穷得在村里出了名。由于穷，父母便不让她上学，在家照顾弟妹，给猪羊割草。每天我们坐在教室里读书，娟子就背着弟弟或妹妹，靠在学校的墙角上听，等我们下课了，再凑过来和我们一起玩。望着娟子那明亮的眼睛，我常想，娟子若是能上学，定是个品学兼优的好学生。

许是穷人的孩子早当家吧，娟子到十四五岁的时候，无论地里的农活，还是家中的针线，都能拿得起放得下。我羡慕她手巧，她笑笑，说："什么人什么命。我一个睁眼瞎，再不会干活儿，以后靠什么吃饭？"说完又一笑，眼圈就红了。我心里也酸酸的。

娟子十七岁那年出嫁了，结婚证是她爸爸送给村长两瓶二锅头换来的。村长在把结婚证递到她爸手中时还是说了一句："娟子结婚太早了。"她爸说："守在这个穷家里有什么希望？让孩子去活命吧。"

迎娶那天，我没上学，帮娟子父母里外忙活。当接亲的队伍来到门前时，娟子在屋里放声大哭。那哭声很凄惨。她是在哭她那不幸而心酸的过去吧？

娟子最初几次回娘家，还很有点新媳妇的样儿，身上脸上透出成熟女人的美。后来有了孩子就不行了，衣裳脏兮兮的，带着孩子屎尿的痕迹；头发乱蓬蓬的，沾着泥土、草叶儿。十年间，娟子变魔术般成了四个孩子的母亲，人瘦弱得如同田野里的一棵高粱秸，脸上刻满密密麻麻的皱纹，两只黑白分明的大眼睛，也黯淡得毫无光彩。那个时期，是娟子往娘家跑得最频繁的时期，与其说是看父母，不如说来揩父母的油。可父母也同样穷，哪有多少油给她揩？但父母终究是疼女儿疼外孙的，就变着法儿给她们做吃弄喝的，临走再舀给她几瓢粮食，摘给她几个倭瓜。娟子领着她那高高低低的四个孩子，背着粮食，抱着倭瓜，拉成一串走在长长的永定河大堤上。落日的余晖照过来，形成一个黑黑的、动人的剪影。那剪影便刀刻般深印在我的心上，一直印了多少年。

后来我到县城工作了，再也没见过娟子。去年春节我回家看父母，正在屋里闲话，一辆汽车轰鸣着停在门口。我出门来看，一个胖胖的中年妇女正指挥着几个年轻人从面包车里往下抬礼品，两个孩子咿咿呀呀地掺杂其间。我咳嗽一声，胖女人回过头，细细一看，竟是娟子！

"娟子姐！"我激动地叫一声。

娟子也认出了我，"大兄弟呀！"扑了过来。

娟子的脸红扑扑的，一头浓发黑黑亮亮，脑后还烫了波浪花。

我笑着说："你可越来越年轻了！"

娟子也笑，脸上浮起一层少女般的红晕。

我指指面包车："自己的？"

娟子点点头："两辆呢。他们哥俩一人一辆，搞客运的。"说着招呼那几个年轻人，"过来，认认你们这个写字的舅舅！"

几个年轻人围过来，恭恭敬敬叫舅舅。我逐一看过去，个个都衣帽鲜亮，全没了小时候那委琐的样子。

我打趣说："娟子姐成财主了吧？"

娟子毫不掩饰："钱倒够花，只是……"用眼扫了四个儿女一遍，"那些年穷，没让他们念多少书，再怎么也成不了大气候。"又一指腿边咿呀的孩子："这第三代，说什么也得供他们上大学。"

我感慨地想："娟子终于盼来好时代了！"

朦胧的月夜

悄悄地，月亮从浑河堤后浮上来，车轮般大，火红。升到柳树梢头，便小似铜盆，淡黄。皎皎的光芒泼下来，空中像飘动着一匹纱，又像涌动着一层雾，亮堂且朦胧。

石头坐在瓜棚的铺沿上，心里几分烦躁几分焦急又几分难耐，瞪着渴望的眼睛盯住那条灰白的小路。柳树下黑，柳树下的瓜棚里更黑。于黑暗中望亮处，黑便愈发的黑，亮也愈发的亮。石头呆坐着，想着金秀告诉他今晚要向他宣布一个重大决定，便隐隐生出不祥的感觉。回忆起这些年那一个个销魂荡魄的情景，石头不自禁地裂开厚嘴唇笑了，眼就更紧迫地望向小路。

沙沙沙，一阵脚步声，月光中出现了一个娇小的身影，轻轻的，急急的，飘一般过来了。

石头把身子坐直，足足地吸了两口气。

人影走进树荫，来到瓜棚前，便被一双有力的大手抓住，不由发出一声低低的呻吟。

"金秀！"石头叫着，探着嘴巴寻找。

女人把脸迎上去，一阵热烈甜蜜的声响冲出瓜棚，融入月色里。

当年，金秀是浑河沿有名的美人，很早就和当生产队长的铁柱结了婚。一次淘井时，井壁塌方，将铁柱捂在了井里。石头带人疯了似的挖，才把铁柱抢出来，可人已瘫痪了。石头有时间就来铁柱家，帮金秀照顾铁柱，帮金秀干家里地里的活。铁柱死了，金秀带个孩子，孤独且艰难，石头来得更勤。金秀感激石头，便把身子给了他，这一好就是十几年。即便后来石头娶了媳妇，有了孩子，两人的热情也未减。

好久，女人挣开身子，拉住兴犹未尽的男人："给你个东西！"

石头接在手中揣摩，圆圆的，核桃般大小，心中陡地一冷："梨？"

"梨（离）！"女人的声音很轻柔，可分明又很强硬。

石头沉默着，呼吸渐渐急促起来。猛地，手一扬，一个小小的黑点飞出去，重重击在柳树上，溅出一个钝钝的裂响。

"我永远忘不了你的好处。"女人颤颤地说。

石头仍是沉默，呼吸声更响。

"我忘不了你！"女人又说。

石头动了一下，还是没有说话。

"真的，我永远忘不了你！"女人把脸贴在男人的手上，滚烫的泪水打湿了手背。

"那你……"石头终于开了口，嗓音沙哑得厉害。

"孩子们大了，咱得给他们……留点儿脸！"

他俩的事村人们都知道，常把它作为茶余饭后的笑料。

"我家强子明天就毕业回来了，瓜地让他来看，我就……不来了。你照看着他点儿，啊？"

"嗯。"

"溜河风硬，夜里睡觉别脱光身子，盖点儿东西。"

"知道。"

"这是几个煮鸡蛋，给你。我，走了。"

"别！"

"这……"

"你明天不是要走瓜吗？我现在就帮你落。"

"黑天半夜的，看得准生熟？"

"你还不知道我的能耐？"石头终于笑了。

女人也笑了。

月光笼罩的瓜田里，响起"咚咚"的弹瓜声和"咔嗒咔嗒"的剪子声。瓜铺旁，渐渐堆起一个瓜的山。

两人站在瓜堆前，擦着满头满脸的汗，热烘烘的男人气和女人气掺杂在一起，钻进两人的鼻孔。两人同时感到身体里有一股东西在激荡。

"金秀！"石头叫。

"嗯？"

"咱们再……一回？"

"最后一回。"

"最后一回！"

两人相拥着，钻进黑暗的瓜棚。

瓜棚像只狂风中的小船，"嘎吱嘎吱"地摇晃着。树顶的宿鸟被惊醒，拍打着翅膀飞向远方。

月色更加朦胧。

瘸 爷

瘸爷粗粗大大的，一副好身板。五官也长得周正，浓眉大眼，鼻直口方，算得上一位俊品人物，可惜瘸了一条腿。

村人们说，瘸爷的瘸腿，完全是自找。

当年，瘸爷是村里数一数二的壮汉，碾场的大石碌碡能一人放到肩上，扛出半里地。瘸爷家有一挂胶轮大车，瘸爷从小就摆弄，红缨大鞭一甩，马车飞奔，铜铃炸响，威风得很。

一天，瘸爷和几个车主搭伴去北平城里拉货。回来的路上，两拨土匪开仗，把他们夹在了中间。别的车把式见势头不好，忙停下车，人趴到车底下。瘸爷是个钱串子脑袋，把一个小子儿看得比车轮还大，从没请谁吃过一顿饭，挂在嘴上的口头禅是："我狼叼来的不给狗吃！"出了名的吝啬。他见枪子乱飞，怕把枣红马打死，便豁了命，纵身跳上大车，大鞭一挥，赶起马车就跑。同伴叫他下来，他竟站在车辕上大喊："枪子有眼，不打好人！"一声未了，一颗枪子飞来，准准打在他的大腿根上。

几个月后，瘸爷的枪伤好了，腿骨却错了位，一腿长一腿短，瘸爷就成了瘸爷。

村人们每提起这事，就笑得前俯后仰："枪子有眼，不打好人。真是不打好人！"遇到瘸爷高兴，也和大家一起笑。赶上心里不痛快，他就低骂一句，讪讪地走开。

在我七岁那年，永定河发大水，一里多宽的河面扬汤沸滚地满了槽，几处河段发现险情，县长要沿河村庄的青壮年上堤抢险。瘸爷急得直骂老天爷："下那么多雨干吗？这才刚过几天好日子，就来添乱！"提起一把铁锹，一颠一蹦上了堤。

守护间，一处河堤漏了水。这水漏得很阴险，先是一点一点往外洇，突地就涌出一股水柱，眨眼就扩大成水桶粗。人们慌忙往河里扔草袋，漏洞不但没堵住，反倒越来越大，大堤似乎都在微微抖动。县长急了，喊："共产党员，给我站出来！"人群中"噌噌"蹿出几十个光头庄稼汉，瘸爷也一纵身子，挤到前面。

瘸奶奶拉住瘸爷："你不是……"

瘸爷一甩手，把瘸奶奶抡了个跟头："河一决口，多少房子、地就没了！"抱起一个沙袋就跳下大河。

不一会儿，观察堤外坡的人欢呼起来："堵住了，堵住了！"众人奔过去，果然，刚才还猛烈喷射的水柱没有了，黑乎乎的洞口只剩一小股泥浆在蠕动。

突然，人们想起了瘸爷，河面上光光的，什么也不见，只有那汹涌的河水，万马奔腾地往下泄。

大家知道了，瘸爷是用自己的身子堵住了漏洞。

在县长的带领下，人们面对大河，深深地低下头。

这时，人群中响起一声叹息："这个瘸子，一辈子都是舍命不舍财！"

县长大怒："我让你舍命！"

那人意识到说错了话，灰溜溜躲到一边去了。

县长一屁股坐在地上，手拍着堤顶痛哭。

沙 坨

张志强这段时间既兴奋又焦虑。

张志强兴奋，是他在村级选举中以压倒票数当选村主任。前任李林落选，是因不干事，只知往自己兜里捞好处。村民们选他张志强，说明大家认可他能干事，不贪不懒。这自然让他高兴，他暗暗发誓，绝不辜负乡亲们的信任，要带领张家坨人过上好日子。可张家坨基础环境差，既没有古迹、景点供人观赏，又没有出名的特产，能办个这节那节的。这就让他很郁闷。

这天，张志强又围着村庄转起圈子，他已记不清围着村子转过多少圈儿了。转到村北，他的心突然动了一下，眯着眼睛端详起来。眼前是一片高低不平、延绵数里的沙坨子，是古时候永定河开口子淤积成的，张家坨的村名就是由此而来。沙坨子干旱，以前只稀稀拉拉长些矮树，后来矮树也被人砍走当柴烧了，就剩了枯黄的茅茅草。张志强走进沙坨，爬上爬下逐一察看。鞋里灌满沙子，他干脆把鞋脱下来提在手里，光脚蹚着雪白松软的沙子，舒服得让人心痒。

张志强走累了，一幅美丽的蓝图也在脑子里形成了：把沙坨子搞成沙雕。张志强外出旅游时见过沙雕，就是在大土包上雕出人物、花鸟，有《三国》里的刘、关、张，有《水浒》里的李逵、鲁智深，有《西游记》里的三打白骨精，还有孔雀开屏、喜鹊登枝，雕好后用特制的胶水固定，风吹雨打都不怕。张志强想，还得打几眼机井，有了水，就可在沙坨间栽果树、种西瓜。梨树、桃树，张家坨原来就有的，西瓜也有人种，梨虽然没有梨花村的"金把黄"那么叫响，西瓜也没有庞各庄的名声显赫，但也香甜可口。当然，沙坨里还要建几座仿古式亭子和小商店，亭子供游客歇脚，小商店卖香烟、瓜子、饮料。游客赏完沙雕，采摘过瓜果，坐在凉风习习的亭子里，抽香烟、喝饮料、侃大山，优哉游哉岂不胜过活神仙？嗯，对了，村剧团也要恢复。张家坨的业余评剧团有历史了，新中国成立初宣传婚姻法时就演过《小二黑结婚》《小女婿》。虽然停演了多年，可吹拉弹唱有班底，恢复起来不费劲。游客们玩够了，进村吃"农家乐"、看演出，还不开心死？如今城里人有钱有闲了，都一窝蜂地往乡下跑，张家坨栽上梧桐树，还怕招不来金凤凰？张志强想得热血沸腾，回家骑上自行车，就往镇里跑。

镇长很支持，说最美乡村就得是这个样子，说村主任就得为村子的发展动脑筋。还说过几天找专业人员论证，如可行，镇里将有资金支持。

很快，镇长通知张志强，他的设想获得通过，嘱咐他放心大胆去干。张志强高兴得直拍大腿，在村民会上把这事一亮，大伙儿连声叫好，说群众的眼睛就是雪亮，张志强就是能办事。

没过几天，张志强就把在北京某设计院当工程师的同学请来了。同学也很给力，不仅答应帮忙设计，还说要亲自带施工队，一准保质保量完成施工任务，让张志强一炮打响。

就在张志强领着设计人员忙着勘测的时候，村里却涌起一股"暗流"，暗流是李林兴起的。李林下台，虽是全村人的意志，他却把气撒在了张志强身上。我干不了，你也别想干好！他在村民中散播：张志强把设计、施工都交给他的同学，这里面能没有猫腻？还说，这年头，谁无利能早起？就没有不吃腥的猫！别看张志强表面上老实巴交的，那是他没逮住机会，有了机会，狠着啦！这些话一传十，十传百，很快传遍了全村，只有张志强被蒙在鼓里。

一个月后，设计图纸出来了，只是资金稍有不足。张志强就给同学说好话。同学很慷慨：冲老同窗的面子，我又喝了你家那么多酒，不足部分就免了！

张志强兴冲冲拿着图纸再一次召开村民大会。可他讲了半天，下面一点动静也没有。他正诧异，有人站出来说，沙坨子里埋着他家老祖宗，得给迁坟费。张志强就笑："我在村里活了五十年，从没听说沙坨子里有谁家的祖坟。"那人就恼了："那是我八辈儿以上的祖宗，不给钱，沙坨子就甭想开发！"一波未平一波又起，又有人说："沙坨子是张家坨的风水地，动了沙坨子，全村人都要遭殃，每家每户都得赔钱！"
这个提议，得到众口一词的赞同：不给赔偿，就别想动沙坨子一锹土！
李林还指着张志强的鼻子："好处不能独吞，你吃肉，也得让大伙喝点
汤！"还未等张志强回话，村民们一哄而散。

老同学一看这架势，就要打退堂鼓："你们村的事难办，还是算
了吧！"

张志强伸手拦住："少安毋躁，让我想想。"

想了半天的张志强终于有了主意，他让老同学按他的意思画图表，
自己拧开扩音机，向全村喊话。他说，为把沙坨开发好，成立沙坨开发
管委会，每个村民小组长都是委员，共同负责开发工作。还说，为做到
心明眼亮，成立监察委员会，每个村民都可报名参加。最后说，开发沙
坨的资金来源、开支预算列了表，贴在告示栏里，请大家来看、提问。

不一会儿，告示栏前就挤满了人。

很快，有人说话了："看人家张志强这事办的，就是敞亮。我们
屈枉他了！"

"就是，我说张志强不是那样的人嘛！"众人也议论开了。

李林在一旁听着，脸上挂不住，转身欲离开。

张志强上前邀请："兄弟，你也报名当个监察员吧。"

李林一句话说不出，匆匆走了。

山里来的女人

因为那条残腿，二槐三十六岁才有了个女人，从深山里带出来的女人。

女人名叫山妹，蛮年轻的，通身上下显示着山的形象：圆圆大大的脸，粗粗壮壮的身。

几乎全村的女人，老的、少的、美的、丑的、富的、穷的，或是不富也不穷的，都来看她。仨一群俩一伙，斜着眼瞟她，手指一顿一顿地点她，窃窃地议论，咪咪地低笑。

山妹很惊惶，脑袋低垂着不敢抬起。这惊惶，一是山里人初到山外心里没底，二是她那久病的老爹确实使了二槐的钱。

夜里，山妹惨白着脸问二槐："你看得起我？"

二槐老老实实地点着头："看得起。"

"不嫌弃我？"

二槐笑了："你看我这条腿。往后还得靠你帮衬过日子。只要你不嫌我，我能嫌你？"

山妹望着二槐的眼，脸上缓缓泛出红晕，忽然嘴一咧，闪出满口灿灿的白牙。

第二天天未亮，山妹便起来，让二槐稳稳地躺在被窝里，自己抱柴做饭，俨然一个老练的主妇。

二槐虽然两腿一粗一细，身子却是健壮得很。他承包的粮田、瓜园，样样都收拾得极规矩，在村里数一数二，很挣了一些钱。如今山妹来了，一个人的活两个人干，自然就轻松了很多。于是，二槐便时常去小酒店里泡，喝得脸上红扑扑，和人玩纸牌。山妹来找二槐，肩上扛把四齿。并不喊叫，招招手，把他唤到店外。

"地里的活儿还是你干，我去浑河滩开荒。"

浑河常年没水，河滩里形成大片荒地，谁去收拾都允许，只需向村里交点儿占用费。

"够吃够喝的，闹腾那干什么？"二槐不以为然地摇头。

"现在够吃够喝，往后还要添吃闲饭的。"山妹朝他笑。

山妹这一笑，立时把二槐的脸笑出光来："嘿嘿，只是累了你。"

"累？"山妹举着四齿，"比山里的老镢头轻多了。既是成了家，就该好好过日子，要不，惹人笑话。"

"是是，你说得对。"二槐赶忙扔掉斜叼在嘴上的香烟，脸上涩涩的。

这一年，二槐又闹了个好收成。村里的小夫妻们来邀他们赶年集。山妹推着自行车走出门，二槐忽然停住，硬让山妹一个人去。

"你？"山妹奇怪。

"诺。"二槐红着脸，朝小夫妻们点点下巴。

山妹用眼扫过去，发出一串咯咯的笑："看你。他们男人驮女人，咱们女人驮男人，咋的了？犯法？来，上车。咱们还要走在前面！"山妹腾身上车，驮着二槐嗖嗖地蹬去。小夫妻们一阵欢呼，争先恐后追在后面，撒下一路欢笑。

桃花姑娘

缠缠绵绵的三月风吹绿了柳枝，吹开了桃花，也吹红了桃花姑娘桃花般的脸。

淅淅沥沥的春雨滋润了巨龙似的浑河堤，滋润了堤内一大片秧田，也滋润了桃花姑娘那生机勃勃的心。由于心里的勃勃生机，桃花的身子便分外娇俏，脚步也格外轻盈，眨眼工夫，一条街就走到了尽头。

"桃花！"村头小卖部里走出个英俊的小伙子，迎着桃花欢悦地叫。

"三子！"桃花也欢悦，腰肢一闪走过去。

"这些天你去哪儿了？影儿都不见。"三子急切地问，眼里燃着火。

"我跟冬生在河滩里搞育秧试验。"桃花的两眼笑成月牙，眼前浮现出另一小伙儿的脸。

桃花今年二十三，娉娉婷婷，一个大姑娘。一家女百家问，问来问去就免不了打对档子撞了车，三子和冬生的媒人脚跟脚地上了门。桃花对两人都有好感，但对两人都没表态，她还要看看。

桃花和三子是同学，和冬生也是同学。上学时三子的数学好，高考落榜后就在堤顶路口开了个小卖部。凭着他很好的数学基础，从过往行人和村里乡亲们身上，一分一分地算计，算计出不少的钱，成了村里富足人之一。冬生上学时化学好，一摆弄那各式各样的瓶瓶管管就入迷。村里年年种水稻，可育秧年年是难题。不知怎么，好好的稻秧长着长着就蔫了，一片一片地死。等到插秧时，十家有九家秧不够，急得人们恨不得在田边抹脖子。冬生就向村干部提出搞育秧试验。村主任召开村民大会，几百人一起叫好。冬生就自己垫钱买来瓶瓶管管，买来药粉药液。还需个助手，桃花就做了他的助手。

"三子，有钱吗？借我点儿。"

三子眼睛一亮："你用？"

"不，冬生买药用。眼下正是秧苗生长的关键期，冬生手里没钱了。"

"这……"三子的眼光黯淡下去，语气也迟疑了，"我……我正巧也手头紧。"

"你瞎说！谁不知道你是富翁？"桃花咯咯地笑，"这可是关系着全村人的收成。"

"嘿嘿，"三子也笑，"要是你自个儿用，多少都行。别人……"

"好吧。"桃花仔细地看看三子，客气地点点头，"没有，就算了。"

客气是客气，桃花已把三子从心中抹掉了。

桃花越过堤顶往河滩走。在淅淅沥沥的春雨里，在一片嫩绿嫩绿的秧盘中，站着粗粗壮壮的冬生。

甜　女

　　甜女站在柳荫下，眼前是翠绿的二亩瓜园。轻风顺着空旷的河道一个劲儿地吹，拂着甜女的脸，仿佛是一只轻柔的手在抚摸，心里就凉爽爽的，挺舒坦。

　　甜女去年高中毕业，没有考上大学，着实不痛快了一阵。后来想："当大学生，当然是人人都愿意的。可是，人人都愿意的事情能人人都做到吗？行行出状元，干吗非要千军万马去挤独木桥？"这一想，甜女那不痛快的心情消失了，她放下书包，拿起了瓜铲。

　　甜女的村子是瓜乡，出产的西瓜在北京城里久负盛名。甜女和父母商量好，自己单独种浑河滩上这二亩瓜。

　　西瓜下籽这天，志强来了。志强和甜女是同学，也是考场上的"败军之将"。

　　"甜女，咱俩合伙倒衣服卖吧，保你赚大钱。"志强胸有成竹地对甜女说。

　　甜女低头想了一会儿："我觉着，还是种瓜稳当。"

　　志强走后，甜女捧起第一粒种子，颤抖着双手放入坑内。

　　不久，瓜苗出土了，头上顶着硕大的两个瓣儿；瓜秧甩"龙头"了，披着一层茸茸的白毛；瓜秧爬蔓了，探着两条长长的须儿；瓜秧开花了，没有香味的黄花酿着一窝窝蜜。甜女没黑没白地滚在瓜地里，做着一个甜甜的梦。

　　志强又来了，围着瓜地转一圈儿，站在甜女面前："甜女，我准备在城里设个瓜摊儿，你的瓜我包了。"

　　甜女望着他，没言语。她听说了，志强倒腾服装赔了本。

　　"你的瓜反正要卖，自己卖，还得找车托。给我，我直接到地头来拉，省了你多少事？"志强做工作。

　　"好吧。"甜女点了头。

露珠降了又干，月亮缺了又圆。眼瞅着西瓜就要成熟了，个个长得像柳斗。甜女望着汗水结成的果实，心里比喝了蜜还甜。

一辆摩托轰鸣着驶下河堤，是志强。

"城里的西瓜开始上市了，我来看看你的怎么样了。"志强边和甜女说着话，边走下瓜地，弯下腰"砰砰"地弹瓜。

"嗯，不错，能摘三千斤。我给你两毛五一斤，明天来车拉。"志强满意地站直身子。

"喊！"甜女瞪他一眼，"现价三毛都出头！"

志强脸一红："得，三毛就三毛！"

"不卖！"

"怎么……"

"不熟，等三天后。"

"三天后？"志强哈哈地笑了，"傻丫头，快马赶不上瓜果行。三天后你连两毛都卖不上了！"

"能值多少算多少。"

"嘿，"志强像看怪物似的看着甜女，"你吃错药了还是怎么的？高价不卖卖低价？"

甜女莞尔一笑："药吃没吃错不知道，我就知道生瓜不甜！"

心　障

　　三老汉蹲在瓜地边，耷拉着脑袋，像霜打的瓜秧。他悔不该不听大头的，大头前几天就跟他说，合伙搭个铺，轮流看守。怪自己大意，总觉得没事，直耽搁到今。如今……唉，三老汉心疼得刀割似的，鼻腔里有一股酸水要往外冒。他抬起脑袋，不忍心又忍不住地往瓜田里望。

　　浑河滩的土质适合种瓜。这几年城里人饱享了口福，村里人也胀鼓了腰包。三老汉是老瓜把式，种出的瓜又大又甜，每年县里搞西瓜节，他都稳拿西瓜状元。今年他的瓜地和大头挨着，两人一块下种，一块出膜，一块压蔓，瓜却比大头的个儿大，整齐，让大头眼红得直骂街："我就不信老羊不吃麦苗子！"

　　三老汉得意地笑："小子，着急上火不管用，得有真本事！"

　　气得大头把瓜铲扔出老远。

　　可现在，一夜间他的瓜没了，七成熟的瓜全丢了，只剩下东一个西一个的馒头蛋蛋，躲在瓜叶底下哭丧着脸。而大头的瓜却显得神气起来，圆滚滚的，在清晨的阳光下喜眉笑眼。

　　三老汉心里又是一阵疼，一巴掌拍在脑门上，眼泪就止不住流下来。

　　"三哥，早哇！"不远处传来大头的喊声。

　　三老汉抹掉眼泪，慢慢站起身。

　　大头对三老汉的神情挺诧异，刚要问，一眼瞥到瓜地里，立时就跑过来："三哥，这是？"

　　"兄弟，我……完了，今年的瓜状元是你了。"三老汉看也不看他，期期艾艾地走了。

　　大头的脸呼地红了，又唰地白了，慢慢，圆脸拉成长脸。

　　半夜，三老汉拎条扁担，悄悄向河滩摸。虽说好马不吃回头草，倘若盗贼揣摩透人们的心理，说不准就偏偏第二次，那大头的瓜就是目标，捉住偷大头的贼，也给自己出口气。

三老汉探头探脑走进瓜地，大头地里果然有两个人影在晃动。猜个正着！三老汉精神大振，一猫腰，又轻又快地扑向前去。倏地，三老汉停住了脚，那两个黑影分明就是大头和他的老婆！

这是怎么了？瓜不熟就摘？还在深夜？三老汉挺纳闷。又想，世上不少事情都不喜别人知道，不喜别人知道的事就不要去知道。三老汉是本分人，叹口气，拎着扁担原路返回。

第二天天一亮，三老汉起身去瓜地。老远，大头蹲在地垄上。

"三哥，我的瓜也丢了！"

三老汉心一沉，拿眼使劲盯住大头。大头的脸上没有痛苦，眼里反倒流出一丝欣慰。

大头的瓜地糟害得比三老汉还惨，瓜秧被拉扯得七零八落，几个摔裂的生瓜蛋子龇牙咧嘴地冲天狞笑。

三老汉心里先是一热，接着又是一阵剧烈的绞痛。

散　文

浑河，我的母亲河

母亲，是个圣洁而伟大的字眼，每写这两个字时，心里总情不自禁地涌起一股崇敬感。

母亲与儿子，那是血肉相连、息息相关的两个生命，那是牵肠挂肚、魂系梦萦的一种思念，更是爱的奉献和孝的付出。

在我的生命中有两个母亲，一个是生我之身，哺我成长的亲娘；另一个是赋予我欢乐，磨炼我意志，激励我拼搏，启发我灵感的浑河。浑河，是我的母亲河。

浑河是北京地区的第一大河，发源于山西，穿千山过万岭，合溪水汇百川，流入北京地界。老年间因常闹水患，康熙爷敕封"永定河"，以图吉利。可士民百姓不理解皇上的良苦用心，仍叫浑河。我老家的小村庄就坐落在浑河那如巨龙般蜿蜒的大堤下。

母亲没有不疼儿子的。浑河，养育、陪伴了我数十年。刚蹒跚学步，我就在河边嬉戏。那洁白如雪柔软似棉的沙滩，犹如母亲驮着儿子的厚实温暖的脊背；那一涌一缩的浅浪，恰似母亲抚摸儿子的深情而疼爱的大手。随着年龄的增大，我对母亲河的感情逐渐加深，终于在七八岁的时候，一头扎入母亲的怀抱。浑河母亲用她那宽广的胸怀接纳了我，用她那巨大的身躯呵护着我，我在这温暖的空间里挥臂蹬腿，恣意扑腾，很快学会了扎猛子、狗刨儿。慈母未必不严厉。我的任性，我的自以为是，我的胆大包天，曾几次激怒了母亲，得到重重惩罚。当然，母亲是绝不忍心将儿子置于死地的。当我一次次从昏迷中缓醒过来后，悟出了一个深刻道理：人要有自知之明，要懂得天高地厚，要有所为有所不为。这一悟，使我从浑浑噩噩中清醒过来，知道了怎样认识社会，怎样认识人生，知道了怎样爱，怎样恨，怎样做个真正的人。

最难忘的是在那艰苦的"瓜菜代"年月，浑河母亲以她那伟大的博爱精神，救了我及沿河千千万万的人们。那年，满槽的河水突然退尽，湿润的河床上仿佛一夜间生出密密丛丛的蒲草。数月后，蒲草长到半人高，轻风一吹，如万顷波涛。随即，河床里挤满刨蒲根的饥饿人群。蒲根白生生、甜丝丝，嚼在嘴里犹如吸吮母亲的乳汁。人们把蒲根晒干，碾碎，掺上榆皮面，蒸窝头，贴饼子，充实空虚到极点的肠胃。过度的刨挖，给浑河母亲的躯体造成巨大伤害，但她无怨无悔，养息一冬后，在春暖花开时节又以极大热情奉献给人们一滩碧绿。浑河以她那母亲的爱心，陪伴我走过艰难的年代。

我踏上文学创作之路后，经常走村串户，从老河兵、老船工、老农人的嘴中淘取母亲河的故事。我要用手中的笔，写浑河母亲的愁苦与欢乐，写浑河母亲的屈辱与荣耀。儿子向社会展示母亲的风采，应是义不容辞的义务和责任！

每有闲暇，我必定要回老家小住几天，因为那里既有对我恩重如山、白发苍苍的生身老母，也有我思思念念的浑河母亲。在亲娘膝下承欢后，我走上浑河大堤。高高的堤顶寂寂清清，使我顿觉远离喧嚣城市的洁净，让人神清气爽飘然物外。往上看，我仿佛看到了她的源头山西管涔山；往下望，我仿佛望到了她的天津海河入海口。浑河母亲以她的坚忍不拔千年流淌，浑河母亲用她那深邃目光注视着历史，注视着人生。

抚摸老柳，漫步沙滩，犹如与母亲相偎谈心，往事历历如在眼前。霎时，那一朵朵浪花变成一则则动人的故事，那一座座"土牛"变成一个个骇世的传奇。接足地气的我顿觉精神振奋，创作激情如烈火般在心里点燃。讴歌浑河，讴歌母亲，为农民代言，将是我矢志不移的信念！

我有两个母亲，一个是亲娘，一个是浑河。

家乡的路

　　世上本无路，路是人们披荆斩棘开辟出来的。于是，这路就印满了开拓者坚实的足迹，浸淫了开拓者辛劳的汗水。随着脚步的迈进和汗水的抛洒，路会越拓越宽，越走越直……

　　我的家乡是首都南郊永定河畔的一个小村子。二十世纪五十年代，我刚蹒跚学步，村里村外那七横八纵的小路因印满了我跌跤的痕迹和趔趔趄趄的脚印，而深深嵌入脑海，历久不忘。

　　由于村子小且穷，村里只有一条主街。街道宽约丈许，从一座座泥房草屋中蜿蜒穿过，枣木棍般弯曲，搓衣板样凹凸。雨天，低洼处积满脏水，汇集着全村的污秽之物，烈日一晒，恶臭熏天，引得苍蝇蚊子嘤嘤嗡嗡欢乐无比。晴日，高低不平的路面裸露着尺来深的车辙，隆起的泥楞坚如硬石，稍不留意就会崴脚，牛车马车走在上面，颠得几乎要散架。

　　出了村子，是无数条灰白的小路，通向遥遥相望的邻村和广阔的田野。小路边上，或是耕种的土地，或是丛生的野花杂草。蓬勃旺盛的蒺藜簇生在小路两旁，悄然而顽强地趴在路面，阴险地竖起尖刺，静候着路人。乡村野人编有一个谜语："远看花花朵朵，近看丝丝萝萝，哎哟一声，欠起脚够我。"谜底就是蒺藜狗子扎人。

　　路上不仅有蒺藜陷阱，更有一个个水坑隔阻。水坑有季节性的，有常年不干的，浅者过膝，深者没腰。坑里坑外长满蒲草、芦苇，旺旺的，绿绿的，房屋般高矮。坑外荒草中，野兔掏窝，水鸭做巢；坑内芦苇里，水鸟鸣叫，水蛇游弋。满坑的鱼鳖虾蟹，引诱得孩童们流连忘返，可苦了出村劳作的大人们，胆大的扒鞋脱裤而过，胆小的就要走许多冤枉路。

　　小村西面，还有一条大路，先是紧贴河堤走，然后抛开永定河，穿越大大小小的村庄，扭扭曲曲向北延伸百里，直到北京的永定门。这条路历史悠久，起自何朝何代不得而知，老人们习惯叫它"官道"，抗战时是著名的"平大公路"，北平至大名府，现在叫"京开公路"，北京至开封。平大公路是日军的一条主要运输通道，为保路基，便在上面铺了一层鹅卵石，工程粗糙不堪，鹅卵石大的如狗头，小的似核桃，花轱辘车能在上面颠得蹦起多老高。更让人胆战心惊的，这条路多段经过荒野，荒野之地杂草蓬勃，林木繁密，是土匪蟊贼出没的地方，路人被劫去财物，丢了性命的也不鲜见。

新中国建立后，战争创伤需要疗救，百废之业亟待振兴，一些旧有的东西无暇改变，就承接下来，继续使用，这条"官道"就属此类。在我记事时，屋后是个汽车站，每天有几辆破旧的客运车在此歇息、添水、加燃料。那客车尾部背个大铁炉，先是烧劈柴，后来烧煤炭，每次发动，必得炉火燃旺，否则就动弹不得。这样的汽车车速很慢，摇摇晃晃像老牛在爬，且经常抛锚，旅客要想正点发车，正点到站，那是不可能。

"官道"在永定河边隔断，于是就用船摆渡。新中国成立后架起木桥，但桥面窄窄的，仅容一车通过。公路局便在桥两端设岗值守，挥动红旗喝令行止。总有不守规矩的，抢先上桥。两车在桥中相遇，谁也过不去，就吵，就骂，就大打出手。闲人们围在桥头，都笑哈哈的，像看西洋景。

世上多少事，只在弹指间。

时光倏忽过去，眨眼新中国建立已近七十年，改革开放也已四十年。就在这些年中，我的家乡和家乡的路，发生了惊人的巨变。

现在走进小村，几十年前那些杂乱无章、低矮破旧的泥土屋彻底不见了，代之而起的是规划齐整、高大敞亮的花门楼大瓦房，全没了以往的旧貌。这使得我回家探亲时常站在街上发蒙，不敢贸然走进哪家门楼，怕进错院子闹笑话。

那些通往村外的崎岖小路更是踪迹全无，几十年的农田基本建设，削掉了高丘，填平了低洼，往昔的荒草甸子芦苇坑，变成一马平川的丰产田。成排的杨树夹着笔直的大道，农人们下地劳作，骑着自行车，架着拖拉机，脚不沾地直到田头。

那条古老的"官道"也完成了历史使命。经过多次裁弯取直，垫高加宽，成了106国道，宽阔的柏油路，四辆卡车齐头并进也绰绰有余。永定河上的木桥也被水泥大桥取代，分为上下道的桥面，畅通无阻地穿梭着南来北往的车辆。

平坦的田间道，奔跑着各式各样的农用车，满载着粪土化肥、瓜果粮食，更满载着农民的喜悦、农民的幸福。

宽阔的国有路，飞驰着吉普车、小轿车、客运车、载重车，上面装载着现代化的高新仪器、建工材料，更载着改变了思想观念的新型农民。

更令人惊喜的，是修建了几年的北京大兴新机场，就要于二〇一九年九月三十日通航。巨大的国力，众多乡亲的热诚支持，凝聚成绚丽的"凤凰展翅"。中华民族的"凤凰"，将展翅飞往世界各地，也将迎来全球的嘉宾友人。

此情此景，不由使我想起那著名诗句："萧瑟秋风今又是，换了人间。"

家乡的路，祖国的路；建设的路，发展的路。

路无尽头，路无止境。路需要开拓者勇往直前，需要建设者抛洒汗水。

大爷爷

　　大爷爷，也就是我爷爷的哥哥。小时候听奶奶说，爷爷这辈儿是兄弟两个，爷爷排行第二，爷爷的哥哥自然就是我的大爷爷了。

　　或许有人要问，为什么不写爷爷，而写隔着一层的大爷爷？这是有原因的，因为我没有见过爷爷，在他身上，没有和我牵连的故事。据奶奶说，爷爷粗通文墨，虽生在农家，却不懂稼穑，满嘴之乎者也。后来在水道衙门谋了个书办类的差事，帮道台老爷抄抄写写。再后来，不知是受了坏人的诱惑，还是自己不学好，竟抽上了大烟，在我父亲才刚十来岁的时候，他便被毒品夺去了生命。

　　说我和大爷爷见过面，似乎也有些勉强。在我刚满八个月的时候，大爷爷就去世了。八个月的婴儿，是不可能认识谁记住谁的。之所以对大爷爷印象深刻，一切都出自奶奶的嘴。奶奶口中的大爷爷是个怪人，性格狂放不羁，有点儿类似时下的痞子，但又不完全是。据说他吃"五毒"，别人惧怕的长蛇，到他手里就软得成了面条，发起狠来，便顺着蛇头往下嚼，像吃脆黄瓜一般。蝎子、蜈蚣见了他，如同遇到索命的阎王，俯首帖耳趴在那里，一动也不敢动。最让我震撼的，是大爷爷曾亲手溺毙他的婶母。因叔叔无后，大爷爷从小便过继到叔叔家。叔叔对他还算好，但婶母却是个苛毒之人，对大爷爷百般虐待。待大爷爷成亲后，婶母的凶恶变本加厉。大爷爷看着遍体鳞伤的媳妇，新仇旧恨一起涌上心头，觉得实在是无路可走了，便下狠心以命相搏。他对大奶奶说，你要是有志气，就去死，死了，我给你报仇。不想大奶奶也是个烈性的，听了丈夫的话，立时就上了吊。大爷爷见大奶奶真死了，一把揪过婶母，摁进水缸里。事后，大爷爷到县衙自首。许是县官惊奇于一个十七八岁的大孩子竟做出此等惊天动地之事，也许是悲悯一对年轻夫妇遭受的苦难，竟将这忤逆大罪轻判了，一顿夹棍伺候过后，就把大爷爷放了出来。大爷爷伤于大奶奶之死，自此终身未娶。

爷爷染上毒后，那点微薄的薪水根本不够用，便偷家里的东西卖。甚至连大麦二秋时奶奶从地里拾来的麦穗、玉米棒子，一个眼不见，也让爷爷拿去换了烟抽。奶奶欲哭无泪，既要操持吃喝，又要带四个孩子，实是艰难。过惯孤单生活的大爷爷实在看不过去，为减轻我奶奶的负担，就把我大姑领养了。

一九五〇年农历七月十九，我来到这个世界上。在此之前，我已有了一个姐姐和两个哥哥，只是两个哥哥都夭折了。因父亲是单传，奶奶急于抱孙子的心情可想而知。两个哥哥的夭折，吓坏了老人家。见我又是个"带把儿"的，怕再发生意外，便四处探寻解救之法。大爷爷也很着急，虽说不是他的亲孙子，毕竟也是孙子，是延续倪家香火之人。不知从何处听来的，他给奶奶说了个禳解的法子。在我满月那天，举行了一个仪式：五岁的姐姐头上顶着个量粮食用的柳条升，我则由母亲帮着，头上顶了个斗。姐姐按大人事先教好的，脆生生地唱："我顶升，你顶斗。我活到八十八，你活到九十九。"就在这个仪式上，我睁着还看不太远的两眼，和大爷爷见了第一面。

许是禳解真的有效，许是我没有感染上"四六风"之类的月窠病，我健健康康地活下来了，而且长得白白胖胖。据奶奶说，大爷爷对我非常喜爱，经常过来看我。每次来，都把我抱在怀里，一边颠动一边叫着我的小名说："传家之宝，传家之宝！"

在我长到八个多月的时候，也就是一九五一年的初夏，大爷爷到永定河大堤上遛弯，看到一堆树枝，想抱回家烧火用，不想里面的炸弹爆炸了。那时虽已解放一年多，但社会上还不是很安定，不知是什么人出于什么目的安放的炸弹，要了大爷爷的命。

如今，大爷爷去世已经六十多年。我虽是绞尽脑汁也想象不出他的容貌，但那句"传家之宝"的话音，却时常响在我的耳边。这是老辈人对子孙后代的祝福，这是老辈人对子孙后代的企盼！于是，我便有了压力，有了责任感。我时时提醒自己：要努力，要拼搏，为了自己，也为了这个家族！

奶　奶

　　奶奶是个饱受苦难的女人，苦辣酸，忧恐惊，几乎伴随了她的一生。

　　爷爷去世时，奶奶还不到四十岁。二十世纪三十年代，军阀混战，盗贼蜂起，民不聊生。一个年轻寡妇，拉扯着四个孩子，除去耕种自己的几亩薄沙地，就是在大麦二秋捡拾庄稼，生活的艰难可想而知。小时候常听奶奶说，深夜里一听到响动，她就把几个孩子揽在怀中，吓得大气不敢喘。外面的响动，不是过路的军队，就是"砸窑"的土匪、"挖窟窿"的盗贼，无论谁进来，都没有好果子吃。直到脚步声消失了，提着的一颗心才算放下来。正是这相依为命的不易生存，奶奶对每个子女都非常疼爱。三个姑姑成年后，都嫁在本村。只是老姑在男人去世后，才又改嫁到邻村，相距也不过三里路，为的就是能经常见面。而对于我父亲这个独子，奶奶更是视为掌上明珠，说含在嘴里怕化了，顶在头上怕摔了，绝非夸张。我们村紧靠永定河，村里的男人没有不会游水的。我家离河更近，就在河堤下，距水边不过一百米，父亲却终生不识水性。那是奶奶怕父亲发生意外，每到夏季，就睁大两眼，手拿柳棍，严密监视，绝不允许父亲靠近大河半步的结果。待父亲长到十六七岁时，奶奶的心就揪得更紧了，既怕父亲被土匪绑票，又怕被军队抓兵。一有风声传来，奶奶就让父亲藏进村外的沙岗、树丛。时间长了，担心父亲生病，就在夜里把父亲接回家，父亲在屋里睡觉，奶奶坐在房顶望风，眼巴巴的，直到天明。

　　奶奶虽然贫穷，却是个要强的人，许是爷爷的吸毒使她颜面丢尽，便在子女的管教上下了功夫。一个生长在封建社会、大字不识一个的农家妇女，大道理是讲不出什么来的，不过就是身教和打骂。在姑姑们将要长大时，奶奶就向她们灌输三从四德，说是女人的脸面比天大，要行得正，做得端，要嫁鸡随鸡，嫁狗随狗，将来不管嫁到谁家，丈夫是怎样的人，都要遵守妇道，绝不可丢人现眼。言语间，不无拿自己做例子的意思。对待我父亲这唯一的爱子，用严苛两字形容绝不过分。一次，奶奶带着父亲到邻家串门，邻居好心地把吃食拿给父亲。许是这吃食对几岁的父亲太有诱惑了，就忘了母亲"不许吃别人东西"的训诫，伸手接了。奶奶见状，勃然大怒，竟不顾邻居的脸面，夺过吃食扔在炕上，拉起父亲就走。一出大门，就一边叫骂"让你馋，让你不长记性"，一边在父亲嘴上狠命地拧，直把父亲的嘴拧得肿起老高，几天吃不了饭，心疼得姑姑们直掉眼泪。

穷日子过怕了，奶奶便很"抠儿"。即使后来手头不那么拮据了，奶奶仍舍不得吃穿。我小时候常听奶奶说两句话，即"新三年，旧三年，缝缝补补又三年"；"吃糠和吃肉有什么两样？都是从嗓子眼儿一过拉倒"。我也曾听母亲抱怨过，奶奶当家时，父亲很孝顺，挣点小钱儿都交给奶奶。钱一入奶奶的手，就甭想再往外拿。新中国成立前，物价飞涨，一天就可能涨几倍、几十倍；还经常换"钱色"，今天发行这种货币，明天又换成那种货币。奶奶攒的辛苦钱，最后不是"毛"得什么都买不了，就是变成一堆废纸。

奶奶对我这个长孙是疼爱有加的。因为姐姐和我做了那个"顶升、顶斗"的仪式，我"立"住了，而且后边还带来三个弟弟一个妹妹。由于孩子多，我便从小跟着奶奶，直到七八岁，还和奶奶睡一个被窝，和奶奶产生了深厚感情，以至和父母倒疏远了。每从外面回来，一进家门就找奶奶。曾有数次，夜里睡觉时奶奶逗我："以后我死了，看你怎么办！"我便背过身去偷偷掉泪，心里空得什么都没有了。奶奶对我这个长孙很偏爱，偏爱的方式也特别。小时候，我的衣服都是奶奶做，秋冬两季的上衣都做成半大袄，穿起来长及膝盖。那时，社会上已没有了长袍大褂，我这种装束，实为返古，常引来人们的嬉笑，我便害羞，不愿穿。奶奶却不以为意，说："这半大袄穿着气派、暖和。"

奶奶一生都是在辛劳中度过的。我家人多，却只有父母两个劳动力，每天都要到队里干活。看孩子、做饭就都成了奶奶的事。九口之家的三顿饭，还要照看孙子、孙女，就是壮年人也是吃力的，奶奶却做到将近八十岁。因年轻时劳累过度，奶奶很早就腰疼，七十多岁时，腰弯得几乎到了九十度，做饭时背不了柴筐，就在地上拉着。奶奶弥留之际，全家人守着她。奶奶侧身躺着，两手不停地上下翻动。大姑问她在干什么，奶奶含混不清地说："做饭，贴饼子。"直至昏迷，手还在无意识地动。奶奶至死，还惦记着给家人做饭。

　　奶奶去世时，八十一岁，那是一九六七年。出殡那天，全村乡亲按照当时的规定，都来参加追悼会。老人们望着棺材叹息：这老太太，一辈子都没享过福！我听了，立时涕泪交流。

父　亲

父亲早年失父，是个苦命的人。

爷爷去世时，父亲刚刚十一岁，上有两个姐姐，下有一个妹妹。虽然还是个孱弱的少年，因是家中唯一的男丁，只有撑起了门户。父亲深知奶奶的不易，想方设法挣钱，补贴家用。他除去帮奶奶侍弄那几亩薄沙地，闲暇时就当小贩。挑着两只柳条筐，夏秋两季卖瓜果梨桃，冬天就卖花生、瓜子、山里红。几十斤重的担子，整天压在肩上走街串巷，小小年纪就腰弯背驼了。

因自幼营养不良，父亲的身体不算强壮，但有挑担卖瓜果的经历，负重的耐力就很强。记得二十世纪六十年代初，我十二三岁的时候，跟父亲去固安卖劈柴，我挑四五十斤，父亲挑一百多斤。我肩上压得疼，就急急地走，每走出一二里路就要歇一歇。父亲却不疾不缓，步态均匀，扁担悠悠，一气不喘，直直挑进十里外的县城。父亲还有一手功夫很厉害，就是心算。他没有上过学，更没有学过加减乘除四则运算，可一般的小账，张嘴就来，绝无错误。八十多岁时与人玩牛牌，别人还没看清点数，他早把赢家该收多少，输家该出多少，算得一清二楚了，令旁观者惊叹不已。我以为，这肯定与父亲年少时做小买卖有关。试想，在那混乱不堪的年月，一个卖瓜果的穷孩子算错账，将要遭受多少羞辱和打骂！

父亲老实，不善言谈，有时甚至近乎窝囊。因此，生产队时，一些别人不愿干的活儿，队干部总派给他，如喂牲口、喂猪、种西瓜。喂牲口是白天黑夜不能回家的，吃饭都得换班吃。白天，牲口们被役使者拉走后，饲养员要起粪、垫圈、挑水、铡草。夜里不管暑热严寒，都要起来两次添加草料，因为"马不吃夜草不肥"。碰上"事儿妈"的车把式，还要受到"牲口没吃饱、没喝足"的指责，甚至到干部面前告刁状。喂猪也是如此，也要没黑没白地住在猪场里。遇到母猪生崽，还要当接生婆。夏天还好过一些，赶上冬季，罪就受大了。饲养员在四面透风的猪圈里点个火堆，日夜看守，以防新生的猪崽冻死或压死。种西瓜听起来好像不错，能免费吃瓜。其实，这是其外不知其里事，瓜把式的生活远没有外行人想得那么美好。种瓜是细致活儿，也是一步接着一步的紧凑活儿。从豁沟、施肥、下籽、偎秧儿，到掰杈、压蔓、逮瓜、落瓜，一系列活若干下来，能让人筋疲力尽、焦头烂额。有人说，抢麦如救火。依我看，侍弄西瓜也不亚于收麦。瓜苗一甩出"龙头"，就要压蔓了，这是瓜把式最紧张的时段。压蔓时要用瓜铲把地面拍平，再切开一个缝口，把瓜蔓轻轻放进去，然后把缝口抚平，拍实，而将瓜叶、"龙头"露在外面。此时正是瓜秧的盛长期，一夜之间能蹿出半尺长，活像一条条毒蛇，追在瓜把式屁股后面拼命地撵。按一般规定，一个瓜把式要管三亩地，一亩地种八百棵瓜。试想，两千多条毒蛇在屁股后面追撵，那是一个怎样的场景。此时，瓜把式们就要起早贪黑地蹲在地里，掰杈、压蔓，压蔓、掰杈，稍一迟慢，瓜秧就会纠缠在一起，"乱秧"了。一"乱秧"，就结不出大个儿瓜，会严重影响产量。父亲常说，压蔓那段日子，"忙得连撒尿的工夫都没有"。好不容易将瓜逮齐，待瓜蛋子长到馒头大，又要"上铺"了，夜夜遭受蚊叮虫咬，苦不堪言。一个瓜季下来，人就黑瘦得脱了形儿。另外，无论喂牲口、喂猪，还是种西瓜，都顾不了家。所以，这类活儿一般都找老光棍干，因为老光棍"一人吃饱，不怕饿死小板凳儿"。但这些活儿，父亲一干就是若干年，不以为苦，反以为荣。他说，骡马牛驴是队里的半个家当，不找靠得住的人能行？养猪、种瓜是队里重要的经济来源，不找有责任心的人能行？有时被母亲逼急了，他也去辞职，但架不住队干部三句好话，就又点头应承了。

　　父亲虽然老实，却也有脾气，"庄稼火"一上来，也是霹雳千钧的。我自小有主见，想干的事，非干不可。这自然让想把我变成"小绵羊"的父亲不满意。不满意他就打。父亲不善言谈，又没有文化，且又在那个年代，和我不可能有什么沟通，教育的唯一方式，就是拳打脚踢。每每父亲打我，都没有先兆，走到跟前，或是突然几个耳光，或是一脚踢个跟头，弄得我莫名其妙。母亲对此也反感，责怪父亲：盐打哪儿咸，醋从哪儿酸，总得说清楚，怎能上手就打？父亲却理直气壮：什么事该干，什么事不该干，他自个儿不知道？父亲对我的教育，就是不许和人打架，如若打了架，不管我有理没理，都是一顿暴揍。记得他打我最厉害的一次，就是我和邻居小伙伴打了架。小伙伴是个"缠磨头"，不依不饶，堵在我家门口大骂。父亲许是因我不听话，许是因大人被小孩骂了窝气，"庄稼火"便爆发了。他先到院子里折了柳条梢上，然后回到屋里揪住我，没头没脑乱打。我被打急了，挣脱开，跑出屋子，才发现梢门早就抬死，已是无路可逃。父亲打红了眼，满院子追着不放。我被打得连滚带爬，将院里养的半斤重的鸡，都踩死四五只！中年后，我每次回老家，都要邀几个发小聚会。回忆童年往事，提起我挨打踩死鸡的事，当年的那个小伙伴嘻嘻笑："我知道我大爷爷（小伙伴比我矮一辈儿）的脾气，你只要在外面打架，回家准挨打。我打不过你，还不让我大爷爷打你？"发小们哄然大笑，于是举起酒杯："喝酒，喝酒，一醉方休！"

我幼年时挨父亲打次数最多的，还是到河里洑水。当时永定河水很大，河面足有一里宽，波浪滔天的，挺吓人。父亲和奶奶的思路一致，不许我挨近河边半步。但让父亲悲哀的是，我绝不会像他听奶奶话那样听他的话，一个眼不见，就泡进河水里。于是，就挨打。父亲有句著名的话：宁可把你打死，也不能让你淹死！这是父亲的另一种爱，可惜我当时并不理解，甚至还有点儿鄙夷：谁像你，长在河边却不会洑水！就在这打骂与反抗中，我识得了水性，十二三岁，就能在大河里游一个来回。一个五六十斤的小身体，在浪涛中沉浮，真是弱小得如一片树叶或一根草棍。随着水性的增长，我的胆量也越来越大，每逢发大水，我就守在河边捞"河漂儿"，冲下桥板捞桥板，冲下桥桩捞桥桩。后来我家盖房时，就用这些桥板、桥桩当了做窗户的原料。当有人夸我家的窗户好时，父亲脸上就露出一丝得意：被水浸过的木头，不"走脚"（变形）。我一旁听了就好笑：怎么不说打我了？

　　父亲因发火而轰动全村的，是和二姑父干的那一架。二十世纪五十年代中期，农村兴起合作化运动，父亲当了初级社社长。时至今日我也奇怪，父亲怎么竟当上了社长。我对父亲是有深刻了解的，他虽精通各种农活儿，但以他的脾气秉性、组织能力，他是不适合担任这一职务的。也许是别人觉得这事不好干，才推给他的吧？父亲当上社长后，就走东家串西家，动员大家入社。贫困之家还好说服，富裕户就困难重重了。二姑父家很殷实，不光地不少，还有胶皮轱辘大车，养着骡子，当然不愿入社。几次劝说无效，父亲上火了。父亲是认真负责的那种人，做什么事，都想做好。父亲还是很要面子的那种人，丢了面子，对他的伤害比什么都大。父亲以为，他当社长，亲戚朋友都应支持他，作为亲姐夫，二姑父应该带头入社，二姑父不入社，就是故意为难他。二姑父想的正好相反，他认为，亲小舅子当权，理应放他一马，那能先在他的头上开刀？于是，郎舅之间就顶上了牛。父亲怒火万丈，软的不行就来硬的，闯进牲口棚就拉骡子。二姑父更是气急败坏，拿出小砍镰挡在前面："你敢动我的骡子，我先砍了你！"父亲也不示弱："你今天就是砍死我，我也得拉骡子！"

　　俩人闹得不可开交，轰动了整个村子。

　　父亲对家人爱得深沉，只是说不出来，属于默默的那种。有两件事，在我脑海中留下深刻印象。一是 1958 年，父亲去密云修水库。修水库没有休假，时间一长，民工们难免想家。想家，就偷跑。父亲也是偷跑者之一。父亲到家，都在深更半夜，那是父亲步行二百多里路走回来的。偷跑者不敢坐车，车站上有人堵截。父亲也不敢白天进村，一旦被村干部发现，会被立即送回。父亲每次回来，都背回半布袋芝麻火烧，那是他节省下伙食费买的。父亲拿着火烧，挨个儿在我们的嘴唇上蹭。我们从睡梦中被弄醒，见到芝麻火烧，立刻雀跃起来。这时父亲便坐到一边，吸着旱烟袋，笑眯眯看着我们狼吞虎咽。

　　第二件事发生在"瓜菜代"时期，离我们村不远的畜牧场要临时摇煤工，条件是每人每天摇四吨煤，给工资，管中、晚两顿饭，一顿一斤干面。父亲听说了，急忙找村干部说好话，要求去。村干部笑："就你这身子骨，能摇动煤？"父亲赶紧保证："放心，不会给村里丢脸！"村干部答应了，当面议定，工资归生产队，记满分。摇煤是高强度劳动，以父亲的体力，本不适宜。父亲死乞白赖要去，是为了那两顿饭。父亲在外面吃，就省了家里的，能让我们多吃几口。父亲每天天不亮就出门，往畜牧场赶。摇煤前，先要把煤沫和要掺的黏土过筛，筛出大的煤块、坷垃倒在一边。黏土是起黏合作用的，按煤量的四分之一掺入，这样，四吨就变成了五吨。然后，把煤沫和黏土掺匀，挑水和煤，再把煤泥按三四公分的厚度摊开、抹平。等到"煤饼"晾到半干，能站人了，就开始用剁子剁。煤剁子是厚铁板制的，安个长木把儿，有十几斤重。剁煤需要手头准，下力适度，嚓嚓嚓，嚓嚓嚓，很有节奏感。待横着竖着都剁完，"煤饼"就成了均匀的小"豆腐块儿"。最后一道工序就是摇了。摇煤用的是大荆条筛，筛下垫个小花盆，把"豆腐块儿"铲进筛内，人便叉开步，弯下腰，双手抓住筛沿，以花盆为支点，有规律地旋转。慢慢地，煤球形成了，残渣漏到筛下，一筛就算完成了。父亲从早到晚，就重复着这繁重而单调的动作，直到把四吨煤沫、一吨黏土都变成煤球。父亲每天到家，我们都已吃完晚饭。父亲打开兜着的褂子，露出两个硕大的窝头。窝头是用棒子面、糠皮、玉米芯粉混合蒸成的，个儿挺大，却水水的、软软的，只能用手捧着吃。父亲先将一个给奶奶，然后把另一个掰成均匀的小块儿，一一递到我们手中。我们虽已吃过晚饭，腹中仍是饥饿的，吃着那蓬松的窝头，感到无比的香甜。每天每天，父亲都默默地忍着劳累，忍着饥饿，从牙缝儿中攒下两个窝头，留给我们。

2003年，我为了让穷苦一辈子的父母住上新房，请假回老家盖房。年已八十四岁的父亲非常高兴，主动问我用不用钱。我知道父亲省吃俭用这些年，没有多少积蓄，便婉拒了。父亲又问能帮我干什么活儿，我笑着说："您这么大年纪，还干活儿？等着住新房吧。"父亲却恼了："看来我是老而无能了，混吃等死喽！"便不再理我，佝偻着腰，去捡瓦匠用完的空水泥袋子。望着在灰尘中蹒跚的瘦小身影，我心里涌出一股说不清的滋味。

父亲上了年纪后，对我更加惦记，也更有了依赖感，我对他们的关心程度自然也增加了几分。二十世纪九十年代初，我搬进县城，父母住进我空下来的房子。遇有闲暇，我就带上全家，带上吃喝的东西，回去看望二老。有时事情多，时间稍长点儿不回去，父母就一次一次地到车站上等。闻知此情，我掉下了眼泪，便和父母约定，以后每两个星期必回去一次，绝不敢再让父母失望。

父母的晚年是幸福的，我们兄弟四人根据父亲的意愿，都担负起赡养义务，姐姐和妹妹也常回家看望他们。我作为长子，除去规定的数目，还要多给一些。我的儿子、女儿也很孝顺，常给爷爷奶奶买好吃的，逢年过节也要给些零花钱。对此，村里的老人们很羡慕，说父亲老来享福了。每当这时，父亲就很骄傲，说："我家有个好'掌作的'（领头的）！"乡亲们把父亲的夸赞告诉我，我不但高兴不起来，心里反而酸酸的：父亲为了抚养我们，为了维持这个家，可谓操碎了心，吃尽了苦。儿孙们一点点理所当然的回报，竟让他如此感动，如此褒奖，父亲……太容易满足了！

父亲活到八十七岁，无疾而终。头天下午，父亲还和村人打了半天牌，晚上和儿女们吃了饺子，喝了酒。不想，第二天早晨起来时，第二只鞋没穿上，便倒在炕上，没了气息。

乡亲们说，这是父亲一辈子没坑人没害人修来的福气，老天爷不忍让他受病床之苦。

我也这么认为。

母　亲

　　母亲性格开朗，快人快语，身强体健，泼辣能干。尤其是对新生事物的接受能力，绝不是一般目不识丁的农村妇女所能比的。

　　她的性格跟她的经历有关。

　　母亲原是大兴南各庄人，姓李。后因她的母亲早逝，四五岁时被送给河北固安北关一个瞎眼婆做养女，改姓王。瞎眼姥姥本有一个儿子的，可能是考虑儿子照顾自己不方便，或是儿子根本就不管她，这才领养了母亲。几岁的小孩子，来到一个完全陌生的地方，如果没有眼力见儿，或是身体病弱，"干嘛儿嘛儿不会，吃嘛儿嘛儿香"，是根本无法生存的。

　　瞎姥姥虽然敢领养母亲，其实日子过得并不宽裕。据母亲说，她刚去王家的时候，瞎姥姥和舅舅穷得连房子都没有，住的是破庙。母亲到王家去，就是做使唤丫头。在我的家乡有句俗话："城边子，镇头子，赛过千年的老猴子"。意思是说，住在城边和镇头的人，狡猾、奸诈，不好惹。这是地理位置造成的。因为城边人和镇头人经多识广，胆子大，心计深，不怕事，憨厚朴拙的偏僻农人是斗不过他们的。我那个所谓的舅舅算得上这类人的典型。没眼的姥姥连自己都料理不好，不可能对儿子有约束力。所以舅舅不务正业，自小在街面上混，结交一些狐朋狗友，干些骗吃骗喝、敲诈勒索的勾当。这种人是不虑后的，弄来钱就尽情挥霍，没有钱就饿肚子，"饿，饿个前趴；撑，撑个倒仰"。在这样的家庭里，母亲的境遇可想而知。小小年纪，又要照顾瞎眼姥姥，又要挑水做饭，推碾子推磨，八九岁就撑起了半个家。一次，母亲推碾子，一边推，一边用笤帚扫碾盘上的面，不慎将左手压入碾碌之下，造成左手食指终身残疾。

　　这样的家庭，让母亲受了不少罪，但也磨炼了母亲，使她养成吃苦耐劳、争强好胜的性格。遇到事，敢说敢道，不怯阵。又由于久住城门口，见的新鲜事多，思想开通，更容易接受新生事物。母亲曾骄傲地说，她十二三岁就学会了骑自行车。那自行车是舅舅弄来的，为了炫耀，整天骑着它满城游魂。母亲很快也会骑了。舅舅有时在家请客，就让母亲去打酒、拉肉、买烟买茶。这时母亲就骑上自行车，飞燕似的穿梭在固安城里的大街小巷。二十世纪四十年代，自行车还是稀罕物，人们管它叫"洋车"。一个女孩子会骑"洋车"，是极其罕见的，这就显出母亲从少年起，就与其他农村女人不同。母亲对新生事物的喜爱，在村里妇女中可说无人能比。新中国成立初期，政府为提高群众的文化水平，兴起扫盲热潮。那时的人还很封建，女人仍把"大门不出，二门不迈"作为美德，半夜半夜的"男女混杂"，在街面上很受非议。所以，女人参加学习的很少，或是公婆、丈夫反对，或是自己害羞。母亲却不管这些，每晚扔下饭碗，就往扫盲班跑，常以考勤和学习成绩，获得一些毛巾、练习本、钢笔之类的小奖励。

母亲是在十六岁那年嫁给父亲的，比父亲小九岁。母亲虽然年纪小，却身高体壮，加上又是天足，干起活来麻利，走起路来一阵风。在我很小的时候，就常听村里的叔叔们叫她的外号：长腿儿。母亲干活不惜力，是有名的"活狠子"。为尽快改变家庭的贫困面貌，母亲和父亲同心协力，没日没夜地苦干。在母亲十九岁那年，"努着"了。"努着"，按医学上的说法，叫"过力伤肺"，咳嗽、气喘、吐血。据母亲说，当时吐血吐得很厉害，一吐就是大半碗，请医吃药都不管用，人眼瞅着委顿下来。父亲急得手足无措时，村里一个刘大爷来了，手里托个纸包，纸包里是块干鹿血。这刘大爷驼背，后背上鼓出一个挺大的包，人称"罗锅子"。刘大爷年轻时在皇家园林里给朝廷养鹿，那干鹿血是在割鹿茸时偷出来的。他见母亲年轻轻的病成那样，心生怜悯，就无偿拿给母亲。母亲喝了鹿血，病竟神奇般好了，至老也没有再犯。刘大爷真是救命的恩人。

以母亲的性格，和奶奶不吵架拌嘴几乎是不可能的。奶奶从三十几岁守寡，为这个家庭作出了极大奉献和牺牲，认为受晚辈的尊敬、孝顺是理所当然的。母亲一天到晚手脚不闲，为这个家庭不遗余力，认为得到平等、民主的待遇也是无可厚非的。于是，便常有马勺碰锅沿的事发生。吵架时，奶奶就数说自己的苦、自己的难，说着说着，就委屈得流下眼泪。母亲也数说自己的劳累、自己的不易，说着说着，也委屈得流下眼泪。每当这时，父亲就蹲在一边，双手抱头，唉声叹气。我理解父亲的心情，"清官难断家务事"，他是既不能说自己母亲的不是，也舍不得说自己媳妇不好。两边都不能说，就只能唉声叹气。看着父亲那"受气包"的样儿，我心里常生出一丝同情。时间长了，便也慢慢悟出一个道理，夹在婆媳之间的男人，很不好做。

母亲在八十七岁那年，突然发病，昏迷二十天后，溘然长逝。有儿女们的精心照料，她也没受什么痛苦。

母亲最后的几年，是我们几兄弟轮流奉养的。那几年，母亲性情大变，不再多说话，也不再参与各家的事，住在谁家，就说谁家好。我知道，母亲这么做，一是觉得自己老了，什么事也管不了了，管不了就不管，省心。二是为了维护这个大家庭的安定团结。

姑姑和姑父

　　奶奶最高兴的时候，就是逢年过节或家中有事时，三个姑姑回娘家。三个姑姑一回来，再加上父亲，奶奶的四个儿女就聚齐了。每当这时，娘儿五个围坐在炕上，嘻嘻哈哈的笑闹声便飞出窗外，传得老远。如果光听声音，谁也不会相信这是七八十岁的老人和她的五六十岁的儿女们在一起。

　　三个姑姑中，大姑最出彩。大姑不仅人长得漂亮，性格活泼，而且口舌也厉害，姐弟们斗嘴，谁也不是她的对手。只要有她在，就会笑语不断。

　　三个姑姑最大的乐趣，就是拿三个姑父打磕牙儿。笑闹往往由大姑挑起："妈，你就是不疼我们，瞧给我们找的女婿，一个秃，一个拐，一个傻，没有一个能拿出手的。"

　　二姑便反对："大姐看你说的，我们拐怎么了？拐也挣得够吃够喝。日子过在你们谁后面了？"那脸上分明写满自豪和幸福。

　　三姐妹中老姑最木讷，为凑趣，也腼腼腆腆地开口争辩："还说妈不疼你们，妈最不疼的是我。你们好歹还聘在本村，就把我一个人嫁到了外面。"

　　这时奶奶就眯细了眼，张开没牙的嘴乐："管他长什么样儿，能守着你们踏实过日子就行。"

　　"这可真是，丈母娘夸姑爷，傻好傻好的。"大姑仍是不依不饶。

　　于是大家就拍手打掌，唧唧呱呱地笑。

　　三个姑姑的家庭各不相同，论起来，还是大姑的命好一些。大姑长得小巧玲珑、细皮嫩肉，一看就不是有力气的身架。爷爷去世后，她就由大爷爷领养了。大爷爷老光棍一条，挣点就够爷儿俩填饱肚子，也就用不着她干什么。出嫁到大姑父家，家境也说得过去。施行集体化后，她家劳力多，大姑基本上没有下过地，主要是在家做饭、看孩子，可说一辈子没受过大累。晚年时，儿孙孝顺，生活富裕，直活到九十一岁才离世。

大姑对我这个侄儿很疼爱。因父亲孩子多，在四姐弟中是最贫困的，有一段时间，常是吃了上顿愁下顿。我不论什么时候到大姑家，大姑的第一个动作就是扬手摘饽饽篮子。直到我家的生活好转了，她仍是如此。在大姑心里，仿佛我这个侄子永远都在饿肚子。

二姑在某些方面正好与大姑相反。她生得粗手大脚、体格健壮。许是老天爷嫉妒她的强壮，二姑一辈子都在操劳、受累。由于二姑父的腿拐，干起活来诸多不便，家里、地里，二姑就成了主角。至今我还清楚记得二姑背草筐的样子。那是二姑五十多岁的时候，到生产队干活已跟不上趟，队长就让她给牲口割草，按数量记分。二姑为多挣些工分，每天早早就下地，有时来不及吃饭，就拿块玉米面饼子边走边啃。走出三四里路，在荒滩、树行里寻找茅草、芦草、芨芨草，待把大型柳条筐装满，已是天过晌午。一个体重不过百斤的老女人，背着一百多斤的草筐，走三四里路，而且已是四五个小时没喝水、没歇气，那需要怎样的体力和毅力。正是二姑的吃苦耐劳，她家在村里成了当时的小康之家。也正因为家底是一个汗珠摔八瓣挣来的，二姑过日子就细，手就紧，在村里就落了个"抠儿"的名声。其实，仔细想想，也是应该理解的。

二姑晚年也很幸福，和大姑一样，长寿到九十一岁，而且比大姑还多活了半年。

老姑在四姐弟中是最小的，为人老实，心地善良，境况却是最不好的，七十多岁就去世了。老姑十四岁就嫁给本村一户人家，没两年，丈夫死了，便又改嫁到邻村。后来的这位老姑父比她大十几岁，人又傻，大男子主义却十分严重。老姑一嫁过去就受气，直到老，也没有话语权，什么事都做不了主。我曾亲眼见过多次，上了饭桌，老姑几乎不敢放心吃饭，两眼一直紧盯着老姑父的饭碗，老姑父吃完一碗，她就要赶紧盛一碗，而且不许别人替代，稍有迟慢，不是遭白眼，就是挨打挨骂。看老姑那可怜样儿，真让人心疼。

说到姑父们的秃、拐、傻，有的是事实，有的是冤枉。大姑父就有点儿冤枉，他不是秃，是谢顶。大姑父是厨子，厨子吃得好，吃得好就胖，脑袋也便圆乎乎的，又剃光头，远看就像没有头发。我们村紧靠永定河，曾是有名的古渡口。大姑父的水性在村里数一数二，年轻时就在渡口当船工，整天撑着船在波涛里穿行。俗话说，常在河边走，没有不湿鞋，水性好也难保不翻船。大姑父的船就翻了一次，淹死十来个人，可巧遇难者中有一个是某高官的亲属。当时社会环境还很复杂，公安部门怀疑是敌特的阴谋，便把大姑父和几个船工拘押起来。经审查，确是河难，与政治无关，半个月后，就把大姑父等人放了。我对大姑父印象最深的，是吃食堂的年代，那时大姑父在食堂做饭，暗中没少给我家关照。刚建食堂时，吃得确实好，早晨油饼、稀饭，中晚炖肉、馒头。人们高兴得合不拢嘴，说，"真是到了共产主义了"。可没多久就不行了，油饼、炖肉没有了，只剩了窝头、稀粥，而且实行定量制，吃饭凭饭票。大人小孩的定量也不一样，大人定量高，小孩定量低。其实，小孩的饭量并不比大人小。我家孩子多，自然不够吃。短时间还能忍，时间长了，饿得头晕腿软，见了吃食，两眼就冒绿光。每次我挎着篮子，提着铁桶去打饭，大姑父经常会趁人不注意，偷偷给我或多捡一个窝头，或多盛一勺粥，让我感激不尽。现在看来，那种做法似乎不太光明，可在那个年代，命都快保不住了，哪儿还顾得脸面！可惜的是，大姑父六十来岁就殁了。

二姑父的拐，确是事实。但他的拐不是先天的，是后来被枪打的。二姑父年轻时，有一挂胶皮轱辘大车，干完地里的活儿，就在公路线上跑运输。当时，公路两旁很荒凉，蒿草丛生，杂树林立，常有打家劫舍的土匪和图财害命的蟊贼出没。一次，二姑父和几个车把式结伴去北平送货，回来时，走到一个僻静地段，公路两边的树窠子里突然响起枪声，对射的枪弹，把大车夹在了中间。车把式们闹不清两边打枪的是什么人，也不知道为什么打枪，都慌忙吆喝住牲口，爬进大车底下躲避。二姑父正值血气方刚的年纪，许是枪声激起了他的豪情，不但不躲避，反而一跃跳上大车，两腿岔开，站在车辕上，挥起红缨大鞭打个脆响，边赶着牲口飞跑，边高声大喊："枪子儿有眼，不打好人！"喊声未落，一颗子弹飞来，正正打在大腿根上，二姑父再也逞不起英雄，一个翻身栽下车来。二姑父的腿骨被打断了，直在炕上躺了半年才养好。自此大腿根部就鼓起一个大包，一条腿长，一条腿短，拐了。我小的时候，常听村人们叫着他"拐子"，和他开玩笑："真是枪子儿有眼，不打好人！"二姑父不恼，就骂，就哈哈地笑。

大姑父、二姑父对我奶奶很敬重，和我父亲的关系也很密切。每逢我家搭个棚子，垒个猪圈什么的，他们就搭伴来帮忙。大姑父腆着肚子在前面走，二姑父一瘸一拐在后面跟着，也是一道很好看的风景。

说老姑父傻，也不太确切，因为老姑父不是不知仨多俩少的傻，只是哪根脑筋搭错了，说话办事与常人不大一样。在旁人看来，老姑父说话招三不招两，可他自己却很自信，很高傲，是七个不服八个不忿的那种，一般人入不了他的法眼。如果有谁在他面前夸什么人好，而这个人又正是他看不起的，就会大嘴一撇，"哧"的一声，露出满脸的不屑，诋毁之言接踵而至，尖酸而刻薄，大有天下英雄属曹刘的气概。因为家里穷，再加上那神神叨叨的样子，弟弟都娶妻生子了，他还没有媳妇。老姑嫁给他时，他竟然当着媒人的面，问奶奶："你闺女要是跟人跑了怎么办？"这让奶奶恼怒异常，厉声说："我的闺女绝不是那种人！真出了什么丢人现眼的事，要杀要剐随你便！"老姑父不但不尴尬，反倒一脸得意："有你这句话，就是把胳膊剁给我了！"奶奶对此耿耿于怀，直到晚年，一想起老姑父的话，仍是气恨难平。我曾问过奶奶，既然老姑父是这样的人，为什么还把老姑嫁给他。奶奶竟一脸正气："答应人的事，怎能反悔？就得嫁鸡随鸡嫁狗随狗！"我和老姑姑很亲，小时常到她家去住。对此老姑父并不反对，高兴时还给我讲故事。老姑父的口才极好，讲起话来滔滔不绝。他讲《七侠五义》，讲《雍正剑侠图》，讲锦毛鼠白玉堂如何如何威武，讲紫面昆仑侠童林童子川武艺多么多么高强，听得我心驰神往。后来我看了这些书，才知道老姑父讲的情节大多是自己杜撰的。

在我的印象中，老姑父很少到我家来，这似乎与当年相亲时的不愉快有关。老姑父自己不来，但让他的儿子来。每年大年初一，表兄表弟天不亮就到了我家，给姥姥、舅舅、舅妈拜年。这是老姑父在向世人表白：我懂礼，我讲究！

大　寒

"大寒"，该是冬天最冷的季节了。在我记忆的深处，童年时的永定河沿岸确是十分寒冷的。据大兴县志记载，某年的最低气温曾达到过零下 27 摄氏度！

二十世纪五六十年代，大兴农村的穷是普遍的，全村连个煤球炉子都没有，熬过漫长严冬的办法，就是烧炕、笼火盆。土坯炕散热快，不到半夜就凉冰冰的了。火盆也是饭熟后从灶膛里掏出的炭火，燃不了多长时间就熄灭了。下半夜，屋里和屋外就没多大区别，尿盆都冻得结了冰，不是实在憋不住，大人小孩谁也不愿进被窝。那时，庄稼秸秆是远不敷用的，于是，枯枝败叶就成了抢手货。聪明人为多搂点柴禾，树叶才刚泛黄，就在树枝上绑了草把儿，如同老虎撒尿占地盘。当时的人大多讲规矩，凡是树上绑了草把儿，底下的树叶再多也无人去动。当然，"个别"也是有的，那就是"偷"了。

穷人的孩子早当家。我从七八岁起，就开始打草拾柴了。每到冬季，屋外还星斗满天，母亲就催命似的把我叫醒，背起筐抱着耙子，跟她到堤坡上去搂树枝树叶。清晨是最寒冷的时刻，凛冽的西北风顺着永定河道刮过来，尖厉得像刀子，吹在脸上猫抓似的疼，薄薄的空心棉袄有似于无。我冻得实在受不了，就哭，眼泪掉在前襟上冻成冰珠。此时的母亲绝不心软，一边快速地挥动耙子，一边呵斥："哪儿那么娇气，快点搂就不冷了！"我们全家九口人，只有父母两个劳力，艰难之状可想而知。一家的吃喝拉撒全由母亲掌管，她不会因为心疼儿子而让全家睡凉炕。

永定河堤坡上有着数不清的百年老柳，"树老焦梢"，树顶上便有不少枯死的枝杈。到了冬天，寒风一刮，细小的干树枝纷纷落地。人们把树枝、树叶、杂草搂走后，能当柴烧的，就只剩下树上那光光的干棒了。蹓干棒，就成了我少年时的一大喜好。"蹓"，就是打、投的意思，可为什么叫"蹓"，直到现在我也说不清楚。蹓干棒要用"诱子"，即二尺来长、胳膊粗细的枣木棒。人站在树下，仰头瞅准树上的干棒，抡起"诱子"狠狠甩上去。被寒风冻酥的干棒很脆，遭到击打就拦腰折断，悠悠地飘落下来。蹓干棒需要力气，更需要准头，可说是一项很好的体育运动，既解决了家里的灶下之需，又锻炼了身体，而且还是很引人的游戏，可谓一举三得。但蹓干棒是违禁的，不能让护堤员看到。干棒火头灵，又耐烧，剩余的炭火放在火盆里没有烟，很得母亲的欢心。

我的童年还有一件好玩的事情，那就是旱坑捡鱼。我们村北有个几十平方公里的"大河行"，据说是永定河故道。雨水、渗堤水和虹吸管抽出的河水混合在一起，形成大片湿地，成百上千的大小水坑长年不干，便滋生了丰富的鱼鳖虾蟹。大寒时节，冰面嘎嘎爆开大缝，土地也冻得裂开一道道口子。坑水早在秋后就开始萎缩，此时小水坑只剩下一个"盆底"，被厚厚的冰雪覆盖着。这是我们的好机会。找来铁锤、刨斧或是石头，把冰面砸碎，冰块搬到一边，坑底便是一窝挤得密密匝匝的鱼。捡到筐里背回家，大的侉炖，小的锅炮，能美美地吃一顿。

早年间北京地区雪大，而且频繁，新雪盖旧雪，往往能有一尺来深，上学就成了苦差事。几里地走到学校，裤腿就和棉靴冻在了一起。教室里没有炉子，窗户还透风，屋子就成了冰窖。坐着听课，手冻得伸不出来，就在袄袖里揣着。脚沤在湿透的靴子里，疼得像狗咬。有的同学耐不住，就站起来跺脚。一个跺，全班都跺，教室里就噼里啪啦响成一片。遇到有人情味的老师，知道学生的苦楚，并不嗔怪。时间长了，脚上手上就生了冻疮。冻疮是悄悄来的，先是在脚趾手背的一个点上红肿，然后越套越大，接着就破溃，流出黄黄的脓水。冻疮并不甚疼，却是奇痒。我忍不过，就用针扎，以疼止痒。后得一偏方，用霜打过的茄子秧熬水洗，果然奏效。连洗几天，肿得亮鼓鼓的患处就起了褶皱，慢慢就痊愈了。此后，我每年都在霜降过后，把已变黑的茄子秧拔下来，整齐地码在墙角下，等冻疮复发时使用。

后来经济情况好些了，教室里有了煤球炉，老师便让学生轮流值日生火，这似乎又给我们添了乐子。为使同学们到校后炉火能旺起来，教室里的烟气能散净，每当我们组值日，公鸡刚叫就相约着上路了，怀里抱着生火的木柴，手上端着墨水瓶做的油灯，一路上嘻嘻哈哈，打打闹闹，惊得天上的星星都不停地眨眼。进教室后掏灰的掏灰，点火的点火，木柴是早就选好的，绝无因潮湿点不着的时候。闪烁的火光下，几个人围炉而坐，或讲故事，或说笑话，其乐融融，就连窗外的北风似乎也失去了往日的威力。

数九隆冬，严寒虽给我幼小的童年带来不少苦痛，却也带来不少欢乐，我们就在这苦痛与欢乐的交织中成长着。

惊　蛰

从二十四节气名称的字面上看，立春就意味着是春天了。此话放在江南，想来是可以的，若是放在京南大兴，就显得早了些。永定河两岸的人们俗称"立春"为"打春"，还说"春打六九头"。农谚云：一九二九不出手，三九四九冰上走，五九六九河边看柳。既是"春打六九头"，那立春应是在五九里。此时春节刚过，隆冬的威猛虽已是强弩之末，但其之凌厉仍是让人胆寒的，甚而常有白雪飞扬，似乎在告诉人们，春天还是要耐心等待的。幼年时，我曾多次按照农谚，到永定河堤上去"看柳"，那柳树上仍然光秃秃的，枝条也是瘦骨嶙峋，委实没有什么好看。

可到了惊蛰，情形就不同了。《月令集》里说，"惊蛰，二月节……万物出乎震，震为雷，故曰惊蛰。"不过，在大兴，惊蛰内是闻不到雷声的，据气象专家考证，北京地区的初雷是在四月中旬。我们且不管他有没有雷声，只看那一个"惊"字，就足够震撼的了。试想，诸类不食不动、躲在地下冬眠了几个月的虫蚁，此时如同听到号令的士兵，齐刷刷爬出洞穴，舞舞叉叉地抻腰扭胯，各显威风，该是何等的激动人心！

此时再到永定河堤去看柳，情形就大别于前了。原本干黑的枝条变成水灵灵的绿，鹅黄的嫩芽娇贵得让人心疼，随着东风的鼓动，真是"拂堤杨柳醉春烟"，"春在枝头已十分"了。若是"好雨知时节"，洒下几点"贵如油"，阳坡处便有嫩草钻出，细细的、茸茸的，稀疏得似见不见，正像韩愈说的，"草色遥看近却无"，真真佩服老先生观察事物的深细和描摹景物的精准！小时候我还有一大乐趣，就是到河边去抓"醉鱼"。随着地下热气的蒸腾，冰封的永定河开始融化，当河边化开一两丈宽时，在冰下憋了一个冬季的鱼便忙不迭地游到河边透气。此时的鱼们还是懵懵懂懂的，且僵硬无力，像喝醉酒般在水里趔趄着身子晃来晃去。我扒掉鞋袜下到水中，双手轻轻一抄，好大的鲤鱼便抓到手中了。

拎回家，由妈妈收拾干净，放上葱姜蒜，一盆侉炖浑河鲤鱼就美美地放在饭桌上了，就着黄灿灿的棒子面贴饼子，真是其香无比。现在回想起来，都不禁垂涎欲滴。

跟在惊蛰脚前脚后的，还有两个民俗节令不能不说，一个是正月二十五"打囤"，一个是"二月二，龙抬头。"为什么在正月二十五"打囤"，至今我也说不清，但儿时的记忆却深刻。当日清晨，天刚蒙蒙亮，妈妈就把我叫醒，塞给我一个葫芦瓢，里面盛着小麦、玉米、黄豆、高粱、花生等。先起来的父亲已用妈妈从灶膛里掏出的草木灰在院中撒了几个圆圈，象征粮食囤。待我把五谷杂粮一把一把地放入"囤"中后，父亲把煤油灯放在"囤"外不远处，趴下身子，透过灯光往"囤"里瞧，说是"看囤影"，如看到"囤"上冒尖儿了，就预示着五谷丰登。然后，我再把一颗颗鞭炮插在"囤"里的杂粮堆上点燃。随着摇曳的灯光和炸飞的五谷，农人的美好愿望便在憧憬中得到了满足。

"二月二"又称春龙节，和惊蛰有着密切关系。按传统说法，"惊蛰"不仅针对各种虫蚁，主要指的是"龙动"，冬眠地下的"龙"被春雷惊醒，抬起头来，开始行动了。"坤宫半夜一声雷，蛰户花房晓已开"，写的就是惊蛰唤醒万物的情形。既是龙节，自然要庄重，诸多忌讳且不说它，只就奶奶咒语般的念叨，就足以让孩提时的我敬畏有加。一大清早，奶奶就把我叫到近前，先嘱咐了一堆"不许"，再说若干"应该"，然后扬起铜嘴长烟袋，梆梆地在炕沿上敲打，边敲边念："二月二，敲炕帮，蜒蚰、蝎子没处藏；二月二，龙抬头，大囤满小囤流。"我也拿根烧火棍，仿照奶奶的样子，乱敲乱念。现在想来觉得可笑，那时确是很虔诚的。

在大兴，在永定河两岸，惊蛰一到，农人的忙季就到来了。先是捣粪。堆了一冬的牲畜粪此时已发酵得熟熟的，男女们抢着四齿，把粪堆刨开，腾腾热气弥漫开来，酸酸的、腻腻的，甚至还有一丝甜的腐味飘满村子，引得鸡们咕咕叫着，围着粪堆，用双爪飞快扒挠，寻找吃食。再是耙地。"惊蛰一犁土"，地气虽还未通，表层却已化开三四寸厚，为了保墒，农人便要耙地。耙是长方形木框，下装十几二十个粗铁齿，套上牛马骡拉到地里，把式站到耙上，大鞭一挥，打个脆响，牲口就拉着耙前行，地上留下深深的齿痕，反复几次，将地耙透，就等春耕了。在我老家，一些早熟作物也在这个季节播种。如"豌豆、大麦不出九"，豌豆、大麦到麦收时就成熟了，生长期短，所以要抢时间下种。还有大蒜，趁着中午暖和，把剥好的蒜瓣儿按进暄腾腾的畦里，浇上水，蒜瓣儿就和泥土紧密结合在一起了。可夜里冷，便又冻了冰，第二天再化开，大蒜就在这一冻一化中扎根生长。当然，这些年，随着科技的发展，大兴很多村子建了蔬菜大棚，棚里依各类菜蔬所需，随时调整温度，市面上所需的瓜瓜果果便应有尽有了，但那是反季节的，姑且不论。

惊蛰已是仲春，"草长莺飞二月天"，桃花红，李花白，布谷鸣叫，紫燕衔泥，勃勃大地，一派生机。虽乍暖还寒，但，春天是真的来了。

夏至的雨

  在我童年的记忆中，每到夏至便意味着到了雨季。那雨的频率之勤勉，十天半月就会来一场。那雨势之猛烈，真个倾缸倒钵一般。那雨鞭之密集，能使天地连成一体，轰轰然不辨南北西东。但老天有时也作怪，往往东边日出西边雨，甚至隔着一条土路，那边暴雨如注，这边却是艳阳高照。家乡就有了一句俗话：隔牛不下雨。每到雨季，永定河就涨水，一二里地宽的河面，翻滚着浑浊的巨浪，冲刷得两岸滩地哗嚓哗嚓往下塌。这时大堤就上了汛，严禁人们在"十丈"内割草、放牧、破土、打条子。河工威风凛凛地在堤上巡视，遇到不守规矩的，轻则呵斥，重则踩草筐夺镰刀。

  新中国成立初，大兴农村还很贫穷，除去少数人家能住一砖到顶的房子，普遍住的是土坯泥屋。连阴雨天便常能听到东家呼隆，西家哗啦，这是谁家的猪圈坍了或是墙上的泥皮掉了。每当这时，满脸惊惶的奶奶就一边扒着窗眼往外看，一边低声祷告：老天爷，睁睁眼吧，别再下了！随后又踮着小脚，将一把菜刀扔到院子里。据说刀是辟邪之物，能消除雹灾。

  几场大雨过后，低洼处就积满了水。我们村子紧挨永定河，周围土地吸足了渗堤水，积水就不易干涸。时间一长，水里就出现了一群一群的小鱼。那鱼儿娇巧得很，半寸长短，几乎通体透明，圆圆的嘴儿，鼓突突的眼儿，摆动着两叉的小尾巴，欢快地在水中游动，悠闲又自得。我就纳闷，这鱼是从哪里来的？是天上掉下的？还是随着雨水而来的？或是地里长出的？我只知道地里长庄稼长草，难不成还能长鱼？奶奶告诉我，千年的草籽，万年的鱼籽。别看咱这儿现在是田地，早年间说不定就是大江大河，鱼子裹在泥土里，遇水就孵出小鱼了。跟着老年人，真是长知识。

  水坑也是蛤蟆的乐园。每当沟满壕平，蛙们就聚集来了，大的、小的、花的、绿的，各式各样。叫声也不相同，有咯咯咯的，有嗯儿哇嗯儿哇的，还有粗壮而低沉，听来像牛吼的。千万只蛙儿一起张嘴，组成声势浩大的合唱，吵得人心烦意乱。河沿人形容声音嘈杂，就说是"吵蛤蟆坑"。最活跃的是雄蛙，下颏处一颤一颤，耳膜鼓出两个圆包，蹦跳在雌蛙身后，做着爱的追逐。不久，雌蛙就在坑边草棵里产下一摊摊黏糊糊、酱黑色的卵。卵发育得极快，先是卵粒上现出两个白点，那是眼睛，然后是身子、尾巴，只需几天工夫，一群活泼泼的蝌蚪就诞生了。我们这些孩童就雀跃着，拿着小瓶小罐，到坑边去抓小鱼逮蝌蚪，捧回家去养起来。凄惨的情景也是时有发生的。遇到天旱，坑水逐渐减少，小鱼和蝌蚪们被逼向坑底，最后坑水彻底枯干，虽然相濡以沫，也无济于事。望着那一堆堆弱小的尸体，心中的悲悯是不言而喻的。

暴雨往往是伴着雷电冰雹的。先是乌云翻卷而来，其势如万马奔腾，然后一道道闪电跃起，接着便是隆隆的雷声。雷声滚近，那闪就在眼前了，唰啦一下，就是黑夜也会亮如白昼。顷刻，霹雳在头顶炸响，震得屋宇皆动。偶尔还会打下一个火球，惊悚得人寒毛直竖。每当这时，奶奶就把我紧搂在怀里，一边划拉我的头发，一边念叨"胡噜胡噜毛，吓不着"，说是人间有了作恶的人，老天爷派雷公来劈他，咱们没做坏事，用不着害怕。就给我讲些积善行孝的故事。

说起来，冰雹的危害是很大的，它能砸毁房屋车辆，能使万亩良田绝收。那是1991年，我已到县文化馆工作，老婆还在农村，种了几亩地的西瓜。星期天，我回家休息时，老婆说："瓜有八成熟了，该找买家了。"我家没有车，即便有车也无人去卖，就找朋友帮忙。朋友很热情，答应第二天就找车到地里来拉，谁知当天午后就下了冰雹。我火急火燎地往家赶，望着京开公路两旁光秃秃的树木，树下乱哄哄的残枝败叶，心里立时就凉了。来到地里，碧绿的瓜秧不见了，硕大的西瓜不见了，呈现在眼前的是一片如血的红水。抬头四望，瓜农们站在地边，有的目光呆滞，有的面色灰白，还有两个女人在哀哀地哭泣。遍寻不见老婆，我的心一下揪了起来。跑进家门，见老婆好好在院里忙着，我才呼出一口长气。为减轻她的压力，我故作轻松地玩笑："我来慰问灾民了。"刚才还表情平静的老婆，眼泪立刻就淌了满脸。后来我问她："别人都在地里，你怎么回来了？"老婆说："砸都砸了，看着它有什么用？"我不由肃然起敬，佩服老婆的大气、淡定。

雨，在我六十余年的人生经历中，遇到过何止千万次，但印象最深刻的，还是夏至节后的雨，它是那样的酣畅淋漓，那样的磅礴大气。雨在人类生活中是不可或缺的，它能调节气温，净化空气，它能滋养林木，浇灌庄稼，但它既是朋友，也是对手，能给人类带来诸多灾害。由此使我悟出一个道理，世间万物，有一利必有一弊，不可奢望十全十美。

回忆儿时过大年

　　儿时盼过年，真如久旱盼甘霖。孩提时代日子艰难，糠糠菜菜能混饱肚子就不错，想吃顿荤腥，简直就是奢望。过年则不同，人们把年作为一个盛大节日，一切好东西都攒到过年时才拿出来。最不济，也能吃上几顿净米净面，能在除夕中午吃顿猪肉炖粉条子，大年初一包顿饺子。富裕主儿还能给孩子缝身新衣服，做双新鞋袜，给点儿压岁钱，所以孩童们就盼着过年。

　　一过腊八，悠闲了半个冬季的农人们就开始忙碌了。先是孩子拿着笤帚去碾棚磨坊占位置，母亲说是"撂下笤帚占上磨"。女人们则扛着或端着盛满黍米、黄豆的笸箩簸箕姗姗而来。黍米是事先用水淋过的，据说这略潮的黍米碾出的面粉细、白、黏，蒸出的食物好吃。黄豆也是炒熟的，嘣酥焦脆，碾成面，放进红糖拌匀，就是香甜可口的艾窝面儿了。推磨推碾是力气活儿，有牲畜的人家就套上驴骡拉，没牲畜的就用人推，男女老少齐上阵，倒也其乐融融。于是，整天整夜的，碾棚磨道里就一直响着轰轰隆隆的磨声、吱扭吱扭的碾声和哐当哐当的筛面声，繁忙而祥和。飘飞的粉尘落在女人们的头上、脸上、肩上，白毛女似的。好闹的妯娌、姑嫂就说些半荤半素的话，嘎嘎的笑声惊飞觅食的麻雀。男人们在这期间要比女人清闲些，他们把屋里院外收拾干净，就仨一群五一伙地站到猪圈前，议论猪的长势，评估猪的出肉量。养猪多的户要宰肉售卖，就早早动了手，村子上空就时不时传着猪的惨叫，凄厉而刺激。由是，永定河两岸就流传着两句俚语：老婆儿老婆儿你别馋，过了腊八就到年；小孩儿小孩儿你别哭，过了腊八就宰猪。

　　到了腊月二十三，年味就浓起来。女人们大锅大锅地蒸馒头、蒸豆包、蒸年糕、炖菜，蒸熟炖好放在笸箩里瓦盆内冻着。浑河沿的风俗，"破五"前不许做新饭，只把事先备好的食物热来吃。豆包的馅儿是红白豇豆和枣泥，先把豇豆、大枣放在锅里煮透，这需掌握火候，既不能太稀也不能干锅，然后用铁勺使劲搓，搓成糊糊，若嫌不甜，再加把红糖。蒸年糕的技术性更强，把黍面用热水和成"扒拉"，均匀地撒在蒸屉上，此前要往蒸屉铺一层白菜叶，免得沾屉。然后洒一层大枣，枣上洒泡好的豇豆，再洒枣，再洒黍面，最后用手拍实，大火蒸熟，整屉翻扣在案板上，用刀切成方方的小块儿，香甜的枣年糕就做成了。此时的男人事也不少，把女人烧锅所需的木柴劈好备足，就张罗着写春联了。认字的，自己写，不论字体孬好，是那意思就行。不识字的，就夹着红纸找人写。不愿求人，就到集上买，顺手捎来胖娃娃抱鲤鱼的年画，秦叔宝尉迟恭的门神和灶王爷的神像。

我家距河北固安县城仅十里路，每年腊月二十六，是固安年前的最后一个大集，因此也就显得异常火爆。天刚蒙蒙亮，各条土路上就挤满缕缕行行的人。当家的男人们或推着车背着筐，或捎个捎马子，去采购一家人的年过活儿。因肩负着全家人的嘱托，就显得意气风发，信心满满。最惹人眼的是那些穿着新衣新袜的姑娘们，打扮得花枝招展，风情万种地呼姐唤妹，勾肩搭背，喊喊喳喳地说些悄悄话，冷不丁爆发出一阵大笑，惊得擦身而过的小伙子不明就里，心慌意乱，脸红红地落荒而逃。半大小子们尤其不安分，撒着欢儿在人群中乱钻，不是踩了这人的脚，就是撞了那人的车。因着过年，人们的心胸都显得博大，对眼笑笑，相安无事。

到了固安北关，就进入集市了，真是万头攒动，摩肩接踵。戏园门前，张贴着大幅海报，武戏是《十八罗汉斗悟空》《挑滑车》，文戏是《大登殿》《辕门斩子》《红鸾喜》，铿铿锵锵的锣鼓声引得戏迷们迈不动步。街两旁，摆满各色各样的小吃，花生、瓜子、酸楂糕、糖葫芦，应有尽有。吱吱啦啦的肉饼摊香味四溢，不能不让人馋涎欲滴。小伙伴们欢叫着扑上去，大吃大嚼，以填补一年来肠胃的亏空。我把衣兜里母亲给的两块钱捏了又捏，手却始终没有拿出来，舍不得。当然，鞭炮还是要买的，那是男孩子的最爱。我挤进南关炮市，大小钢鞭、二踢脚、麻雷子，已响成一片，震耳欲聋。曲花、钻天猴儿以及各种焰火腾空而起，五彩缤纷。我站在高阜处，过够了"蹭听""蹭看"的瘾，才花几毛钱，买两挂最便宜的小红鞭，一挂大年初一吃饺子时用，一挂拆散了零碎放。然后就一头扎进新华书店，寻找自己喜欢的图书。直看到太阳西斜，掏出所有剩余，抱着《三国演义》《水浒》《铁道游击队》等连环画，踏上回家的路途。虽然一天水米没粘牙，心里却是说不出的幸福和满足。

如果要算"集"的话，固安年前还有一个集，那就是腊月二十八。离年越近，店家和商贩怕把剩余的货物砸在手里，就降价大甩卖，人们把它称为"穷人集"。一般人家，腊月二十六大集就办够了年货，所以赶"穷人集"的不多，街面上有些冷清，完全不能和二十六大集相比。在我的记忆中，父亲几乎每年都要赶"穷人集"，用最少的钱，买回大堆的冻柿子、烂鸭梨和残破的鞭炮，也能让我们兴奋好一阵子。

大年初一清晨，天刚麻麻亮，全家人就起来了。母亲忙着烧火煮饺子，我到院里放鞭炮。当热腾腾的饺子端上饭桌时，全家人先给奶奶拜年，我们再给父母拜年。吃完饺子后，父亲领着我去给亲戚和乡亲们拜年。这时，大街上都是仨一群五一伙的人，祝福话、吉祥话灌满街筒子。遇到长辈，趴下磕头，若是平辈，则拱拱手，作个揖。平时有些芥蒂的，在这一拜一揖间，哈哈一笑，就万事全休了。

初二是出嫁的女儿回娘家的日子。新中国成立初，刚结婚的女子回娘家要坐马车，自家没有就向邻居借。车厢里铺着被褥，新娘子侧身坐在上面，一旁放着贴着红纸签儿的果匣。新郎持着鞭子，牵着缰绳，高高吆喝一声，显得雄壮而自豪。新娘还有些许的羞涩，但从那红红的脸颊上，水灵灵的眼睛里，分明显露着婚姻的幸福和生活的美满。

吃完"破五"饺子，年就过去了。辛勤的农人便准备新一年的劳作，而孩子们又开始盼望下一个年的到来。